長編性愛小説

モザイク

「楽土」改題

勝目 梓

祥伝社文庫

1

面白くない出来事が重なって起きる日というのは、誰にでもあるのだろうか。あれは運勢のなせる業《わざ》なのだろうか。単なる偶然のいたずらだろうか。それとも本人の行ないの至らなさがそいつを招き寄せるということなのか。

ぼくにもそういうツイてない日がこれまでになかったわけじゃない。問題はその出来事の面白くなさの度合だ。

そんなうんざりするような一日でも、今までは夜になって一杯やったり、ベッドにもぐりこんで溜息の一つももらせば、それで忘れてしまえる程度のことですんできたのだ。少なくとも、あの日だけは生涯忘れることができないというほどのいやな一日というのは、ぼくのそれまでの三十三年間の人生にはなかった。

それが遂《つい》にと言うべきか、不運にもと言うべきか、そういった最悪の、まっ黒に塗りつぶされたような一日が、頼みもしないのにぼくを待っていたのだ。

一九九六年二月十四日——言わずと知れたヴァレンタインデーがその日だった。ぼくはこの日を自分にとっての〈愛の地獄の初日〉と呼ぶことに、その当日に迷わず決めた。ずいぶん皮肉なネーミングであるのはそのとおりだけれども、皮肉などという余裕のある気持ちから生まれた呼び名ではなかった。

それが実感だったのだし、その命名が早トチリやまちがいなどでなかったことは、以後に味わったぼく自身の苦悩の深さと狂乱の数々が、余すところなく実証している。


どんなに最悪の一日でも、朝はいつもと変わらないようすで訪れるものらしい。天候のことまで記憶にないけれども、雨や雪は降っていなかったはずだ。

その日が水曜日だったことだけははっきり憶《おぼ》えている。二日後の金曜日には由香《ゆか》が北海道から帰ってきて、いつものように週末を二人で一緒に過ごすことになっていたからだ。

由香は大学の女ばかりの仲間たちに誘われて、スキー旅行に出かけていたのだ。仲間の中の二人が札幌《さっぽろ》の出身で、その子の家に泊めてもらえるから、安あがりですむ分だけ滞在の日数を延ばして思いっきりスキーを楽しんでくるのだ、と言っていた。

都合のいいことに、建国記念日の十一日が日曜日に当たっていたために、月曜日が振替休日で連休になって、大学のほうは四日サボれば一週間遊べる、という計算を立てたらしい。彼女たちは土曜日の午後の飛行機で出かけていった。

由香はぼくにも一緒に北海道に行かないかと、誘いのことばをかけてくれたのだが、それは彼女のちょっとした気遣《きづか》いにすぎなかったのだ。大学の仲間同士で気楽にやりたいというのが彼女の本心で、本気でぼくを誘っているわけでないのはわかっていた。

仮に本気で誘われたとしても、ぼくは遠慮していただろう。女子大生の由香たちとちがって、ぼくはサラリーマンだから気楽に休みを取るわけにもいかないし、由香と二人きりのスキー旅行なら話は別だけれども、女子大生のグループに三十過ぎの男が一人でまじるというのも、ぼくにはなんだか気の重いことに思えたのだ。

その日の朝はそんなわけで、東京の天気のことは忘れているけれども、起きるとすぐにぼくは札幌の空模様を気にしたかもしれない。そして由香が快適なスキー日和《びより》に恵まれるように、神さまに祈ったかもしれない。

由香が泊まっていないときは、ぼくは朝食は外ですませる。出かける前に部屋で口に入れるのは、コーヒーとたばこの煙ぐらいのものだ。けれどもその日は何しろヴァレンタインデーだったから、出がけにチョコレートを二粒食べた。

黒のハート型の陶器に入ったゴディヴァのチョコレート。もちろん由香からの贈り物だった。彼女は北海道に出かける前に、早手まわしにぼくへのヴァレンタインデーのプレゼントを届けに来てくれたのだ。チョコレートとダンヒルのネクタイだった。

それにしても、ヴァレンタインデーのチョコレートの容器が黒のハート型のやつだったというのは、まさか由香が何かを意図して選んだわけではないだろうが、今にして思えばひどく象徴的な偶然だったという気がしてならない。由香への熱い想いがいっぱい詰まっていたぼくのハートは、その日の夜には、文字どおりまっ黒な闇に閉ざされてしまったのだから。

けれども、由香の心のこもったチョコレート二粒を食べたときまでは、ぼくの気分は快適だった。勤労意欲にも燃えていた。だから出がけにゴミの捨て方のことでマンションの管理人にあらぬ濡《ぬ》れ衣《ぎぬ》を着せられたときも、不愉快な思いはしたが、冷静に対処して誤解を解いた。気分がわるいときならとげとげしいやりとりになるところだっただろう。誰かが定められた日以外に生ゴミを出していたらしくて、そんなことをするのは独り者にちがいないと勝手な見当をつけた管理人が、たまたま通りかかったぼくを玄関で呼び留めた、という一幕だったようだ。

しかし、そのゴミの一件がその日のぼくのツキのなさを呼ぶきっかけになった、ということは言えるかもしれない。その一件を皮切りにして、たてつづけにいやなことがぼくを待ち受けていて、最後はブラックハートの爆弾が炸裂《さくれつ》したわけだから。

ゴミの一件につづいて起きたのは痴漢事件だった。もちろんぼくが痴漢行為をはたらいたわけじゃない。これも濡れ衣だった。

ぼくは保谷《ほうや》市の東伏見《ひがしふしみ》に住んでいて、品川《しながわ》にある会社に通っている。西武新宿線《せいぶしんじゅく》とJR山手線《やまのて》を使っての通勤になる。

事件が起きたのは、電車が鷺《さぎ》ノ宮《みや》駅を過ぎたときだった。ぼくは通路の奥に立っていた。朝のラッシュ時だから、車内はもちろん満員で身動きもままならない状態だった。ぼくは片手にアタッシェケースをさげ、片手を精一杯伸ばして吊り革の並んでいるバーをつかみ、辛うじて軀《からだ》のバランスを保つことに努めていた。

するとぼくの前に背中を見せて立っていたロングヘアの黒のウールのコートを着た若い女が、いきなり足でぼくの靴の爪先《つまさき》を思いきり踏みつけて、全身で振り向くようにしてすさまじい顔でぼくをにらみつけてきたのだ。

ぼくは一瞬、呆気《あっけ》にとられた。そのときはまだ、出がけに食べたチョコレートの甘味が舌にいくらか残っていたかもしれないし、それにつられて、二日後の夕方には札幌から帰ってくる由香と過ごすことになる週末のことなんかもおそらく考えていただろうから、怒りをこめて振り向いた女の目には、ぼくの顔は締まりなく笑っているように見えたかもしれない。

女は嫌悪と怒りと侮蔑《ぶべつ》をてんこ盛りにしたような目で、五秒間ぐらいはぼくをにらみつけていたと思う。その間にぼくはようやく自分が痴漢とまちがわれたのだ、ということに気がついた。そこで濡れ衣を晴らすべく弁解しようとして、一瞬ことばが見つからずにいるうちに、女は正面に向き直り、北極海の氷原を突き進む砕氷船さながらに、身を揉《も》むようにしてまわりの人の軀を押し分け、ぼくから五〇センチばかり離れたところに身を置いた。

あっという間に起きて終わった出来事だったが、まわりにいた何人かの乗客は、小さな波紋のようなその場のざわめきに気づいたようすだった。軽蔑やら嘲笑《ちょうしょう》やら非難やらを含んだいくつかの視線が、突き刺すようにぼくに向けられてきた。それらに対して、ぼくは同じように無言のまま、目だけでそれが無実の罪であり、真犯人は他にいるのだということを表明することしかできなかった。

痴漢の被害にあった女性にとっては、その現場で即座に声をあげて犯人を咎《とが》めるということができにくい、ということをよく聞く。それはしかし、被害者に限らず、痴漢とまちがわれた男性の場合も同じであって、なぜだかその場ではっきりとことばに出してそれが濡れ衣であることを表明しにくいものだということを、ぼくはそのとき身をもって知った。

そういう場合の沈黙が果たして賢明な態度かどうか、ぼくにはわからない。けれども状況からすれば、あの場でぼくが自分の無実を証明して見せることが極めて困難だっただろうということは言える。ぼくの右手はたしかに人々の頭上に突き出されていて吊り革のバーをつかんでいたけれども、アタッシェケースを持った左手は下にさげられていてまわりの人には見えていなかった。

その左手のどの部分といえども、相手の女の軀のどこにも触れていなかったのだけれども、それを客観的に証明する手だてなんかありはしない。そして確かにぼくはその女のまうしろに立っていて、ぼくの胸は彼女の背中に密着した状態になっていた。それだけではなくて、電車の揺れ方によって、一時的にぼくの下腹部のあたりが彼女のヒップのどこかに押しつけられるということも起きなかったとは言えない。

そんなときに仮にもし、ぼくのペニスが時ならぬ勃起現象を来していて、そのものの硬直した感触が、ぼくの下着とズボンとコートと、彼女のコートとその下に着ている諸々の衣服から成る何層もの障壁をくぐり抜けて相手に伝わったのだとしたら、ぼくとしても不本意ながら濡れ衣の半分ぐらいは甘んじて着なければならないかもしれない。もちろんそんな物騒な生理現象もそのときのぼくの身には起きていなかったのだけれども、だからといってそれが起きていなかったということを証明する方法なんかないのだ。

そんなことを咄嗟《とっさ》の間に考えているうちに、ぼくは猛然と肚《はら》が立ってきて、相手の女の長い髪が、ぼくを振り向いてにらみつけたときと、顔を正面に戻したときと、二度にわたって鋭い鞭《むち》のようにぼくの頰《ほほ》のあたりをはたいていった痛みまでが、何倍にもなって甦《よみがえ》ってくるのを感じた。怒りは濡れ衣を着せてきた女に対してだけではなくて、ぼくのすぐ傍《そば》でこっそりほくそえんでいるにちがいない真犯人にも向けられなくてはならなかったのだけれども、そいつがどいつなのかその場の位置関係から推《お》して見当はついても、決めつけるわけにはいかないので、ますますぼくは気持ちのやり場を失った。

相手の女は次の都立家政《とりつかせい》駅で電車を降りた。そこが彼女のもともとの下車駅だったのか、それとも別の車輛に移るつもりだったのかはわからない。ぼくは毅然《きぜん》とした態度を保つべきだと考えたから、その場から動かなかった。しかし、朝の二粒のチョコレートがもたらしてくれたぼくの甘やかで楽しい気分は、もうすっかり破壊されてしまっていた。

単に濡れ衣だけが不愉快だったのではない。女性の目からすれば、男はどいつもこいつも卑劣な痴漢に見えるのだろうが、ちゃんとした心を持っている男なら、そんなどさくさまぎれの泥棒猫みたいな行ないに走ろうとは思わないし、だから自分は醜《みにく》いけだものを見るような目を女性から向けられるはずもない、といった自信とプライドを、口には出さないけれども持っているのだ。

事実、ぼくは大学生として東京で暮らすようになってから今日まで、十五年間も毎日電車に乗りつづけているけれども、その間一度として痴漢行為をはたらいたこともなければ、その誘惑にかられたこともない。痴漢の疑いをかけられたのも初めてのことだった。そういうぼくの輝かしいキャリアと誇りを、どこの馬の骨ともしれない貧相な顔つきの、やたらに鼻の穴の大きなロングヘアの女に呆気なく一蹴されたことの無念さがいちばんたまらなかった。

それにしても、ゴミの件といい痴漢のことといい、ずいぶん濡れ衣に縁のある朝だったが、その日にぼくを待ち受けていた三つ目の災難は、今度は濡れ衣ではなくて仕事上のトラブルだった。新車の値引き額と下取りの車の評価額のことで、客がクレームをつけてきたのだ。そのためにほとんどまとまりかけていた契約がつぶれてしまうところだった。

相手は銀座《ぎんざ》のクラブのオーナーママだった。ぼくはそのママにすでに車を三台売ってい た。その中の二台は彼女自身の乗る車で、一台は大学生の息子用のものだった。ママのほうは前に一回新車を買い替えていて、今度は息子の車を買い替えることになり、ぼくが呼ばれた。

いつものように話はスムーズに進んでいた。それが突然に雲行きが怪しくなったのは、ママの虫の居所がわるくなったせいだとしか思えなかった。彼女の虫の居所が急変した理由はもちろんぼくにはわからない。相手はぼくが言うはずのない値引き額を言ったと強弁し、下取りの車の買取価格にも誠意が見られないなどとダダをこねた。

ぼくはその日の午後の大半の時間を、その客の説得に費《つい》やした。それだけでは足りずに、命じられるままに、更年期のまっ盛りらしいビヤ樽みたいなママの腰を揉み、彼女の乗っている車を洗ってコマネズミのように働いた。そしてようやくその月の自分の営業成績の落下を防いだ。

そうやってツキに見放されたような一日を終え、会社の仲間たちと一杯やり、カラオケスナックで三曲ばかり歌をうたって気分を直し、もう今日はわるいことは起きないだろうと思い、やれやれといった気分でマンションに帰ってきたら、由香が現役女子大生の女優として、アダルトヴィデオに出演しているというとても信じられない、心臓を引き裂かれるような知らせがぼくを待っていたのだ。

一九九六年二月十四日。まさにヴァレンタインデーに当たるその日は、ぼくにとってはそういう一日だった。

2

そのときのことを思い出すと、今でも胸の中に灼《や》けた溶岩がせりあがってくるように息が詰まり、気持ちが乱れ、じっとしていられなくて軀を悶《もだ》えさせたくなる。

そのくせに、そのことにまつわるどうでもいいような細かいことまで鮮明に憶えているのだから、不思議なものだ。あの宅配便の包みをぼくに渡してくれたときの、マンションの管理人のようすまで、はっきりと思い出すことができる。

自衛官あがりだという管理人は、夜のジョギングに出かけるところだった。ぼくは会社から帰ったところだった。ぼくらはマンションの玄関のドアのところで出合った。管理人は紺色の毛糸の帽子に紺色のヤッケを着てフードをかぶり、口にガーゼのマスクをはめ、軍手で両手を包んでいた。管理人はぼくを見ると、フードの奥でひびくような、くぐもった声をかけてきた。

「ああ、船迫《ふなさこ》さん、荷物を預かってるよ」

そう言って彼は引き返し、管理人室からその宅配便の包みを取ってきてぼくに渡した。

荷物を預かっていると聞いたとき、ぼくは郷里の母親が何か食べ物でも送ってきてくれたか、それとも由香が北海道のおみやげだけを一足先に送り届けてきたかしたのだろう、と考えた。

管理人から受け取ったのは、運輸会社のロゴマークの入っている、宅配便専用の小さな紙袋入りの荷物だった。袋の外からさわった感じでは、中身は形も大きさも単行本一冊ぐらいのものに思えた。紙袋に貼られてあった配送伝票の名宛はぼくになっていたけれども、差出人の〈中国守〉という名前にも、その住所にもまったく心当たりがなかった。

変わった名前だと思った。ナカクニマモルとでも読むのだろうかと首をひねった。珍しい名前だから心当たりがあればすぐに思い出すはずだった。その名前が〈チュウコクマモル〉と読ませるための当て字であって、そこには〈忠告を守れ〉という意味のぼく宛ての匿名の主のメッセージがこめられていたのだろうということに気がついたのは、しばらく後になってからのことだった。

ぼくは部屋に入るとすぐに宅配便の袋の封を開けて、中身を取り出してみた。中身はさらにスポーツ新聞でていねいに包まれて、端をセロテープで留めてあった。中身がヴィデオテープではないかという考えが頭をよぎったのは、そのテープを剝《は》がしかけたときだった。包んである新聞紙を通して感じ取れる中身の形や手ざわりが、何となくヴィデオテープのケースを連想させたのだ。

どこからかヴィデオテープを送ってくるという予定も心当たりもなかったので、ぼくは首をひねりはしたけれども、まさかそのテープに由香のとんでもない姿がなまなましく映っているなんてことは、ほんとうに思いもしなかった。

それどころか、テープを再生してテレビの画面に由香が現われても、すぐにはそれが由香だということにもぼくは気がつかなかった。そういうことになったのは、由香の着ているものと、セットして形を変えた髪型と、メイクアップのせいだと気がついたのも少しあとになってからだったのだ。

ぼくはほんとうにどうしようもないマヌケな男だった。それが由香にまちがいないという悲痛な確信をぼくが抱いたのは、彼女が素っ裸になって、相手役の男優にフェラチオを始めてからだったのだ。ヴィデオテープがそんな場面まで進んでから証拠だなんて言うのも、ほんとにマヌケな話なんだけれども、そのときにぼくは画面の中に動かぬ証拠を発見して、雷に打たれたように声をあげ、はじかれたように立ちあがり、もう少しのところでそばのストーブを蹴《け》とばしてしまうところだった。

男優の勃起したペニスに添えた〝女優〟の手の指には、赤いテントウ虫の細工《さいく》のついているファッションリングがはめられていた。そのリングは少し前の正月休みに由香と二人でハワイに遊びに行ったときに、ホノルルのブティックでぼくが見つけて彼女にプレゼントしたばかりのやつだった。リングに付いていたタグにイタリア製と書いてあったのもぼくは憶えていた。

それが動かぬ証拠の一つで、もう一つはフェラチオをするときの由香の顔の表情と目の動きが決定的な証拠になった。彼女はその行為のときはいつもだいたい目を閉じている。そのために彼女自身がフェラチオにうっとりとなっているような表情に見える。それは何とも言えないくらいに煽情《せんじょう》的で美しい。そしてときどき由香は目を開けて、ちょっとの間ペニスを眺《なが》め、すぐにまた行為を再開するのだけれども、そのときペニスに唇なり舌なりを触れさせたままで、短い視線を相手に向ける。まるで自分が愛撫を施《ほどこ》している相手の反応を確かめて、そのことでさらに彼女自身の陶酔を深めようとしているかのようにだ。

そしてそのときの由香の眼差《まなざ》しも、酔い痴《し》れて焦点を失ったように見えて、とてもセクシーなのだ。とろけるような目というのはこういうのを言うのだろう、とぼくはいつも思うし、そのヴィデオのフェラチオシーンを見ているときも思った。そして雷に打たれたような衝撃に襲われたという次第なのだ。

匿名の宅配便で送られてきたのは〈マン開淫乱女子大生の赤いしたたり〉というすさまじいタイトルのついたアダルトヴィデオを個人がダビングしたやつだった。

もちろんモザイク入りだったけれども、それはギリギリ最小限の範囲に留められていたから、問題のテントウ虫の指環ははっきりとぼくの目に捉《とら》えられることになってしまった。

ぼくはモザイクをかけた製作者の法律を恐れない果敢なサーヴィス精神に感謝すると同時に、一方では初めて刑法一七五条の存在に心を救われる思いを味わった。モザイクがかけられていなかったとしたら、ぼくはテントウ虫のリングだけではなくて、どこかの馬の骨のできそこないにちがいない男優のペニスにまとわりつく由香の唇や舌の動きから、そのペニスを受け入れている彼女のあの部分のようすまでを、なまなましく見せつけられることになったはずなのだ。

もしそうなっていたら、きっとぼくはそれを正視することはできなかっただろう。正視していたとしたら、その場で気が狂っていたかもしれない。

いや、あのときのぼくは、今ふりかえって考えると、やっぱり気が狂ったも同然の状態に陥《おちい》っていたと言うべきだろう。正直に告白するけれども、ぼくはあのとき、そのヴィデオをくり返して三回も見たのだし、その間にオナニーを二回もやってしまったのだ。そのこと自体がもう正気の沙汰《さた》とは思えない。

ヴィデオをくり返し見たのは、そこに映し出されて痴態の限りをつくしているのが、もしかしたら他人の空似《そらに》であって、由香本人ではないかもしれないという、神さまにすがるような思いを確かめるためにしたことだった、と弁解することもできる。事実、そういう切なくて苦しい望みに駆られてリプレイしたところもあったのだ。

けれども、心から愛してやまない自分の恋人が〈沢《さわ》えりか〉なんていうもっともらしい芸名で出演しているアダルトヴィデオを見せられて、雷に打たれたほどのショックを受けている男が、そのショックの最中に二回もオナニーをやらかしたとあっては、これはもう理屈からすれば弁解の余地のない異様な振舞いとしか言いようがないだろう。同情の余地だってない、と人は言うかもしれない。悲惨と滑稽の極《きわ》みのように自分でも思う。

　ぼくだって、そうしたくて忌《い》まわしいヴィデオをくり返して見たわけでもなければ、オナニーをしたわけでもないのだ。気がついたらそういうことをしていた、というのが実際のところなのだ。冷静な気持ちを取り戻して、事態をきちんと見きわめ、正しく反応しようなどという考えはどこかに吹き飛んでしまっていた。

　あのときのぼくの心の動きを順番に辿《たど》ればつぎのようなことになると思う。
①　当惑（誰が何のためにそんなヴィデオテープを送りつけてきたのか？）
②　不快感とブラックユーモア的なおかしさ（出演している女優が由香そっくりの別人に見えた）
③　疑念（沢えりかと名乗っている女優は由香本人ではないのか？）
④　確信（テントウ虫のリング！　フェラチオをしている由香のとろけるような表情と眼差し！）
⑤　衝撃（!!!）
⑥　怒り（対象は必ずしもはっきりしていない）

⑦　嫉妬（これがもっとも盲目的でマグマのように強大な打撃力を備えていた）
⑧　怨み（あの由香がどうしてこんなことをしなきゃならないんだ！）
⑨　謎（由香はいったい何を考えてるんだ？　教えてくれ！）
⑩　悲嘆（これで由香との恋は終わった。いや、終わりになんかおれはできない。できっこない。由香のことを忘れることなんかできるわけがないじゃないか！）
⑪　喪失感（呆然自失《ぼうぜんじしつ》。大地が裂けて自分が地の底に落下していく思い）
⑫　欲情（説明不能。狂乱のせいで心身のコントロール回路が切れた結果？）

一ダースに及ぶこのようなそれぞれの思いや感情は、ただ順を追ってぼくの胸を通り過ぎていったわけではなくて、一巡したあとはさらに入れかわり立ちかわりして戻ってきて、ぼくの心の中を嵐で沸《わ》き立つ海のようなありさまにした。

それを鎮《しず》めてくれたのは、結局は一本丸ごとをさらに少し越える量の、ニッカゴールドウィスキーだった。もちろんフルボトルだ。幸いなことに、飲みかけのボトルの他にも、買い置きのニッカゴールドがあったのだ。

それを飲み始めたのが、①から⑫までの心の動きの中のどの段階に進んだときだったのか、ぼくはよく覚えていない。はじめは水割りにして飲んでいたのが、途中でストレートに替わっているのに気づいたことは覚えている。

ウィスキーが心の中の嵐を鎮めてくれたというよりも、遂にぼくは酔いつぶれて意識をなくし、そのまま眠りこんだらしい。

眠っている間もぼくは沢えりか出演の〈マン開淫乱女子大生の赤いしたたり〉に現われた映像の断片に埋《うず》まっていたのだろう。夢ともうつつともつかない意識の中で、なおもぼくはその忌まわしい、呪わしいヴィデオを見ていた。

ヴィデオは〝沢えりか〟に対するインタビューから始まっていた。インタビュアーとのやりとりが、用意されていた科白《せりふ》ではないとすれば、由香がアダルトヴィデオに出演するのはその作品が最初だということになるのだが、ぼくは素直にそれを信用する気にはなれなかった。

「えりかちゃんは処女じゃないよね？」

「ええ、まあ、一応……」

「一応？」

「ていうか、まだそんなに経験ないし……」

「恋人はいるよね。すごい美人だもん。いないはずがないと思うな」

「ご想像に任せますってとこかなあ」

「AVのアルバイトはもちろん恋人には内緒だよね」

「エーッ。そんなぁ。当たり前ですよ。誰にも秘密です」

「ところで初体験はいくつのときだった？」

「高三です。一年先輩だった大学生と……」

「オナニーを覚えたのは？」

「高二のころかな。友だちに教えられて、なんとなく……」

インタビューに答えている由香は、顔つきもしゃべり方も声の調子も、ぼくが知っている寺井《てらい》由香とそっくりに思えはしたけれども、どこかが違って見えた。着ている服や髪型やメイクアップがいつもとは変わっていたせいだけではなくて、由香はしゃべり方も声の調子も、意識してそれふうに変えていたのだと思う。

声の調子が変わっていたのは、テープが素人《しろうと》の手でダビングされたものだったからかもしれないけれど、インタビューのときから由香が新人のAV女優〝沢えりか〟を演じていたのだとしたら、彼女の努力は見事に報《むく》われたことになる。週に三日は逢っている恋人のぼくに、それが由香であることを見破らせなかったのだから。

だからといって、相手役の男優にフェラチオをしてやり、クンニリングスをしてもらい、延々とホンバンをつづけていた由香のようすも演技だったとは言えないのだ。いくらモザイクがかけられていたとはいえ、あれはすべて擬似行為ではなくて、実際に行なわれたものだということは、ぼくにはわかる。ぼくだけじゃなくて誰にでもわかるだろう。そうでなければあの手のヴィデオが売れるはずがない。

その上に、ぼくには特別によくわかるための手引きもあるのだ。ぼくはなにしろ一年以上も前から由香とベッドを共にしつづけてきていた男だったのだから、その行為のときに見せる彼女のさまざまなかわいらしい反応や、ちょっとした癖のような仕草《しぐさ》のすべてを呑《の》みこんでいる。それとそっくり同じようすのことごとくを、新人AV女優沢えりかに扮した由香はそのヴィデオの画面で見せていたのだ。

それは取りも直さず、その男優とのセックスで由香が本気になっていたことの顕《あら》われなのだ、とぼくは考えた。どこの石ころの下から這《は》い出てきた虫けらなのかわからないような男優を相手に、しかもカメラの前で、撮影スタッフもいるところで、由香が本気を出してセックスをしたのだということ。由香はそういうことが平気でやれる女だったのだということ。

ぼくの心をメガトン級のパワーで打ちのめしたのはそのことだった。

荒れ狂うニッカゴールドの海の底から這い上がるようにして目を覚《さ》ました翌朝のことも、ぼくは忘れていない。

ぼくはまだ酔っていた。喉がカラカラに渇《かわ》いていて、頭は大型ドリルで穴をあけられている最中のような具合になっていた。その頭の中に目覚めて最初に浮かんできたのは、由香の顔面にクソ男優の放出した精液が飛び散るシーンだった。

そのためにぼくは朝からベッドの中で大きな唸《うな》り声をあげてしまった。自分でもびっくりするくらいの大声だった。大声につづいて涙が出てきた。ぼくは泥酔状態の中で泣いた。うつ伏せになり、両手の拳《こぶし》でベッドを殴りつけながら慟哭《どうこく》した。

由香の顔にそいつの精液が飛び散るシーンは、問題のヴィデオの中でもぼくにとっては極めつけの最悪のものだった。そのシーンが朝の目覚めの最初に頭に甦《よみがえ》ってきたことも最悪だった。

由香は仰向《あおむ》けになって目を閉じていた。その顔はまるで深い快感の海で溺《おぼ》れたあとの魂の抜け殻《がら》のように見えた。その顔にまたがるようにして、男優が悲鳴のような声をもらしながら射精したのだ。おぞましい精液は由香の閉じている瞼《まぶた》にも頬にも唇にも乳房の上にも撒《ま》き散らされた。ぼくはそれを見ながら吐き気を催《もよお》した。由香の顔が、乳房が、その白い毒液を浴びたところから腐りはじめるのじゃないか、と思った。毒液を撒き散らしているそいつに、ぼくは殺意を覚えた。

けれども、そいつのザーメンを顔や胸に浴びたままで死んだように動かないでいる由香を憎む気持ちは生まれてこなかった。いや、憎んでいたのかもしれないけれど、彼女のその姿を醜いと思う気持ちは湧いてこなかった。そいつのザーメンで汚されていたにもかかわらず、由香のその顔はぼくには依然として美しく、かわいらしい由香の顔に見えたのだ。そのことがぼくにはたまらないほど悲しく、切なかった。

悪夢のような眠りから目覚めてぼくが慟哭したのは、その悲しみを思い出したせいだった。泣きながらぼくはもっとウィスキーを飲もうと思った。それでベッドから出ようとして、床にころげ落ちた。ぼくは素っ裸のままで寝ていたことに気づいた。

部屋の明りも、ヒーターもつけっ放しになっていた。テレビとヴィデオデッキのスイッチも入ったままだった。呪われたヴィデオテープが、部屋の隅《すみ》に放り投げてあった。カセットケースが破損していて、中のテープが長々とはみ出し、ちぎれた断片がそのあたりに散らばっていた。ぼくはカセットケースを足で踏み割り、鋏《はさみ》でテープを切り刻んだことを、ぼんやり思い出した。

ベッドの横には、丸められたティッシュペーパーのかたまりがいくつも落ちていた。その中の二つはオナニーの跡始末に使ったものだけれど、他のは涙と洟《はな》を拭《ふ》いたやつだった。脱いだコートやスーツやシャツなども、皺《しわ》くちゃになってベッドの足もとに落ちていた。目を覆いたくなるような惨状は、ぼくの胸中だけじゃなかったのだ。

ニッカゴールドはボトルの底にうっすらと溜ったようにして残っているだけだった。ぼくはそれをボトルに口をつけて飲み干した。時刻は八時四十分になっていた。ぼくはそのとき初めて会社のことを思い出したのだけれども、心身ともに出勤できる状態じゃなかった。

風邪《かぜ》を口実にして会社に欠勤の電話を入れた。慟哭の後で鼻が詰まっていたから、欠勤の口実にはリアリティが感じられたことだろう。電話に出た課長は無理しないで休めと言ってくれた。

部屋にあるアルコールはもう缶ビールだけだった。ぼくは素っ裸のままで缶ビールをベッドに持ち込んだ。二日酔いの苦しみが始まったのは、その日の夜になってからだった。記録的に猛烈な二日酔いだった。頭は何かを考えることを放棄していた。

そんなふうにしてぼくの〈愛の地獄〉は幕をあけた。

3

泥沼のような二日酔いが治まってきたのは、金曜日の朝になってからだった。

その間、ぼくの胃袋はポカリスエット以外のものを一切受けつけなかった。もちろん生理的にも精神的にも食欲を失っていた。ぼくはろくに眠ってもいなかった。うとうとしたと思うと悪夢にうなされて目が覚めた。夢の素材になっているのは、きまって〈マン開淫乱女子大生の赤いしたたり〉の中のワンシーンだった。それがさまざまにデフォルメされて眠りの中に現われた。

金曜日は由香が札幌から帰ってくる日だった。アルコールの毒素から脱け出て、思考能力を取り戻した頭にまっ先に浮かんできたのはそのことだった。

予定では由香は三時半には羽田《はねだ》に着いて、いったん日野《ひの》市の自分のマンションに戻ってから、七時か八時ごろまでにぼくのところに来る、ということになっていた。

ぼくは由香と顔を合わせるのが恐かった。ぼくのほうには疚《やま》しいことなんか何もないのに、なぜだか恐いのだった。なに食わぬ顔をしてアダルトヴィデオに出演していた寺井由香という女が、不気味で恐ろしい存在のように思えたのかもしれない。

そのまま姿をくらまして、二度と由香と逢わないでいようかということも考えたのだけれども、そんなことはぼくにはできそうもなかった。恐いと思いながらも、ぼくは由香の顔を見たかった。逢いたかった。由香を失いたくなかった。だからこそ地獄なんだと思った。

それならば由香と顔を合わせる前に考えておかなければならないことが、ぼくには沢山あるわけだった。

由香のアダルトヴィデオ出演を許すのか、許さないのか。許すにしろ許さないにしろ、どうやってそのことにケリをつければいいのか。ケリがつくということが実際にあるのかどうか。いっそのことヴィデオは見なかったことにして、由香にも何も言わず、自分でもそのことを忘れたいという気がするけれども、果してそれが自分にできるのかどうか。陰でアダルトヴィデオに出演しているような女の愛情を信じていていいのかどうか——。

ぼくはなにひとつ考えをまとめることはできなかった。どの問題をとってもそんなにいくつもの答が考えられるわけではなかった。ほとんどがイエスかノーのどちらかを選べばすむことなのに、ぼくにはそれができなかった。考えれば考えるほど、ぼくが由香のことを思い切れないということだけがますますはっきりしてくるだけだった。

何の苦もなく決められたのは、その日も会社を休む、ということだけだった。アルコールで痛めつけられた末に物を食べていない軀と、八つ裂きにされたような心を抱えて車を売りに行く気力は、どうふり絞ってみても一滴だって出てきそうもなかった。

冷蔵庫の中には缶ビールと牛乳とトマトジュース、ウーロン茶ぐらいしかなかった。ぼくの胃袋の中と同じで固形の食物は見事になにひとつなかった。食べ物を買いに外に出ていく気もしなかった。食欲もなかった。ナイナイづくしだった。ついでに命がなくなるか、由香への愛情が消え去るかしたら、どんなにせいせいするだろうか、なんて考えも浮かんできた。

会社に欠勤の連絡をしてから、トマトジュースと牛乳を少し飲んで、またベッドにもぐりこんだ。

午後になってからふと思いついて、惨憺《さんたん》たるありさまのままになっていた部屋の中を、のろのろと動きまわって片づけた。すっかり取り乱したぼくの心そのままのようなありさまの部屋のようすを、由香に見せたくないと思ったのだ。あるいは見られたくない、と思ったのだったかもしれない。どっちにしても同じようなものかもしれないけれど、見せたくないというのと見られたくないというのとでは、その間に微妙で大きな違いがあるような気がする。

　そのことに気づいて考えをめぐらせてみたのだけれど、見られたくないという思いのほうが勝っていたように思えた。それが由香に対して冷静さを示そうとする気持ちの顕われなのか、それともただの強がりにすぎないのかということを、さらにぼくは考えてみたのだが、結論は出なかった。

　地獄の使者となった例のヴィデオテープは、破壊したカセットケースのかけらとテープの切れ端をすべて拾い集めて紙袋に放り込み、洋服ダンスの上のガラクタを入れてある段ボール函《ばこ》の中に押し込んだ。ほんとうはそんなおぞましい物はすぐにでもどこか遠くに持っていって捨ててきたいと思ったのだけれど、外に出かける元気はなかったのだ。

　ぼくのしていることはまるで、ぼくがその忌まわしいヴィデオテープを見てしまったことの痕跡を、由香の目から隠そうとしているみたいだった。それも念入りにだ。

　痕跡を消そうと思ってそうしたわけではなかったけれども、そうしたいという気持ちはすでに無意識のうちに心の中ではたらいていたのかもしれない。片づけた後の部屋を見回したとき、このまま何事もなかったようにすべてを忘れることに全力をつくして、今までと同じように由香とうまくやっていくというのも、あながちわるい方法ではないのかもしれない、という考えが強まった。

　その考えは、由香が電話をかけてきた後ではいっそう強くなった。由香は羽田空港からぼくに電話をかけてきたのだ。

「いま羽田に着いたとこなの。会社に電話したら風邪で休んでるっていうから……」

「そうなんだ。まいったよ……」

つい、ぼくはそう答えてしまった。風邪なんかじゃないよ、由香のせいで仕事どころじゃなくなっちまってるんだぞ、とはなぜだか言えなかった。言おうとする気持ちがあったのかどうかさえもわれながら疑わしい気がする。

「だいじょうぶ？　熱があるの？」

「胃が何も受けつけないいんだ」

「インフルエンザかもね。病院に行った？」

「外に出たくないいんだよ」

「薬は飲んだの？」

「うん……」

「何も食べてないの？」

「ミルクとポカリスエットを飲んだだけだ」

「ほんとにまいってるみたいね。そっちにまっすぐ行くわ。行って何か食べるもの作ってあげる」

「いいよ。どうせ夜には来るんだろう？　旅行の荷物もあるだろうし……」

「夜まで待っててくれる？」

「待ってる」

「できるだけ早く行くからね……」

電話を切ってからぼくは胸が疼《うず》いた。目がうるんでしまった。由香はほんとうにぼくが風邪でまいってしまっているのだと信じこんで、心から心配しているようすだった。彼女がぼくに隠れて何をしようと、ぼくのことを思ってくれる気持ちには嘘はないのだと思った。

そう思うと、ヴィデオテープの中の由香の呪わしい行為と姿の数々は、悪夢の中に現われたものであって現実に行なわれたことじゃないんだ、とぼく自身に思いこませることだってできそうな気がした。

その方向に気持ちが傾きはじめると、今度はあのヴィデオテープを送りつけてきた正体不明の人物に対する疑念と恨む気持ちとが、初めてぼくの胸に頭をもたげてきた。知らされた出来事のショックがあまりにも激しかったせいだろうけど、ヴィデオテープを送りつけてきた相手のことについては、それまでまったく考えが向いていなかったのだ。

テープの送り主の正体は？　その目的は？　中国守などという匿名としか思えない名前を用いた理由は？

あらためて考えてみると謎だらけなのだった。一つだけはっきりしているのは、宅配便の伝票に記入されていたぼくの名前と住所と電話番号が正確なものだったことだ。こっちは相手がわからないけど、向こうはぼくのことを知っている。

向こうが知っていることの中には、ぼくの住所や電話番号だけじゃなくて、ぼくと由香とが恋愛中であるということも含まれているはずだ。そうでなければあのテープが送られてくる意味はない。まさか何かの名簿を頼りにしてあてずっぽうにアダルトヴィデオを送りつけておいて、後になって代金を請求するというような新手《あらて》の商売を始めた奴がいるとは思えない。

相手がぼくのことも、ぼくと由香のことも知っている人間だということになると、対象は限られてくる。それでもぼくがざっと思いつくだけでもその数は一〇人を超えていた。そしてその中にはそんな手の込んだ密告まがいのことをしそうな人間がいるとは思えなかった。

ぼくはゴミ箱をひっくり返して、中から捨てたばかりの宅配便の袋をひっぱり出して、そこに貼ってある配送伝票にあらためて目を通した。送り主の住所は〈杉並《すぎなみ》区成田《なりた》東《ひがし》二―三〉となっていた。しかし、杉並区に住んでいる知合いも友人も、ぼくは思いつくことができなかった。

配送伝票には送り主の電話番号も記入されていた。おそらくはでたらめに書いた番号だろうと思いながら、ぼくはそこに電話をかけてみた。思ったとおりで、番号を調べてからかけ直せというテープの女の声が受話器に送られてきただけだった。

〈中国守〉という送り主の妙な名前が、実は〈忠告を守れ〉というぼくへのメッセージではないか、ということに気がついたのはそのときだった。つまり〈お前が愛している寺井由香という女は、裏でアダルトヴィデオに出演するようなとんでもない奴だから、さっさと別れたほうがいいぞ〉というつもりなのかもしれない——。

ぼくと由香とのことを知っている誰かが、たまたま〈マン開淫乱女子大生の赤いしたたり〉を見て、主演の沢えりかが寺井由香であることに気づき、しかし面と向かってそのことをぼくに知らせるのは事《こと》が事だけにためらわれたので、やむなくそういう密告まがいのやり方で忠告をすることを思いついた——そういうことだったのかもしれない、とぼくは考えた。

いずれにしてもぼくはその〈中国守〉なる人物を探し出さなくてはならない、と考えて仕事用の手帳に配送伝票のその名前と住所を念のために書き移した。

〈中国守〉をぼくが探し出そうと考えた理由は二つある。一つはそいつが由香のアダルトヴィデオ出演のことを他に言いふらさないように、しっかりと口留《ど》めをしておくべきだ、と考えたのだ。もう一つは〈中国守〉のしたことを恨む気持ちがぼくの中でふくらみはじめていたからだ。

逆恨《さか》みだということはわかっていたけれども、〈中国守〉もぼくを〈愛の地獄〉に突き落とす手伝いをした一人であることに違いはないのだと思うと、穏やかな心にも忠告に感謝する気持ちにもぼくにはなれないのだった。

それに、彼がしたことを思えば、ぼくがそのことに好意よりも悪意を感じ取ってしまうのも無理のない話なのではないだろうか。

だってそうだろう。ぼく自身は〈愛の地獄〉にいきなり突き落とされた気持ちで打ちひしがれているのだけれど、その姿は他人から見れば、恋人が出演しているアダルトヴィデオを見てショックを受けつつオナニーをしたり、ニッカゴールドをがぶ飲みして酔いつぶれたり、飯も食えなくなっているのに、由香が男優にフェラチオをしてやったり、顔にそいつのザーメンをふりかけられたりしたことをなかったことにして忘れようとしたりしているだけのことで、これはただ笑っちゃうだけのばかみたいなことでしかないのだろう。〈中国守〉がそういうぼくの愚かで滑稽な姿まで予測し、期待した上でそのヴィデオを送りつけてきたのだとまでは言わないけれども、正体を隠したままでいるところに、ぼくはやっぱり冷笑を浴びせられているような感じを受けないわけにはいかなかった。

4

大学を出て今の会社に入ってからずっと、ぼくは新車販売の仕事をつづけている。キャリアは一〇年を越えたところだ。

社内のセールスマンとしてのぼくの評価は決して低くはない。同期入社の連中の中では、ぼくがトップを切って係長になった。

ぼくは必ずしも積極的な人間ではない。控え目な性分《しょうぶん》だし、どちらかというと口の重いほうだ。上手に器用に話すことができない。相手に言いまかされるタイプだ。しかし忍耐強さにはいくらか自信がある。容貌はまあ普通だと思うけれど、ちょっと暗いと言われることが多い。

そんな人間だから、自分ではセールスマンの仕事には向いていないのかもしれない、と考えていた。けれども結果は意外なことになった。最初のころは実績が上がらずに、焦《あせ》りもしたし、悩んで体調がおかしくなったりしたこともあった。けれどもそれは単に経験不足と未熟さのせいだった。

おもしろいもので、ぼくの口の重いところや控え目な性分が、かえって客には信頼感を与えるらしい。押しつけがましくないので、客のほうはついガードをゆるめてぼくを受け入れる気になるのだろう。ぼくのほうからすれば、持ち前の忍耐強さで少しずつ相手の懐《ふところ》に入りこんでいく、ということになる。

由香のアダルトヴィデオ出演の一件も、仕事の客を相手にするときのような、粘《ねば》り強くて柔らかい対応策で臨《のぞ》もう、とぼくは考えるようになっていた。

感情をむきだしにして強く当たれば、由香としては弁解の余地のないことをしているのだから、ぼくから逃げ出してしまうしかないだろう、とぼくは考えた。ぼくはしかし、何が何でも由香を失いたくなかった。〈マン開淫乱女子大生の赤いしたたり〉を見たあとでも、由香と結婚したいというぼくの気持ちはゆらぎはしても消えてなくなることはなかった。

それならばぼくとしては耐震構造の高層ビルみたいに、与えられたショックを柔らかく受けとめ、ユラリユラリと揺れながらそのショックを少しずつ呑みこみ、破壊に至る道を回避するのが最も賢明な策なのだ。そしてぼくにはそれができる資質が備《そな》わっていることを、一〇年余りのセールスマンのキャリアが示しているのではないか。

夜になって由香が北海道みやげのアイヌの木彫りの熊を持ってやって来たときまでは、ぼくはその考えに従って気持ちを固めていた。由香のアダルトヴィデオ出演のことはひとまず不問に付しておいて、ようすを見ながらさりげない形で警告を発し、彼女がその仕事を止める気持ちになるように持っていく。場合によっては、由香がそのような恥ずべきアルバイトをしていることにこちらがうすうす気づいているような態度を見せる、というのも一つの方法だろう、とそんなことまでぼくは考えていたのだ。

けれども実際はそうはならなかった。ぼくが自分の心にしっかりと組み込んだはずの耐震装置は、作動しないままに終わった。

ぼくはやっぱり自分の気持ちのコントロールができなくなっていたのだ。頭の中では自分が由香に対してとるべき言動がちゃんとわかっていたのに、瞬間的に動いた気持ちがそれを裏切ってぶちこわした。理性よりも衝動のほうがぼくをリードした。気がついたときにはそういうことになっていたのだ。

由香が来たのは七時前だった。

大急ぎで日野のマンションから駆けつけてきた、というようすが現われていた。両手に近くのスーパーで買ってきたらしい食料品の袋をさげていた。袋から青い深ネギの先がのぞいていた。

ぼくは思っていたよりも早く由香が来てくれたのと、彼女の顔にぼくの〝風邪の症状〟を心から気遣《きづか》っている気持ちがあふれていたので、比較的に自然に素直な笑顔を向けることができた。

「ひどいめにあってたのね、かわいそうに。やつれた顔になっちゃってる。熱はどうなの？　さがった？」

由香はまっすぐにベッドのところに来て、スーパーの袋を足もとに置き、疲れているぼくの顔をのぞきこんだ。

「熱はさがった……」

ぼくは仮病《けびょう》を使っていることにうしろめたさを覚えた。それくらいにぼくの気持ちは素直で冷静さを保っていたのだ。けれどもつぎの瞬間にはぼくの心は脆《もろ》くもバランスを失い、不穏な波立ちを示しはじめた。由香がベッドに腰をおろして、ぼくの額《ひたい》に手を当てるために腕を伸ばし、躯《からだ》を前かがみにしてきたからだった。

由香は白のタートルネックのセーターに、カルソンとか呼ばれているぴっちりとしたグレイのパンツをはき、結んだマフラーを胸のところに垂らして、上からピンク色のダウンパーカーをはおっていた。そのダウンパーカーを脱いでから彼女はベッドの端に腰をおろしてきたのだけれども、ぼくの目はもうそのときには無意識に、そしておそらくは咎《とが》めるような色を浮かべて由香の胸や腰のあたりにまとわりついていた。

セーターは由香の八八センチのバストのふくらみをくっきり浮き立たせていたし、ベッドに腰をおろす寸前には、カルソンに包まれていた彼女のヒップのラインも、ほとんど裸のときと同じようにむきだしになっていた。それらはもちろんぼくの目にはそれまでと変わりなく美しくてチャーミングに見えたのだけれども、同時にそれは否《いや》も応もなくあのおぞましいヴィデオテープに登場していた由香の姿を思い出させずにはおかなかった。

それがぼくの心のバランスを失わせた。そしてそれ以上に最悪だったのは、熱があるかどうかを確かめるためにぼくの額に伸ばしてきた由香の手だった。その手の中指には例の赤いテントウ虫のファッションリングが当然ながらはめられていた。それを目にしたときに、その手がヴィデオの中であの男優の勃起しているペニスをにぎっているところと、由香がフェラチオをしているところをぼくがなまなましく思い出してしまったのは仕方のないことだった。

それでもぼくはわずかの間だけれども、自分を抑《おさ》えようと努力した。けれどもテントウ虫のリングをはめた手が額に押し当てられた瞬間に、どうにも我慢ができなくなってぼくはキレた。まるであのクソ男優のペニスそのものを額の上に載せられたような気がしたのだ。

ぼくは自分でも信じられないような行動に出ていた。額に当てられた由香の手の手首のところをつかむなり、彼女を横に引き倒して起きあがると、ぼくの膝の上に仰向けに倒れている彼女の肩のあたりを拳《こぶし》で殴りつけ、顔に唾《つば》を吐きかけたのだ。自分が唸《うな》り声をあげたのは覚えているけれども、何か言ったのかどうかは記憶にない。

「いや！　止《や》めて。何よ、いきなり。恐い。どうしたのよ、周二《しゅうじ》……」

由香は逃げようとして身をもがきながらそう言った。その声でぼくはいくらかわれに返った気がして、二発目のパンチを浴びせようとして振り上げていた腕で由香を抱きしめた。由香の顔を見ているのが辛《つら》くて頬を合わせると、彼女の顔に吐きかけたぼくの唾が頬骨のあたりをなまぬるく濡らしてきた。

それでまた何だか気持ちが高ぶってきて、今度はぼくは由香の首に巻きついているマフラーをつかんで、それで彼女の首を絞《し》めようとした。けれどもマフラーが由香の顎《あご》のところにひっかかっていて、首に食いこんでいくということにはならず、それでまたぼくはわれに返って、自分が由香を絞め殺そうとしていることに気づいてひるんだ。

ぼくはどうしたら荒れ狂っている自分の気持ちを鎮めることができるのかわからなくて、今度は由香の両肩をつかんだままはげしくゆすぶり、それから上体を折って彼女の軀の上に突っ伏した。

「何なのよ、これって。どうしちゃったのよ、周二。熱で頭が変になったわけ！」

由香はそう言ったけれども、声も口ぶりもどことなくおずおずとしていた。それはいきなり乱暴なことをされて恐れをなしているせいではなくて、ぼくが荒れ狂っている原因をいち早く察して、探りを入れているような口調に思えた。そう思うと、ぼくの知らなかった、そして思いもよらなかった由香の図太《ずぶと》さを見せられた気がしてきて、ぼくの気持ちはまた激しく入り乱れた。

ぼくは膝の上で由香を抱きかかえた恰好《かっこう》のままでいたのだけれども、それがいとしい気持ちの顕われなのか、憎しみから組み伏せているところなのか、自分でもよくわからずに、わからないまま激情にかられてセーターの上から乳房に咬《か》みついた。

ぼくの歯は縄編《なわあ》みのセーターの太い毛糸の束を捉《とら》えただけで、乳房はおろかブラジャーにさえも届いていなかった。なぜだかそれがひどく情けないことのように思えたので、ぼくはまだもがいている由香のセーターの上から片方の乳房をわしづかみにした。

その瞬間から、キレて荒れ狂っていたぼくの心は路線を変更して、セックスの方向めがけて疾走を開始した。どこでスイッチが切り換わったのか、初めからその路線のスイッチもオンになっていたのか、正確なところはぼくにもわからない。

事《こと》の八五パーセントぐらいまでは、強姦とほとんど変わらない経過を辿《たど》ることになったのは、仕方がなかった。

由香は拒絶のことばや、困惑のことばや、ぼくの唐突で乱暴な振舞いをなじることばを連発して、ベッドの上から逃れようとしてあばれた。ぼくは逃がさなかった。記録的な二日酔いの後の、二日間の絶食と睡眠不足をくぐり抜けてきたぼくの軀のどこにあれほどの力が残っていたのか、不思議に思える。

由香が抵抗を止めたのは、セーターとカルソンをむしり取られ、片方の乳房がブラのカップからはみ出し、パンストとパンティが膝の近くまで引きおろされたときだった。

「わかったわ。周二がそれで気がすむんだったらしていい……」

突然に電池が切れたように静かになった由香が、息をはずませながら細い声でそう言った。ぼくはパンストとパンティにかけていた手を止めて、思わず由香の顔を見た。『それで気がすむんだったら――』という彼女のことばがぼくの注意を引いたのだ。由香はそれだけ言って口を閉じた。目も閉じられていて、泣き出すのを必死にこらえているときのような顔を彼女は見せていた。

それで気がすむんだったら、という由香のことばは、レイプ同然のぼくのそのやり方のことを言ったようにも聴こえたし、また、彼女のアダルトヴィデオ出演の件にからめて吐かれたことのようにもぼくには聴こえた。どっちかわからなかった。どっちにも取れそうだった。それを考えながらも、ぼくの両手はふたたび由香のパンティとパンストをひとまとめにして引きおろし、足首から抜き取っていた。

その間に、由香は自分でブラジャーをはずしてベッドの上に置いていた。すっかり乱れて顔にかかっている由香の髪は、そのままになっていた。ぼくはパジャマを脱いだ。肌と肌をじかにくっつけたいと思ったのかもしれない。

パジャマや下着を脱ぎながら、ぼくはそこに横たわっている由香の裸の全身を見つめた。目に映るその姿はぼくでさえ人に向かって誇りたくなるほど美しく、チャーミングだった。いつものことながらぼくは宝物を眺める思いでそれを見た。

けれども同時にぼくの脳裡《のうり》にはヴィデオの中で男優と派手なシックスナインを行なっている由香の姿や、躯を二つ折りにされて肛門まで男優に舐めさせているところなんかが、呪われた絵のように浮かんでいた。頭の中に浮かんでいるおぞましい姿の女と、目の前に静かに横たわっている優美な姿の由香が同じ一人の人間だなどということは、ぼくは信じたくはなかったけれども、それが厳然たる事実であることは動かしようがなかった。

ぼくはふたたびキレてしまった。すでにキレている上にもう一度キレたのだから、もう救いようがなかった。ぼくはヴィデオの中であのクソ男優が由香にしたのと同じことをしよう、と心に決めてしまっていた。どこからそんな突飛《とっぴ》なひどい考えが飛んで出てきたのか、自分でもわからない。

あれは俗に〝マングリガエシ〟というらしいのだけれども、裸になったぼくはいきなり由香の両膝を高々とすくい上げ、膝が腹につくところまで押しつけて、彼女の軀を二つ折りにした。由香は奇襲を受けたようにおどろいた声を出したけれども、されるがままになっていた。

由香の太股の付根の間で、ヘアに覆《おお》われた恥丘が丸く盛りあがり、その下につづく大陰唇もせり出したみたいにふくらんだ形になって見えた。それが〝マングリガエシ〟のときに特有の女性器の恰好なのだろうと思われる。由香にそんな姿勢を取らせたのは、ぼくはそのときが初めてだったから、彼女の外性器がそんなふうにふくらんで妙に細長く見えるところを目にするのも、当然初めてだった。

そのせいかどうか、心のどこかでぼくは〝マングリガエシ〟になっているのは由香ではなくて、ヴィデオテープの中でしかぼくが知らないＡＶ女優の〝沢えりか〟であるような気がしていた。

由香のアヌスをあからさまに目にするのも、そこに舌を持っていくことも〝マングリガエシ〟と同様にぼくには初めてのことだった。そういうことをしてみたいという、たわいのない好奇心のようなものは前からぼくにもあったけれども、実行したくなるほどではなかった。実行したら由香に軽蔑されたり、いやがられたりするだろう、という心配もあった。

しかしぼくはそのときはためらわなかった。もちろんたわいない好奇心がぼくを駆り立てたわけではなかった。ぼくは確信犯だった。由香のアヌスのほの暗いくぼみに向けたぼくの目は、怒りや嫉妬や憎しみや呪いや嘆きや、それらがどうやらかき立ててくるらしい狂ったような歪《ゆが》んだ欲望とで、言いようもない暗い光をみなぎらせていたことだろうと思う。

ぼくは唸り声をもらして、宙に半分浮いている由香のヒップに顔を埋め、アヌスに舌を捻《ねじ》りつけた。由香はまた不意打ちをくらったような声をあげて尻を振った。彼女は何か短いことばを吐いたけれども、それはぼくには聞きとれなかった。ぼくの頭の中で炎が燃えさかっていて〝ワウーン〟というような轟音を立てていたからだった。

ぼくはひとしきりアヌスを抉《えぐ》るようにして舐めてから、今度はつかんでいた由香の両膝をいっぱい押し開いた。彼女の軀は依然として二つ折りにしたままだった。せりあがったようにふくらんでいた由香の性器がいくらか平たくなり、われめが開いた。ぼくはそこに唇と舌をこすりつけた。いつものぼくのやさしくいとしむようなやり方とは似ても似つかないクンニリングスだった。

それを始めてすぐにぼくは、ヴィデオのクソ男優と張り合って、シックスナインをするべきだったことに気づいて軀を起こした。そのための体勢をととのえるために、ぼくがベッドの上で這って移動を始めると、由香が目を開けた。目が合うと由香は一瞬、泣くのか笑うのかわからないような表情を見せて、すぐまた目を閉じた。

まさかとは思うけれども、目がうるんでいなかったところを見ると、由香は笑おうとしたのかもしれない。冷静になって考えれば、そのときのぼくの一連の行為は、笑おうと思えば笑ってしまいそうな、滑稽で支離滅裂《しりめつれつ》でばかみたいなものでなかったとは言えない。

シックスナインというような行為も、ぼくと由香との間ではそのときが初めてだった。けれども彼女はそれを拒む素振りは見せなかった。

不馴れなせいでぼくの勃起しているものが由香の瞼《まぶた》を突いたり、ふぐりが彼女の形のいい鼻の上をころがったりしているうちに、迷い子になりかけたペニスは由香の手で望みの場所に案内されていき、唇ですっぽりと包まれた。いつもとはまるで位置関係が異なるために、すぐにはクリトリスのありかがつかめなかったので、ぼくは指を使ってそれを探し出して舌に教えてやらなければならなかった。

そうやっていざ始めてみると、ぼくは自分の首が鋭角的に前に折れていることに気づいて、まるでぼくを裏切った由香のその部分に向かってこっちが深く頭を下げてしまっているような気持ちがした。けれどもそんなふうにしなければ、あのクソ男優が由香にしたのと同じことを再現することはできないのだった。

あのときぼくはいったい何を考えて、あんなことをしたのだろうか。ヴィデオの中でクソ男優が由香にしたのと同じことをぼくがすることによって、嫉妬の恨みを晴らそうとしていたのだろうか。それともそうすることによって目に焼きついているクソ男優の姿を消し去り、ヴィデオに映っているのはぼく自身であったと自分に思い込ませようとしていたのだろうか。

シックスナインの最中に、クソ男優がしていたことをぼくは思い出して、それも真似た。奴は舌と一緒に両手の指も使っていたのだ。ときどき奴はクンニリングスを中断して頭を起こすこともした。そうすると、どうせ石ころかガラクタしか詰まっていないにちがいない奴の頭の陰に隠れていた由香の性器が、カメラの前にさらされることになるはずだった。そうしておいてクソ男優はこれ見よがしに両手の指を使って、モザイクで隠されたその部分を押し開き、めくり返し、由香の中に指を出し入れする動きをして見せるのだった。

だからぼくも同じことをした。由香のその部分はすっかり体液にまみれてなめらかになり、鮮紅色に輝いていた。由香のそこが濡れているのがわかったとき、ぼくはうまく説明のできない戸惑いと、わずかに心が甘くほぐれてきそうになるのを感じた。

戸惑いを感じたのは、そんなレイプまがいの経過の中では彼女がその気になるはずはないだろう、と思っていたせいだった。心が甘くほぐれかかったのは、由香の軀がそのような状態になっているのは何があってもぼくを愛していることのしるしなんだろうから、それならば彼女を許してやってもいい、という気持ちが芽生《めば》えたせいだったかもしれない。

それでぼくはシックスナインを止《や》めて、正常位で由香に挿入した。ヴィデオの中ではクソ男優は、シックスナインのつぎにバックスタイルでインサートしたのだけれど、ぼくはもうその真似をする気を失《な》くしていた。

そうやって上から軀を重ねて由香を抱きしめると、ようやくぼくも本格的に甘やかな気持ちを取り戻してきて、いつものように手で乳房を揉みながら上から唇を重ねた。由香もいつものように激しくぼくの舌を吸い、ぼくの背中をつかみ、下からしっかりと脚を巻きつけてきた。そしてぼくらはたちまちのうちに夢中になった。

そこに至ったいきさつがそんなことであったせいか、それにぼくのほうは心が荒れ狂った末にようやく甘い気分に辿りついたためだったのか、ほんとうにぼくらはいつもより数倍も夢中になった。

夢中にさせる要素は心理的な面からだけではなくて、生理的な面からもぼくを襲ってきた。ペニスを押し包んでいる由香の内部の体温が、ぼくにはいつもよりうんと高くなっているように思えたし、入口近くのところでぼくを捉えている肉の環《わ》のようなものの把握力も、いつもよりは格段に強力になっていたのだ。それだけではなくて、ぼくはその肉の環のようなものが痙攣《けいれん》するようにしてふるえるのを、そのとき初めて感じ取った。

由香のほうのようすもいつもとは違っていた。ペニスが奥の柔らかい壁のようなところや、何かコロコロとした感触のものに押すようにして当たるたびに、由香は泣いているときのような顔をのけぞらせて狂ったような高い声を放った。浅く挿入したままで、肉の環の部分や内側のその周辺を速いテンポで突くようにすると、逆に由香は頭をもたげ、うつろな目を開いて下からぼくを見ながら、消え入りそうな声をもらすのだった。

そんなふうだったから、そのときのぼくの絶頂感はかつて味わったことがないくらいに圧倒的で記録的で記念碑的なものになった。それは由香のほうにも言えることだったにちがいない。そう思えるようすを示しながら由香は登りつめていって狂乱の淵に果てていったのだ。その姿はヴィデオテープに映しとられているクソ男優とのときよりもはるかに劇的で一途《いちず》なものに見えたのだ。

もちろん、だからといってぼくの心の乱れが吹っきれたわけではなかった。果ててしまってぐったりとなり、まだ由香と軀を重ねたままでいるときに、ヴィデオの一件を切り出すのは今だ、という考えがぼくの頭をよぎった。ぼくらは抱き合っていたのだし、ペニスはまだぼくら二人の愛の小部屋の中に留まっていたのだから、そういう扱いのむつかしいデリケートな問題を話し合うには、それは最上の状況だと思えた。けれどもぼくは切り出せなかった。どこかにまだ日陰の雪みたいに溶《と》けきれずに黒ずんでいるこだわりがあったのと、皮切りに使うべきうまいことばが思いつけなかったのだ。そうやってぼくが逡巡《しゅんじゅん》しているうちに、由香が下からぼくの肩を押しやって起きあがり、ベッドを下りて服を着た。彼女は一言《ひとこと》も口をきかなかった。ぼくもことばをかけるタイミングを逃したような気分になってしまって、押し黙ったままパジャマを着て布団《ふとん》をかぶった。

それでその夜はおしまいになってしまった。由香は沈黙の殻の中に閉じこもったままで飯を炊《た》き、鍋に卓上コンロの火をつけるだけにしてすき焼きの用意をととのえると、ダウンパーカーの袖に腕を通して帰っていった。もちろんぼくはあわててベッドからとび出して、由香を留《と》めようとしたのだけれども、間に合わなかった。

ぼくは由香がそのまま帰ってしまうなんて思っていなかったから、油断していたのだ。ぼくとしてはすき焼きでもつつきながら、ゆっくりと時間をかけてヴィデオのことを話すつもりになっていたのだ。いつものようにその週末も由香はぼくの部屋で過ごすもの、とぼくは思いこんでいたのだ。

それなのに、ぼくが気がついたときは、由香はもうドアの前でダウンパーカーを着てしまっていたのだった。ぼくは小さな食卓に置かれた卓上コンロの上の鍋と、その横の皿に盛られている肉や深ネギや豆腐やシラタキを眺めて、呆然となった。

5

由香は電話にも出なくなった。

応《こた》えてくるのはテープに吹きこまれた留守録応答用の、とりすましたような由香の声だけだった。

ぼくは土曜日にも日曜日にも、車で日野まで行った。マンションの由香の部屋の窓はカーテンが閉まっていて、インターフォンを鳴らしてもドアをノックしても、返事はなかった。由香のメールボックスには、土曜日の朝刊も夕刊も、日曜日の朝刊も、抜き取られずにそのまま残っていた。日曜日の夜になっても、ブルーにピンク色の花柄のカーテンの閉まっている部屋の窓には明りは見えなかった。

ぼくは由香の部屋の合鍵は渡されていなかった。鍵が必要になるようなことが起きるとは、思ってもいなかった。事態はぼくが予測した以上に最悪な展開になった。閉ざされているのは由香の部屋のドアだけではなくて、彼女の心もぼくに向かっては二度と開くことがないのではないか、という気がした。ぼくは〈マン開淫乱女子大生の赤いしたたり〉を見たとき以上の絶望的な苦しみの谷底に落ちこんだ。

由香がぼくとの連絡を絶った原因が、あのヴィデオの一件にあるのだと決めつけるだけの根拠はなかった。由香が北海道から帰ってきた日の夜のぼくの突然のレイプまがいの振舞いに彼女が感情を害したために、ぼくと逢おうとしないのだ、と考えることもできた。けれども、どっちの理由もぼくにとって慰めにならないという点では同じだった。ぼくは由香が飯を炊き、すき焼きの支度《したく》をしているときにことばをかけず、帰っていく彼女を引留めることに失敗したのを痛切に悔やんだ。

つぎの週もぼくは毎日仕事をすませては日野市に行った。由香のメールボックスの新聞は抜きとられていた。部屋の明りがついているときもあったし、消えているときもあった。由香が中にいることがわかると、ぼくは粘り強くインターフォンを鳴らしたり、ドアをノックしつづけたりした。ドアは開けてもらえなかった。思い直して電話作戦に切り替えると、とりすましたような由香のテープの声が返ってくるだけだった。まるでぼくのほうが裏切りをはたらいて、由香に詫《わ》びを入れるために悪戦苦闘しているようなありさまだった。

そのつぎの週には日野市に通うことを止めて、かわりに四通の手紙をたてつづけに由香に出した。

最初の手紙でぼくは初めて例のヴィデオを見たことを告げて、それでも彼女を諦める気持ちになれないのだ、と伝えた。二通目以後の手紙では、ヴィデオのことには一切ふれずに、逢えずにいることの苦しさやら恨みやらを気持ちのまま書き並べた。

その結果、ぼくはまるまる二週間ぶりに由香の顔を見ることになった。土曜日の昼近くのことだった。

前日の金曜日の夜には、ぼくは会社の連中と大酒を飲んで、マンションに帰って寝たのは明け方だった。大酒を飲んだのは心の中に由香とのことの鬱屈《うっくつ》があったからだったし、二日酔いになるのも避けられないことだった。

割れるような頭痛と焼けつくような喉《のど》の渇《かわ》きで目を覚ましてみると、部屋に由香がいたのだ。彼女は黒の丸首セーターにジーパンという姿で食卓の椅子に座り、耳にウォークマンのイヤホーンをさしこみ、文庫本を読んでいた。脱いだグレイの彼女のハーフコートが、椅子の背にかけてあった。

頭の痛みも喉の渇きも忘れて、ぼくは一瞬ぼんやりとなってしまった。自分はまだ夢の中にいるのだ、と本気でぼくは思った。何事もなかったようにそこに坐っている由香の姿が、現実のものだとは思えなかったのだ。そのためにぼくはふと、例のヴィデオの一件も夢の中の出来事だったような気さえした。

けれどもそれは不思議でもなんでもなかった。ぼくは由香の部屋の鍵は持っていないけれど、由香のほうにはぼくの部屋の合鍵が渡してあったのだし、ぼくは二週間にわたってありとあらゆる方法で彼女に接触を求めてきたわけなんだから。

ぼくが起きあがる気配に気づいたようすで、由香が文庫本から目を上げてぼくを見た。目が合ったとき、ぼくの小鼻の奥と胸の奥にキュンと引き絞られるような痛みが走った。由香はそのときも泣こうとしているのか笑おうとしているのかわからないような顔を見せて、すぐに目を伏せた。

「ごめんなさい……」

先に口を開いたのは由香のほうだった。

「酒くさいだろう、この部屋。ひどい二日酔いなんだ。ゆうべは会社の連中と明け方まで飲んでたもんだから……」

「寒かったからヒーターつけちゃった。寝てると暑苦しくなるかなと思ったけど」

「平気だよ。来たのはちっともわからなかったな。何時ごろだった？」

「三十分ぐらい前……」

「何か飲めばよかったのに……」

「うん。いいの。何か飲む？」

「喉が渇いて目が覚めたんだけどさ。何を飲みたいのかわからないんだ」

そんなことを言って、ぼくはベッドから出て冷蔵庫の前に行った。

歓びに胸がふるえていたわりには、ぼくの口からすべり出ることばはみんなばかにボルテージが低くて散文的だった。ほんとうはぼくはとびついていって由香を抱きしめたかったのだけれども、またしてもレイプまがいだと由香に思われる心配があったし、そうはならないという一〇〇パーセントの自信がぼくにあったわけでもないので、自重したのだ。

トマトジュースにレモンをたっぷりと絞りこんだのを作って、ぼくは食卓の椅子に坐り、由香と向き合った。

由香はウォークマンのスイッチを切り、イヤホーンを耳からはずし、文庫本のページに栞《しおり》をはさんでそっと閉じた。目は伏せたままだった。それから彼女は顔も伏せて言った。

「船迫さんを傷つけたんだから、やっぱりはっきりお詫びをするべきだと思って来たの」

そうやって話し合いは始まった。由香はぼくのことを周二とは呼ばずに、名字で呼んだ。距離を感じさせるそのあらたまった呼び方に、ぼくは思わず身がまえるような気持ちになった。

「そんな他人行儀な呼び方をするなよ。由香」

「だって……」

「おれを傷つけたっていうのはヴィデオのことなんだろう?」

「それもあるし、その後のこともそう思ってるわ」

「そりゃ傷つけられたさ。信じられなかったよ、あんなのは。だけど、だからって由香と別れようと思ったことは、おれは一度だってないんだよ」

「でも、あのことを忘れることはできないと思うわ、船迫さんは……」

「名前で呼んでくれよ。たしかに忘れる自信はないけど、許すことはできるよ。そういう気持ちがあるから二週間も由香を追いかけつづけてたんだぞ」

「あたしは合わせる顔がなかったのよ」

「札幌から帰ってきた日の夜に、黙ってここから帰っちゃったのはそのせいだったの？」

「あのときは恐かったの」

「おれが狂ったみたいに乱暴なことをしたから？」

「それもあったけど、それよりもあたしがAVに出たことがばれたのかもしれないって思ったから……。だってあのときは今までにしたことのないやり方をしてきたから。それもヴィデオであたしがされたのと同じことを……。だから面当《つらあ》てをされてるんだってあたしは思ったの」

「どうかしてたんだよ、おれは。でも、そのうちに夢中になって、あのときは最高によかったから、これからも由香と愛し合っていけるって思ったんだよ。由香だってすごくよさそうにしてたし……」

「あたしもどうかしてたのよ。だからうかうかと誘いに乗ってあんなアルバイトをする気になったのよね」

　由香は突然、両手を顔に押し当てて泣き出した。ぼくはテーブルの上に手を伸ばして、由香の腕をつかみ、髪を撫《な》でてやった。

「誰に誘われたんだ？」

「そういうほうのプロダクションの人に、渋谷《しぶや》でスカウトされちゃったの。そのときは名刺をもらっただけであたしが断わったから終わったんだけど、一週間ぐらいしてから電話で話をしちゃったの」

「電話がかかってきたの？」

「そうじゃなくて、あたしがかけたの。お金が欲しくなったのよね、あたし。お金のことだけで考えればいいアルバイトだって気がしてきて、その考えが頭から離れなくなっちゃったのよ。そんなにお金が欲しいって切実に思ってたわけじゃないけど、一本の出演料が七〇万円だの八〇万円だの、一〇〇万円を超《こ》えるギャラを稼いでる人もいるだのって話を聞かされると、手の届くところでそのお金があたしを待ってるみたいな気に段々なっていったのよ」

「まるっきりわからないわけじゃないけどさあ。誰だってお金には弱いんだから……」

「もちろんあたし、周二にわるいことだと思ったわ。でも、浮気とかいうのとは違うんだからって思ったの。他の男に気持ちが傾いてというんじゃなくて、これはうしろめたくはあるけど、一種の肉体労働みたいなアルバイトなんだから、心は周二から離れてはいないんだからって考えて、無理矢理に自分を納得させたの」

「肉体労働には違いないけどさあ。それに、由香の肉体なんだからどういう使い方をしても由香の自由なのかもしれないけどさあ。でも、心も肉体の中にあるんだからさあ。おれは由香の心と一緒に、その心の容《い》れ物になってる由香の肉体もいとしいと思ってるんだよね」

心と軀を切り離して考えることができるみたいな由香の言い分は屁《へ》理屈としか思えなかったから、ぼくはもっと強いことを言いたかったのだけれども、やっと彼女がそのときぼくを前のように名前で呼びはじめたので、ことばを控え目にすることにした。

「それはわかるわ。周二の言うとおりだと思うわ。そういうふうに考えて、あたしは自分を正当化しようとしたのよ。自分でもそんなのは屁理屈だと思ってたわ」

「お金を稼いでどうするつもりだったの？」

「どうするって決めてたわけじゃないけど、買いたいものはいっぱいあるから……」

「あと一年で大学を卒業するんだから、就職して二人で働けば人並みなものは何でも買えるじゃないか」

「人並みじゃないものも欲しかったのね、あたしはきっと……」

「誰だってそりゃ人並み以上にって欲はあるけどさあ。でもみんな手の届かないものは諦めて生きてるんだよ。自分の能力に見合ったところまで満足ラインを下げてね」

「そういうこともわかってる。だけどあたし、周二に知られなかったらまだAVの仕事をしてたと思うの」

「ばれっこないと思ってただろうからな」

「自信があったわけじゃないの。最初はばれるはずないと思ったのよ。周二はAVとか見ないから。でも、あの業界の女の子たちは〝親バレ〟とか言って、みんないつかは親とか知ってる人とかに自分のヴィデオを見られてしまうかもしれないって心配を持ってるみたいなの。それを聞いたらあたしも心配になったわ」

「それでもつづけようって思ったわけ？」

「うん……」

「だけど、あれってすごい勇気がいるはずだろう。いやじゃなかったのか？」

「すごいいやだった。死にたくなるくらいに。約束ほっぽり出して逃げて帰ろうと何度も思ったわ。でも、それは裸になるまでだった。ああいう仕事してる人たちって、ほんとに上手にこっちを乗せちゃうみたいなの。それで半分乗せられたようにして脱いじゃうと、もうこうなったんだからいいやって、へんに度胸が坐っちゃったの」

「それは理解しにくいことだな。おれが男だからなのかなあ」

「でも、男も女も関係ないんじゃないかしら」

「そうかなあ……」

「だって男の人はフーゾクの店とかに行けば、好きでも何でもない初対面の女の人とエッチするわけじゃない」

「だけど、それとＡＶの仕事とは違うだろう」

「仕事と遊びの違いはあるけど、見知らない相手とセックスができる気持ちになるという点では同じだと思うなあ」

「そういう意味か……」

「さっきあたしは、ＡＶに出るのは浮気というのとはちょっと違うし、心と肉体は別だみたいなことを言ったけど、正直に言うと今もあたし、そう思ってるの。あたしはカメラの前で裸になったときまでは、約束だから相手役の人とセックスしても、自分は感じたりはしないはずだって思ってたわ。ごめんなさい、こんなこと言って。でも、そこがはっきり言って問題のポイントだと思うし、事実は事実として周二に理解してほしいから……」

　由香は顔は伏せていたし、声も暗く沈んでいたけど、口調ははっきりしていた。もう泣いてもいなかった。ぼくはそこのどこが由香の言うような問題のポイントなのか、よくわからなかったし、彼女が何を言おうとしているのかも、見当がつかなかった。

「つまり、ヴィデオの相手役とのセックスで由香が感じたってことをおれに理解しろってこと？　それなら理解っていうか、ヴィデオ見てておれにもはっきりわかったさ。もう頭がおかしくなるくらいにはっきりわかった」

「あたしが言いたいのは、男でも女でも、セックスでは心が空っぽのままでも肉体だけは生理的に反応するし、燃えあがるんだってことを、自分の身をもって知ったってことなのよ。だからさっきあたしが言った心と肉体は別々にできるという考えも、必ずしも屁理屈だとは言いきれないと思うの」

「だからAV出演は一種の肉体労働のアルバイトとして考えて、割りきってくれって言うわけ？」

「そうは言わないけど、そういうふうに考えてあたしのしたことを許してもらえたらうれしいわ」

「同じことをしても、相手によって愛の行為にもなれば、肉体労働にもなるし、ただの快楽の手段にもなるというのは、ずいぶん便利な話だって気はするけど、一般的な事実としては認めるよ。そのとおりなんだろうからな」

「問題はハートだと思うの。セックスに大きな道徳的価値を置くのは、人間にとってあまり幸福なことじゃないんだわ、きっと。そういう方向に時代は動いているのよ」

「ずいぶん大きく出てきたじゃないか。由香がAVに出たのは時代のせいだって言うのかよ」

「そんなことは言ってないわよ。開き直ってるみたいに聞こえたんなら謝《あやま》るわ」

「由香だっておれが仮にソープランドに行ったってことを知ったらおもしろくないんだろう。ああ、これは単なる快楽のためのセックスなんだから騒ぎ立てることはないわって割り切れるかい」

「割り切れないかもしれないけど、許そうと思うだろうな」

「それは、おれにとってはただ単なる快楽のためのセックスにすぎないものでも、由香にとってはハートの問題になるってことだよ。割り切れないのも、許そうと思うのも……」

「ただ、あたしは快楽を求めてＡＶの仕事をしたわけじゃないから、快楽は結果として後から生じてきたものだから、ソープランドの例とはちょっと違うと思うな」

「人間を含めてすべての動物には、本能として性的独占欲というものがすりこまれてるんだよ。だから男と女の間には嫉妬心が生まれるんだと思うな。愛はハートの問題だけど、それは心だけじゃなくて肉体も含めての問題にならざるをえないさ」

いつのまにか討論会みたいになってしまって、和解が成立したのかどうかはっきりしない雰囲気が生まれていた。由香もそれに気がついたらしくて、顔を上げると反省した口調で言った。

「ごめんなさい。あたし、自分が周二に顔向けできないばかなことをしちゃったのに、偉そうなことを言っちゃったわ。もう二度とへんなアルバイトなんかやらないって約束するから許して……」

ぼくはもちろんだと答えて椅子から立ちあがり、由香の手を取って立ちあがらせると、キスをした。由香はぼくの口が猛烈に酒くさいと言って笑い声をあげてから、今度は自分から唇を重ねてきてぼくの舌を吸った。

それからぼくは由香をベッドに連れていって、愛の行為にとりかかった。ぼくはもうAVのクソ男優が由香にしたのと同じことを真似ようとは思わなかった。けれども結果的にはぼくはそのときも由香のアヌスに舌を這わせ、シックスナインも行なうことになった。由香が喘《あえ》ぎながら切なそうな声でそれを求めてきたからだった。

そのときに由香が口からもらした一言は、ぼくの心に妙な具合にひっかかってきたのだけれど、こちらもそれを気にしていられるような状態ではなかったので、いやな予感めいたものを覚えながらもぼくは聞き流した。由香はそのときこう言ったのだ。

「あたしってどうしようもない淫乱なのね」

6

由香はまた週末をぼくの部屋で過ごすようになった。ウィークデイに外で落ち合ってデイトすることもあった。

ぼくらの間で由香のAV出演のことが蒸《む》し返されるようなことはなかった。そういう話にならないように、たえずぼくが気を配り、自重《じちよう》していたからだった。ぼくらの仲はあの暗黒のヴァレンタインデー以前と変わらない睦《むつ》まじさにすっかり戻ったように見えた。

けれどもそれは、ほんとうにすっかり元に戻った、というわけではなかったし、つぎの波乱が襲いかかってくるまでの、束《つか》の間の小康状態というようなものでしかなかったのだ。

由香のほうは果たしてどうだったのかわからないが、仲直りをした後でもぼくは彼女のAV出演のことに対する暗くて重苦しいこだわりをなかなか捨てきれなかった。その証拠に、ぼくはあのヴィデオの送り主のことを忘れることもできなかったし、〈中国守〉なる人物を探し出そうとして、ひそかな努力もつづけていた。

由香だって決してけろりとした気持ちでいられたわけではないのかもしれない。以前にくらべて、由香がぼくにやさしくてこまやかな気持ちを示すことが多くなったのも、何かにつけてぼくを先に立てるようになったことも、彼女のこだわりの顕《あら》われと見ることもできる。少なくともぼくは、ヴィデオ事件の後も由香の気持ちがぼくから離れていないことは信じられた。

ぼくにとっての最大のこだわりは、由香とのセックスだった。それがいちばん困難な問題をぼくに突きつけていた。由香に対するぼくの強い愛情の前に、AV女優の体験を持っている彼女の肉体が、手に余る異物のように立ちはだかってくる気がするのだった。

ベッドに横たわる由香の均整のとれた美しくてセクシーな肉体は、以前と変わらずぼくを魅了し、気持ちをときめかした。一六四センチ、四八キロ、スリーサイズ、八八、六三、九一の傷ひとつ、染《し》みひとつない見事なその肉体のどこにも、由香の言う〝肉体労働〟の痕跡など残っていなかった。

けれどもぼくにとってはその軀はやはり、以前と同じ由香の肉体だと言い切れないものを感じさせた。由香の軀を愛撫し、彼女を抱き、彼女の中に入っていくたびに、ぼくの脳裡には〈マン開淫乱女子大生の赤いしたたり〉の中の由香のあっけらかんとした淫《みだ》らな姿の数々が、ストロボの光の中に浮きあがる暗い絵のように明滅するのだった。

それは仕方のないことなのだろうし、そうなることをぼくは予測していたし、覚悟もしていた。けれども、その明滅する暗い絵のようなものが、ベッドの上のぼくを破廉恥《はれんち》な変態じみた淫らな男に変えることまでは予測できなかった。

ヴィデオ事件以来、ぼくは事の最中によくサディスティックに由香を扱いたくなったり、逆にマゾヒスティックなことを彼女にしてもらいたい、という衝動に襲われるようになった。それはヴィデオの中でクソ男優が由香にしていたことを真似たときの気持ちとは、明らかに別の衝動のように思える。

由香のアヌスを舐めたり、シックスナインをしたりしたのは、あくまでも真似であり、嫉妬にかられての行為だったのだと思う。けれども、SMプレイふうの衝動には、クソ男優が示してくれたような手本はなかった。それはぼく自身の心の底の深いところから湧き出てくる欲望のように思える。もっとはっきり言えば、ヴィデオ事件で生じたぼくの心の亀裂が、その底に眠っていたそういう欲望を誘い出してきた、ということなのかもしれない。

　ぼくは素っ裸の由香をロープで縛りたいと思った。裸の由香を水風呂につけたり、風呂場のタイルの床に正座させて冷たいシャワーを浴びせつづけたりしながら、クソ男優とセックスをしたときの彼女の心のありさまと軀が味わった快感のようすを、こと細かく語らせたいと思った。由香の恥毛を剃ったり、ライターの火で焼いたりしたい、と思ったこともあった。フェラチオをさせながら、同時に由香にオナニーをやらせたいと思った。彼女のアヌスに挿入して、そこで射精をしたいと思った。

　そういうサディスティックな欲望には明らかに、ＡＶに出演した由香をそういうやり方でいじめて、こちらの気持ちを晴らしたいという心理がはたらいていた。けれども、マゾヒスティックな衝動のほうは説明がつかない。

　ぼくは由香に上にまたがってもらって、顔じゅうに彼女の性器の濡《ぬ》れた部分をなすりつけてほしいと思った。裸の全身をくまなく由香の素足で踏みにじってもらいながら、ときどきその足の裏を舐めたり、指をしゃぶったりしてオナニーをしてみたかった。裸の全身に由香の小便をかけてもらったり、それを飲んだりしてみたいと思った。〈マン開淫乱女子大生の赤いしたたり〉を由香と一緒に見ながら、頰に平手打ちをくらわされたり、鞭で裸の軀を殴られたりしながらオナニーをしたい、と思った。

　ヴィデオ事件のことで言えば、由香は裏切りをはたらいた者であり、ぼくは裏切られた人間だ。ぼくは責める側に立ち、由香は責められるほうの人間だった。いわば優者と劣者の関係になる。そこでぼくは、裏切りをはたらいた人間である由香の小便を浴びせられ、鞭で打たれることによって、あえて優劣の立場を逆転させ、そのことでぼく自身のヴィデオ事件にまつわる諸々の思いを打ち壊《こわ》すか、無いに等しいものにしてしまおうと、無意識のうちに企《たくら》んでいた、という解釈もあるいは成り立つのかもしれない。

何しろ、自分でもおどろくようなそういう奇怪な衝動がぼくを突き動かすようになっていたのだ。けれどもそれはあくまでも妄想のようにしてぼくの頭の中に浮かんでくるだけで、何ひとつ実行に移されたものはなかった。

もっとも、実行しようと思えば、それらの衝動のすべてとは言わないまでも、中のいくつかぐらいは実現していたかもしれない。というのは、仲直りしてからの由香にも、それまでとは異なる変化がベッドの上で現われていたからだ。

彼女は進行中の行為について自分のあからさまな感想や、快感の度合いや色合いなどを、はっきりと口にすることが多くなったし、愛撫についても自分の望みを恥じるようすもなく表明するようになっていた。そして、そういうことを口にするたびに、由香はそのことの言い訳のように『あたしってどうしようもない淫乱なのよね』という例のことばをつけ加えた。

由香のそうした変化と、ぼく自身の心の中でくすぶっているＳＭ志向と思える欲望とのせいで、仲直りした後のぼくらのセックスシーンは、それまでのそれなりの節度と羞恥の気持ちと静穏とを少しずつ失っていって、どぎつくて破廉恥《はれんち》な色合いをおびはじめていた。

　それを、ヴィデオ事件がぼくらのそれまでの性的な遠慮を荒療治的に打ち砕《くだ》いた結果、と見ることもできるだろう。由香のＡＶ出演は、ぼくと由香の性的欲望のありようをむき出しにしていくという予想外の後遺症をもたらしていたのかもしれない。

　あれ以来、シックスナインとアヌスの舐めっこは、由香の望みによって毎度の定番メニューとなっているし、これは彼女の注文で始まったことではないけれども、ぼくはクンニリングスをしてやりながら彼女のアヌスにクスリ指を第二関節のところまで入れたこともある。由香はそれをことのほか歓んで夢中になり、同時に前のほうにも指を入れてほしい、と言った。

　その方法で由香はオーガズムに達してしまい、ぼくはそのときの彼女のリズミカルな歓喜の痙攣《けいれん》が、隣接したせまい穴に挿入しているそれぞれの指に刻みつけられるようにして伝わってくるのを感じとって、とても興奮した。ペニスの挿入なしで由香がオーガズムを迎えたのは、それが初めてだった。だから、ちゃんとペニスを入れてから迎えた由香の二度目の絶頂感が忘れられないものになっただろうことは、そのときの彼女の狂乱ぶりから見ても容易に想像できる。

つまり、ぼくらのセックスはそんな具合に少しずつ過激路線に移行しはじめていたのだから、そこからぼくがひそかに思い描いているようなSM的な行為を実行するところまでは、いくらの距離も残っていないのかもしれなかった。

7

その電話はぼくの留守中に会社にかかってきた。

外回りの仕事を終えて帰社したら、ぼくのデスクに相手の電話番号と名前と、電話を待っているというメッセージの書かれたメモが置いてあった。ぼくの電話を待っているというのは〈千野《せんの》〉という人物だった。

ぼくはてっきり仕事関係の電話なのだろうと思ったけれども、自分が扱っている客の中にはその名前で思い当たる相手はいなかった。

早速《さっそく》メモにある電話番号を押してみたら、女性の声の応答があって千野だと名乗った。そして彼女はぼくが会社名と自分の名前を告げて、留守中に電話をもらった者だと言うと、納得したようすで『主人と替わります』と答えた。その女性の声にもぼくは心当たりがなかった。

「千野です。実は船迫さんに折り入って話してみたいことがあって、それで電話をかけたんです。今夜は何か予定がありますか?」

電話に出てきた男はいきなりそう言った。必ずしも仕事の話だとも言いきれない感じを受けたので、ぼくは戸惑って用件をたずねてみた。

「くわしいことは会ってから話しますけどね。寺井さんのことなんです。寺井由香さん……」

「由香がどうかしたんですか?」

「ちょっとややこしいことになってるんですよ」

「あなたは由香とはどういう関係の方なんですか? 失礼ですが……」

「それも会ってから説明させてください。さしつかえがなければ、今夜の八時ぐらいにあたしの自宅に来てもらえるとありがたいんですがね」

千野という男はそう言って、自分の住んでいるマンションの場所と部屋番号を説明した。どことなく押しの強い感じの相手の口調が気にはなったけど、ぼくは八時にそこで会うことを承知した。いくら訊《き》いても、由香についてのどういう話なのか、自分がどういう素性なのか、千野は明かそうとしなくて、会ってからの一点張りだったので、出かけていくしかないと思った。由香のことで何かがややこしくなっていると聞かされただけで、ぼくは気が気じゃない気分にもなっていた。

電話を切ってから、ぼくはメモしたばかりの千野の住所をあらためて眺めた。そしてふと、千野という男は〈マン開淫乱女子大生の赤いしたたり〉をダビングして〈中国守〉という変名でぼくに送りつけてきた当人じゃないか、と疑った。教えられた千野の住所が〈中国守〉と同じ杉並区だったからだ。

ただ、〈中国守〉の住所は成田東となっていたのに対して、千野は井草《いぐさ》に住んでいるというのだから、それだけのことで二人が同一人物だと決めつけることはできない。ただそう思っただけのことだ。

〈中国守〉の正体については、ヴィデオが送られてきてから一カ月半余りが過ぎていたけれど、ぼくは何もつかんでいなかった。相手からのその後の音沙汰《おとさた》も何ひとつなかった。

外ではぼくは何事もなかったようなふりをしながら、ぼくと由香との仲を知っている人間の前では、ひそかにその相手を観察しつづけていた。あんなヴィデオを送りつけてきた人間なら、その前と後ではぼくと接するときの態度に何らかの微妙な変化が現われるにちがいない、と考えていたのだ。けれどもぼくのそのひそかな期待は、千野という男がその電話をかけてきた四月五日までは叶えられていなかった。

ぼくは外で夕食をすませて、千野との約束のときまでの時間をつぶしている間に、何度か由香のマンションに電話をかけた。由香にたずねれば千野の素性と用件がはっきりするだろうと思ったのだけれど、彼女は留守をしていて結局連絡は取れなかった。

そのマンションは、ぼくの通勤コースの途中に当たる西武新宿線の井荻《いおぎ》の駅から歩いて一〇分ばかりの、わかりやすい場所にあった。

部屋のドアの横には〈千野満《みつる》〉という表札が出ていた。インターフォンに応《こた》えて中からドアを開けてくれたのは、ジーパンに白のトレーナーを着た三十代後半と思える女性だった。髪をシニヨンに結った、小作りの顔立ちの美人だった。それが最初に電話に出た千野満の奥さんなのだろう、とぼくは思った。

ぼくはダイニングキッチンを抜けた先にある、雑然とした狭い居間らしい部屋に通された。いくらかくたびれた感じの革《かわ》のソファと、その前のガラストップのテーブルと、大型のテレビやヴィデオデッキやオーディオセットと、壁を埋めつくした本棚とで占《し》められた部屋だった。雑然とした印象を受けたのは、本棚に収まりきらない本や雑誌のいくつかの山が、床のカーペットの上に築かれていたせいだった。

千野満はソファの上にあぐらをかいて、ぼくを待っていた。一八〇センチ近くはありそうな大柄の中年男で、正確な年齢の見当はつけにくかったけれども、長く伸びて波打っている髪には白毛がまじっていた。それでも四十代半ばというところで、五十に手が届いているようには見えなかった。

色の浅黒い顔は、立派な鼻筋と言い、大きくて澄んで見える目と言い、引きしまった口もとと言い、なかなか立派で物静かな品位のようなものを感じさせた。少なくとも電話で話したときの、押しが強くていくらかぶっきらぼうな話し方の主《ぬし》とは、印象が違っていた。だからぼくは彼のことを何か芸術的な方面の仕事をしている人物なのだろうか、と考えた。

その考えは必ずしも的《まと》はずれだったとは言えない。ただし、アダルトヴィデオの脚本を書いたり、演出をしたりするのが芸術的な仕事であるとすればの話だ。

渡された千野の名刺には〈千野企画社長〉という肩書きが付いていた。ぼくはそれを見ながら、それがどういう業務内容の会社なのかを訊いてみた。セールスに回っているときの、本題に入る前に世間話をする習性が出たのだ。千野は答えた。

「アダルトヴィデオの制作会社ですよ。会社というか、あたしの個人プロダクションみたいなもんですがね。あたしがシナリオを書いたり、演出をやったりしてるんです。船迫さんが見せられたという〈マン開淫乱女子大生の赤いしたたり〉もあたしの作品なんですよ」

どこにも気兼ねや気後《おく》れなんか感じられない堂々とした答えぶりだった。ぼくはいきなりバットで頭をぶん殴られたような気がした。反射的にぼくはソファから立ちあがった。千野にとびかかって殴ってやろうかと思ったような気がする。実際ぼくはそういう顔になっていたんだと思う。そうでなければ千野が立ちあがって『まあまあ……』と言いながら両手でぼくの肩を押えるはずはなかった。

ぼくが手を出さなかったのは、そのときの千野の表情に、ぼくの怒りを予想し、理解しているようなところが見えたからだ。彼がおかしな笑い顔でも見せていたら、そのままソファに尻を戻してはいなかっただろう。

「とにかく話を聞いてください、船迫さん。寺井さんが面倒な立場に立っちゃってるんですよ」

千野はぼくの両肩に手を置いたままで言った。ぼくはそのわけを訊いた。

「寺井さんをスカウトしたプロダクションが、彼女を契約違反で訴えると言い出してるんです」

「何の契約違反なんですか？」

「寺井さんがＡＶの出演を断わってきたんです」

「だって由香は出演したじゃないですか。千野さんが監督したという作品に……」

「あれは彼女のデヴュー作で、寺井さんとプロダクションとの間には、あと二本出演するという約束が交《かわ》されているんです。寺井さんはすでにギャラの一部の前渡しももらってるそうなんです。もっとも本人はその金は返しに来たらしいんですがね」

由香が約束したという残り二本のアダルトヴィデオも、千野満の脚本・監督で制作されることになっている。ところが撮影の準備はととのったが、主演女優が降板したいと言い出したので、モデルプロダクションだけでなくて千野自身も困っている。

そのプロダクションの社長というのは、やくざ者ではないがこじれるととてもうるさい男だから、面倒なことになるのは由香のためにもよくない。その社長は、由香が約束の仕事を放り出すと言い出した原因が、AV出演を恋人に知られてしまったことにあるのだとわかって、自分で船迫周二を説得すると言い出した。けれどもその人物はキャラクターから言っても外見の印象からしても、そういう微妙で厄介《やっかい》な問題で相手を説得するには不向きである。その証拠に由香のことさえ説得できずに訴えてやるなどと騒ぎ立てているくらいだから、千野としてはとても任せておけない。そこで千野がぼくを説得する役を買って出た、という次第だった。

「手っとり早く説明するとそういうことなんだけれども、あたしは船迫さん、この問題であなたを説き伏せることを何が何でも第一義的に考えてるわけじゃないんです。失礼だってことは重々わかってて言うのだから怒らないでほしいんだけど、あたしは男女の間の性的な裏切りということに強い関心を持ってるんです。だから、寺井さんのことであなたを説得できるかどうかは別にしても、あなたとゆっくり話してみたいと思ってるんです」

「AV出演で由香に裏切られたぼくの気持ちを聞きたいってわけですか？」

「直接の話じゃなくても、たとえば一般論としての男女の間のジェラシーとか、性的な独占欲とかについてのあなたの考えを聞いてみたいし、ぼくの意見も話してみたいと思うんですがねえ」

千野満はとても真面目な口ぶりで話していた。少なくともぼくをうまくなだめて丸めこもうとしているようすは感じられなかった。ぼくはようやく、ひとまずソファに腰を戻す気になった。千野の奥さんがコーヒーを運んできたせいもあった。

千野は部屋に入ってきた奥さんを、名前で呼んで家内だと紹介した。京子《きょうこ》という名前だった。

「コーヒーよりお酒のほうがよかったかしら」

千野京子はそう言って夫を見た。『酒にしますか』と千野に訊かれて、ぼくは首を横に振った。

「京子もAVに出たことが二度ばかりあるんですよ。あたしの作品にね。あたしが無理矢理に出演させたんです」

千野がコーヒーに砂糖を落しながら言った。ぼくは思わず京子のほうを見た。彼女は何も言わずに静かな美しい笑顔をぼくに残して出ていった。ぼくは千野にたずねてみた。

「奥さんがAVに出たのは、千野さんと結婚する前だったんでしょう？」

「結婚してからですよ。つい五年ばかり前の話なんだから……」

「ほんとですか？　何か事情があったからなんでしょう？」

「そんなものはなかったんだけど、自分の女房が目の前で他の男とセックスするのを見たら、自分はどんな気持ちがして、どんなことを考えるようになるか。女房のほうはどうなのかってことを知りたかったんです」

「つまり実験みたいなことだったわけですか。すごいことを考えたもんだな」

「たしかに実験なんだけど、あたしが験《ため》したかったのはセックスと愛情が分離できるとすれば、どこまでそれができるのかってことだったんです」

「ジェラシーと性的独占欲の問題ですか」

「これねえ、男と女の間の永遠のテーマだとあたしは思ってるんです。これを乗り越えられたら、男女の間の愛情はもっと力強くて純度の高いものになるはずなんだ」

「実験の結果はどうだったんですか。千野さんはジェラシーと性的独占欲を超越して、奥さんとの間に純度の高い力強い愛を確立できたんですか？」

ぼくは意地のわるい質問を、いかにも皮肉な口調で千野に浴びせた。

「この答えはむつかしいんだけどね。辛《から》く見ても七五パーセントまではそれを実現した、と自分では思ってるんです。どうして七五パーセントかっていうとだね、相手が女房だからということがある。夫婦というのはどうしてもおたがいに愛情のボルテージは下がっちゃってるからね。スワッピングなんかをやるカップルも倦怠期《けんたいき》になってるからなんですよ。女房がぼくの作品に出たときは、結婚して六年目だったんだ。その時分にはある程度熱がさめてるから、ジェラシーも独占欲もそれに応じて多少は弱まってた点を考慮すると、実験によってぼくがそういうものを一〇〇パーセント克服したとは言えないなあ」

「奥さんのほうはどうだったんですか？」

「彼女は九〇パーセントぐらいは克服できたと言ってるんです。あたしが他の女と寝てもそれは許せると言うんです。事実、そういう場面を女房は見てるんですよ。ここに遊びにきたＡＶ女優と、そういうことをしたことがあってね。それは実験のつもりなんかじゃなくて、三人で酒飲んでワイワイやってるうちに、なんとなくそんな雰囲気になっただけなんですがね」

「やっぱりすぐには信じられない話だな、ぼくには。というより嘘くさいって気がするな」

「当然ですよ、それは。あたしだって女房だって、そういうことをしたからってすぐに心の中の葛藤から抜け出せたわけじゃない。ずいぶん長い時間がかかったし、その間には紆《う》余曲折《よきょくせつ》は当然あった。諍《いさか》いもしたしね。そうやってトンネルを脱け出てきたんです。何事も経験だって言うけど、こういう事柄はまさに経験からしか学ぶ手だてがないから厄介ですね。だから人類は延々と男女の間で同じトラブルをくり返して、何千年もの間同じ悩みや嘆きに苦しんできた。そう思いませんか？」

「だからって、由香がまたＡＶに出るのを承知する気にはならないですよ、ぼくは。とてもじゃないけどそんな気にはなれないな」

「なれるかどうか、実験してみる気はありませんか、船迫さん」

「そんなことどうやって実験するんですか？」

「ひとつの方法として、あたしの女房を実験台として使ってみませんか。女房と船迫さんがセックスしてみるんですよ」

まるで傘《かさ》か何かを貸してやるような口ぶりで、千野満は言った。それも至極《しごく》真面目な顔のまんまでだ。ぼくは次元の違う異界に迷いこんだような気がした。たがいに初対面の相手に、女房を提供するからセックスしてみてくれと言っている目の前の男が、自分と同じ惑星の、同じ日本の現代社会に棲息している同じ人間だということを納得するのは、ぼくにとってはそれほどたやすいことじゃなかった。

8

「冗談はやめてください」

ぼくは千野満をにらみつけた。からかわれているような気もしたのだ。

「冗談なんかじゃない。あたしは本気で言ってるんです。誤解しないでほしいな」

千野は正面からまっすぐにぼくを見て言った。静かに澄んで見える彼のその眼差《まなざ》しがぼくの混乱をますます煽《あお》った。

「ぼくにはわからないな。千野さんの話が」

「どういうふうにわからないの？」

「だってそうじゃないですか。ぼくが千野さんの奥さんとそういうことをしてみるのが、どうして由香のＡＶの再出演をぼくが許せるようになるかどうかの実験になるんですか？　そんなの全然関係がないじゃないですか」

ぼくはそう言った。そのときに千野の妻の京子が居間に入ってきた。ぼくにはそれがまるで、出番のタイミングを計っていたような出現に思えてならなかった。

彼女は大きなトレイを両手で胸の前に抱えていた。トレイにはウィスキーのボトルやアイスペール、グラスなどが載せられていて、カタカタという音を立てていた。

「あたしと船迫さんが何をするわけなの？」

ソファのところにやってきながら、京子が千野へともぼくへともつかずにそうたずねた。答えたのは千野だった。千野は自然な身ごなしですばやく立ち上がると、重たそうなトレイを黙って京子の手から受け取って、前のテーブルにおろした。そして彼は言った。

「実験の話なんだよ。船迫さんに京子とセックスしてみたらどうだって勧めてるところなんだ。そうすれば寺井由香さんのＡＶ出演にも理解が持てるようになるかもしれないって話をしてるところさ」

「その話なのね。あたしも賛成だわ。やってみるべきよ、船迫さん。あたしでよかったらよろこんで実験台になってあげますよ。そうしなきゃ寺井由香さんがかわいそうだわ」

そう言って、京子はぼくの横に腰をおろした。肩が触れ合いそうになるくらいの近さだった。意図して彼女がそうしたのかどうか、ぼくにはわからなかった。ぼくの混乱と動転は頂点に達していた。その場に〝実験台〟の現物が登場してきたために、雰囲気も話も一気に生《なま》なましくなって、ぼくは息苦しさに喘《あえ》いだ。奇怪な夢の中にいる気分だった。

「コーヒーのおかわりというのも気がきかないし、時間も時間だからと思ってお酒の用意をしたの。船迫さんは水割りかしら。それともオンザロックがお好み？　ビールもありますけど……」

京子が化粧気のない美しい顔をぼくに向けて、事務的だけれどもとてもなめらかな口調で言った。初対面の男とこれからセックスをすることになるかもしれない立場にある女の態度とは、とても思えなかった。

「水割りでいいです……」

ぼくは答えた。声がぎごちなくひびくのが自分でもわかった。ぼくは無意識のうちにたばこをくわえて火をつけていた。京子が前かがみになって三つのグラスに氷を入れて、水割りを作りはじめた。その間に彼女のジーパンの膝《ひざ》が何度かぼくの膝に触れた。わざと押しつけられてきた膝ではなさそうだった。

何でもない場合ならば、たまたま隣りの女の膝がこっちに触れたぐらいは何でもないことで終わるのだ。けれどもそのときは何でもないどころか、とんでもない場合だったから、ただそれだけのわずかな接触が、ぼくの気持ちに激震をもたらした。

膝が触れ合ったとたんに、ぼくはその部分に火傷《やけど》でも負ったような熱さを感じた。ぼくは熱をおびているその部分に、京子の肉体そのものを丸ごと意識した。それだけではなくて、ぼくは露骨な性的好奇心をもって彼女の全裸の姿を頭の中の暗がりに思い浮かべていたのだ。情けないことだった。哀しいことだった。愚かだった。

ぼくは間違っていた。ちゃんとした男ならば、その段階で決然と席を立って帰ってくるべきだったのだ。けれどもぼくはそうはしないで、うわずった声で水割りを所望したりしたのだ。そのときぼくをずるずるとその場に居坐らせていたのは、千野の言っている実験の試みに対する関心なんかではなくて、もっと単純明快な理由だった。ぼくは早くも京子と裸で抱き合っている自分の姿を想像して、そのことに強く気持ちを惹《ひ》かれていたのだ。

そのくせにぼくは、その気持ちに素直に従っていこうとはしなかった。自分自身に対しても、実験を勧める千野夫婦の主張に対しても、もっともらしい抵抗をして見せた。そうせずにはいられなかったのも事実だったのだ。誰だってこのときのぼくと同じ立場に立たされれば、同じことをするのではないだろうか。勧められるままに、はい、そうですか、それではと言って人の女房と寝ることのできる奴は、あんまりいないだろう。

ぼくは抵抗むなしく千野夫婦に説き伏せられて、あくまでも実験のために京子とベッドを共にする、という形に持っていきたかった。そのためにその場は、男と女の間の性的独占欲と愛情との関わりをめぐるディスカッションの席のようになったのだけれど、討論のくわしい中身まではあまりよくは覚えていない。いちばん活発に発言したのは千野だった。

「船迫さんは由香さんを愛している。だから彼女のAV出演で心が傷ついた。その船迫さんが京子とセックスをする。そうするとあなたは当然、自分も由香さんを性的に裏切ったと考えて苦しむでしょう。その苦しみはAVの仕事であなたを裏切った由香さんが味わっている苦悩と同じものになるはずです」

千野はそう言った。同じ苦悩を味わうことで、ぼくに由香の気持ちを理解しろということなのか、とぼくは訊《き》いた。

「結果としてそうなればそれに越したことはない。でもね、泥棒をした人間の気持ちを理解するために、試しに自分も泥棒をやってみるというのは愚劣だと思うな。あたしの言っている実験の目的は、そんなうわっつらを撫《な》でるだけのものじゃなくて、もっと根源的な問いかけの上に立ったものなんですよ」

ぼくには千野の妻とぼくがセックスをすることにどんな根源的な問いかけがあるのか、見当がつかなかった。

「つまりこういうことなんです。愛し合っている男女のカップルの片方が、愛情以外の動機によって第三者と性的関係を持つことは、果たして本来の相手に対する裏切りと言えるのか、という問いかけですよ」

　そんなものは裏切りに決まっている、だからこそ世の中には三角関係のトラブルや、愛情のもつれが原因の殺人事件なんかが絶えないのじゃないか、とぼくは主張した。その点では、ぼくと京子は意見が一致した。

「他の人と寝るのはやっぱり裏切りだわよ。性的独占欲というのは人間だけじゃなくて、他の生き物だって持ってる本能みたいなものだもの。裏切りは裏切りなんだけれども、問題はどうやって裏切りから生まれてくるいろんな悲劇を乗り越えるか、乗り越えた先にほんとに自由な新しい愛情関係をどうやって相手との間に作り出すかってことだと思うわ。あたしたち夫婦がやった実験はそういうことだったとあたしは思ってるのよ」

　京子はそう言った。京子のその意見は、現実性はともかくとして、ぼくにもうなずけるところがあった。だが、千野はそこからさらに根源に向かって踏み出すべきだ、と言った。

「そもそも、何者かに対する性的独占欲や忠誠心というようなもの自体に、果たしてとりたてて言うほどの何かの価値があるのだろうか。そいつは宗教や一夫一婦制を基《もと》にした古い道徳律が作り出した神話のようなものにすぎないんじゃないのか。その非人間的な神話に抑圧されつづけてきたために、男と女は長年にわたって、愛情とセックスがひとつのものだという幻想に支配されつづけてきて、その幻想が脅《おびや》かされるたびに、もしかしたら無用の罪の意識にさいなまれたり、もしかしたらフィクショナルなものかもしれない憎しみや嫉妬や嘆きに苦しみつづけてきたのではないか。

われわれの肉体はもうとっくの昔に、それが神話であり幻想であることを見抜いていたのだけれども、頭はその肉体のあげる声に本気で耳を傾けることがなさすぎたんだと思うね。だからようやくセックスが建て前でなくて本音で語られるようになったこの時代にこそ、われわれは自分たちのセックスを頭から解き放って肉体に戻してやって、本来的な新しい男女の愛のあり方を模索してみるべきなんだよ。世も末だとみんなが眉《まゆ》をひそめるような今の世の中のいろんな性風俗のあれこれだって、実は正しい意味での真の性の解放が底流で求められていることの顕《あら》われなんじゃないかとあたしは思ってるんだ。そんな考えがあったもんだから、まずはわが身からと思って、あたしは京子との間で性的独占欲を克服するための実験をやったんです」

千野は静かな声でそんなことを言った。それを聴《き》きながら、京子はいくらかからかうような笑いを浮かべた顔で夫を見ていた。千野がことばを切ると、京子が笑ったままの顔で口をひらいた。

「ね、船迫さん。よくしゃべるでしょう、この人。船迫さんはこの人の言ってることわかる？　あたしはほとんどわからないのよ。言ってることがむつかしいんだもの。いつもそうなの。昔この人は左翼だったせいか、理屈が好きなのね。あらゆる物事に解釈を与えたり、意味づけしたり、説明したりしないと、脳味噌にジンマシンが出るらしいのよ。気の毒な性分よね」

「そんなこともないけどさ……」

千野は京子のことばに苦笑いを浮かべて言ったが、それを不愉快に思って聴いていたわけではなさそうだった。そんなようすを見ていると、二人はほんとうに心を許し合った仲のよい夫婦に見えた。

「あたしはこの人と違って頭が単純なの。だから性的な裏切りの話をするのに、神話だの幻想だのは関係ないと思ってる。でもね、船迫さん。あたしたちは実験をやったおかげで前よりはいい夫婦になったのよ。それだけはあたしは自信をもって言えるわ。お互いの性的な束縛をとりはずした分だけ、セックスの絆《きずな》は細くなったのかもしれないけど、でもね、その分だけ気持ちが自由になって、心のつながりとか信頼感とか、やさしさとかは前よりも深まってるの。何というのかなあ、静かで透明な感じの着実な結びつきが実感できるのよね」

京子が言った。うっとりとしたような言い方だった。そのあとに千野がつづけた。

「京子はあたしの女房だけども、彼女だってセクシーな男を見れば抱かれたくなるのは当たり前の話でね。京子にもあたしにも、一人の女なり男なりとしての性的自由は約束されるべきなんだ。あたしら夫婦はその約束を実際に認め合ってるもんだから、京子とセックスするたびに彼女の軀が不思議に新鮮に感じられるんです。これは思いがけない実験の成果だったなあ」

「そうなのよね。相手の性的自由を認め合ってることから、二人の間に一種のいい意味での緊張感みたいなものが生まれて、それがつづいているんだと思うわ」

そういった二人の話は、ぼくにはおいしいことばかりを並べる新興宗教の布教者のことばのようにしか聴こえなかった。勝手によろこんでろよ、と思うだけだった。けれども口ではぼくは心が揺れているようなことを言った。

「あなたたち夫婦はそうやって実験に成功したんだろうけど、ぼくは自信ないなあ。理屈ではわかるような気もするけど、ぼくは心のせまい男だからなあ」

「でもね、船迫さん。好むと好まざるとにかかわらず、現実にはあなたはもうすでに半分は実験にかけられてるのと同じわけだよね。由香さんのAV出演が否応《いやおう》なしにあなたを実験台に押し上げちゃったわけだから……」

千野が言った。

「だから今度はぼくが由香を裏切って、残り半分の実験にとりかかるべきだというわけですか」

「あたしはそれを勧めるね。成功すれば幸せになれるんだから。あたしはあなたや由香さんたちのような若い人たちに、ほんとうに自由な新しい愛のありかたを身につけてもらいたいと思ってるんですよ。そのためならどんな協力だってしてしまうすよ」

千野は言った。そのために自分の妻をぼくに提供しようというのだから、彼のそのことばには少なくとも嘘はなかった。けれども、千野の口から出てくる抽象的なことばのすべてが、自分の妻とぼくとにセックスさせることの一点にかかっているのだと思うと、なんだかとても滑稽に思えてならなかった。

千野にくらべると、京子の話は簡明で具体的で直截《ちょくせつ》だった。彼女はグラスを持った手をぼくの膝の上に置いてから言った。

「実験だなんて言うからむつかしくなるんだけど、話は単純だと思うのよ。由香さんだってAVに出たことであなたを傷つけたと思ってるし、あなたもそのことで苦しんでるのよね。でも二人とも愛し合ってる。別れるつもりはない。だったらじっと考えこんでばかりいないで、打開策があれば何でもやってみるべきだわ。まずそれが一つよね。それからもう一つは、いまここで船迫さんにあたしとセックスをしたいという気持ちがあるのかどうかだわね。気持ちがあればまずそれを実行するのよ。そうすれば何かが見えてくるはずだわ。少なくとも由香さんが味わった性的自由の歓びやらうしろめたさやら、裏切りの辛さやら、セックスというものの重さやら軽さやらはわかってくるかもしれない。そこから始めてみなきゃほんとのことはわからないと思うな」

「そうだな。裁く者は同時に裁かれる者であるべきだよ、船迫さん。裁く一方じゃ由香さんの心の中のすべてまでは見えないと思うよ」

千野はまたこむつかしいことを言った。京子がすぐに笑ってそれに異を唱えた。

「裁くとか裁かれるとかって、そんな大袈裟《おおげさ》な話じゃないと思うわ。船迫さんがあたしと寝たいと思うかどうかよ。思ったらそれを実行する気になるかどうかよ。そこから始まらなきゃ嘘だわ。船迫さんにその気があってあたしとセックスすれば、それは船迫さんのほうもチャンスがあれば他の女と寝る人間だってことを自分でも認めることになるんだもの。それが船迫さんの現実なのよ。由香さんはお金が欲しくてAVに出たというのが、彼女の現実。そういう現実をお互いが認め合って、じゃあこれからどうするかって話になっていくのがほんとうだと思うな。救いは結局は現実の中にしかないわよ。あたしはそう思うわ」

ぼくは頭が痛くなっていた。なんだかわかったようなわからないような千野夫婦の話のせいだけではもちろんなかった。京子に面と向かって、それも彼女の夫の前で、あたしとセックスをする気があるのかと問いつめられ、膝に置かれた彼女の手に言い知れない刺激を受け、頭の中には彼女と抱き合っている場面が実際のものみたいに生なましくとび交っていて、ことばの綾《あや》ではなしにほんとうにぼくの頭は発熱しているときみたいに疼《うず》いていたのだ。

「あなたねえ、船迫さん。ほんとに由香さんを愛してるんだったら、泥まみれになる覚悟で何でもやってみなきゃ男じゃないわよ。相手がおばさんのあたしだから抱く気にならないって言うんだったら、それはそれでいいから、他の人を相手にして試してごらんなさい。愛してる人がいるのに他の人とセックスすることがどういうことなのかを……」

黙りこんでいるぼくに京子がそう言った。ぼくはあわてて反射的に顔を上げ、京子を見て口をひらいていた。

「そんな、奥さんを抱きたくないなんて思っちゃいません。その逆なんです。ただ、こういうことに馴《な》れてないもんだから……」

「だったら決まりだな。早速実験にとりかかったらいい。あたしがいたんじゃ船迫さんは気になるだろうから、外で一杯やってくるよ」

何だか待ってました、とばかりに言って、千野が腰を上げた。京子の顔にはとても魅力的なほほえみが生まれていた。

「あのね、船迫さん。実験に対する心構えと言うと大袈裟だけどね。成功のためのポイントを一つだけ助言しときたいんだ」

立ち上がったままで千野が言った。ぼくは顔を上げて彼に目を向け、助言を拝聴する姿勢を知らぬ間にとっていた。

「実験のためのセックスだから、情緒的なものは求めずにできるだけ即物的に行なうほうがいいんだ。そのためには京子の軀の細部とか二人の行為のディテールを、観察するように、記憶するように、一つ一つを頭に刻みこんでいくことなんだよ。そうすることで情緒が排除されていくし、その行為だけが純化されて余計な意味みたいなものはそぎ落されていくからね。そうやってそれを単なる生理的な行為のレベルに還元していくことができたら、実験は四割がたは成功だと思っていいんだ。じゃあそういう心構えでね。しっかりやってみてください」

そう言って、千野は出て行った。玄関のドアの閉まる音を聴いたとたんに、ぼくの頭の疼痛《とうつう》は一段とはげしさを増した。ヴィデオカメラの前でいよいよ着ているものを脱ぐ、というときには、由香もこんなに頭が疼いたのだろうか、とぼくは考えた。

9

居間の隣りが寝室になっていた。

促されるままに京子のあとについていって、ぼくはその部屋に足を踏み入れた。ズキズキと痛む頭の中に、さまざまな思いが断片的に入り乱れて渦を巻いていた。

その中には、由香だってあのツルンとした顔つきのクソ男優とはげしいセックスをしたんだから、おれが京子と同じことをして何がわるいんだ。おあいこじゃないか、という思いもあった。京子はあの〈マン開淫乱女子大生の赤いしたたり〉を監督して作った千野満の女房なんだから、これは一種の仕返しのようなもんだ、というようなこともぼくはちらりと考えた。

部屋はせまかった。ダブルのベッドがスペースの大半を占めていた。ベッドにはブルーとグレイの太い縞柄のカバーがきちんとかけられていた。それと同じ柄のカーテンが、小さな窓にかかっていた。

ベッドの横の壁ぎわに、タンスとドレッサーが並んでいた。ベッドの足もとの西洋の骨董品のような猫脚《ねこあし》のテーブルの上には、テレビとヴィデオデッキが置いてあった。床には明るいグレイのカーペットが敷かれていて、ベッドの枕もとの小さなテーブルの上には、陶器の電気スタンドや、灰皿、読みかけらしい本と雑誌などが雑然と載っていた。

そんなことをはっきり思い出せるところを見ると、ぼくはその部屋に入ったときから早くも千野に言われた実験の心構えを実行する気になって、頭の疼きにもかかわらず、目だけは何も見落とすまいとして観察を始めていたのかもしれない。

「ドアを閉めてくださる……」

京子は寝室に入ったと思うと、すぐにジーパンを脱ぎながらぼくを見て言った。ぼくがドアを閉めてふり向いたときは、彼女はすでにトレーナーを脱いで、クリーム色のブラジャーと同色のパンティだけの姿になっていた。パンティの前の部分はこんもりと盛りあがって、うっすらと陰毛の色が映っていた。京子はたしかに即物的に事を進めていた。

「あなたも脱いで。何も遠慮することはないのよ。電気はどうする?」

「任せますよ」

「じゃあこのままにしとくわね。いまハンガーを出すから、脱いだものをかけて……」

ブラジャーをはずしながら京子は言った。ことばつきもビジネスライクだった。ぼくは自宅でアルバイトの売春をやっている人妻を相手にしているような気分になりかけた。

パンティだけの姿になった京子が、横の洋服ダンスの扉を開けてハンガーを取り出し、ぼくの前に立った。その態度にはかけらほどの屈託もこだわりも見られなかった。そこにぼくは千野夫婦の革新的な実験の成果をまざまざと見せられる気がした。そしてぼくは、いくらか現実感が希薄になっているような心持ちの中で、わけもなしに『やってやろうじゃないか』といった気分になっていた。

「セックスはする相手によって行為の意味が変わるものだっていうのは、千野が言うとおりであたしもまちがいだと思うわ。行為自体はそんなに重たく考えることはないのよ。大事なのは相手が誰かということより、自分が満足できるかどうかなのよね。あたしで満足できそう? 船迫さんは」

ぼくが脱いでベッドに置いていく服やズボンなどを、つぎつぎにハンガーに吊《つ》るしながら、京子は言った。満足できるかどうかなんていうことまでは、ぼくは考えていなかった。けれども『わかりません』というのもどうかと思った。

「もちろんですよ。千野さんと奥さんのおかげで、ぼくはセックス観が変わりそうな予感がしてるんです」

ハンガーを持った腕の陰で重そうに揺れている京子の、いくらか垂れ下がり気味の乳房を盗み見ながら、ぼくはずいぶん調子のいい科白《せりふ》を口にしていた。

京子はワイシャツとネクタイもハンガーにかけてしまうと、それを洋服ダンスの把手《とって》にさげた。それからぼくが脱いだ靴下をひろいあげると、それをスーツのポケットの口にはさむようにして入れてから、パンティを脱いで、ドレッサーのスツールの上にふわりと落とした。

ぼくはトランクスを脱ぐのを何となくためらっていた。かといって京子よりも先にベッドに入るのもどうかと思われて、中途半端な気持ちのまま立っていた。即物的なセックスというのも、実際の場面になるといろいろと間《ま》のわるいことが起きてきて具合のわるいものらしい、と思った。

そんなことを思っているところに、京子が『脱いで、それも』と言ってぼくのトランクスを指さし、その手をそのままさし出してきた。ぼくにはさし出されたその手の意味はわからなかったが、彼女はぼくが脱いだトランクスを黙ってその手に受け取ると、それもドレッサーのスツールの上にそっと落とした。

ぼくの紺と白の格子柄《こうしがら》のトランクスと、京子のクリーム色のパンティがスツールの上で親しそうに重なり、トランクスの端からパンティがちょっぴりのぞいているのを目にしたとき、ぼくは胸の動悸が高まった。ペニスの勃起機能が作動しはじめたのは、その瞬間だったと思う。

その後はほとんど欲望と衝動だけがぼくを支配した。ぼくはそれが実験のための行為であることを忘れ、由香の存在も念頭から消えた。自然の成行きと言えばたしかにそのとおりだった。

トランクスをスツールの上に落すと、京子はまた美しいほほえみを見せてぼくに軀を寄せてきた。

「折角《せっかく》だからあたしもうんと満足させてもらうわ……」

京子はそう言って両腕でぼくの腰を抱いた。ぼくはただ黙ってうなずいただけで、彼女を抱きしめた。京子はぼくの肩に頬をつけて、『ああ……』という細い声と一緒に息を吐いた。ひんやりとした彼女の乳房が二人の胸の間でやわらかくはずんだ。たちまちのうちに完全勃起したペニスは、二人の下腹にはさまれて下を向いたままで、先端はわずかに京子の陰毛の草むらの中に埋まっていた。

キスが即物的に事を進めるという実験のルールに背くものかどうか、ぼくにはわからなかった。そんなことを考えるゆとりもぼくにはなかった。だから夢中で京子の唇を求めた。京子は拒もうとはしなかった。それどころか、彼女はとても大胆なやり方で舌を伸ばしてきた。

京子の唇と舌はとてもやわらかくて、繊細だけれどもぼくを挑発するような、どこかいたずらっぽく思える動きも見せた。たとえば唇でぼくの上下の唇を交互に甘く包みこんでそっと吸いこんだり、舌でぼくの唇の内側の深いところをゆっくりとなぞったりした。

そういう濃厚なキスに応えていると、京子を抱いているぼくの両腕には無意識のうちに力がこめられ、気持ちの中にどこからともなく甘い溶液のようなものがしみ込んできて、彼女を好もしく思う気分が頭をもたげてくるのだった。

それが自然なことなのかどうか、そのときも今もぼくにはわからないのだけれども、千野満が言うような即物的な性行為というのは口で言うほどやさしくはなくて、よほどの相手でない限り、たとえ初対面の者同士のセックスでも、そこには何がしかの情緒、情愛といったものが醸《かも》し出されてくるものなのではないか、といった気がしてならない。

けれども、そうした気分は長くはつづかなかった。唇を離した京子が、ぼくのペニスを片手でにぎって『頼もしいわ』と言って笑ったからだった。彼女はぼくの心の中に萌《きざ》してきた甘やかなものの気配を敏感に察して、それに水をかけるつもりで、わざとそういう露骨な振舞いをして見せたのかもしれない。そう思えるような淫《みだ》らな感じの笑いを彼女は見せていた。

その彼女の振舞いのせいで、その後の事の展開が申し分なく即物的になっていったのも事実だった。ペニスをつかまれたぼくは、それに煽られて、両手で京子の乳房をそっと絞《しぼ》りあげるようにして包み、二つの乳首に交互に舌を這《は》わせた。すると京子は小さな笑い声をあげて、反《そ》らした胸をゆすり、乳房をぼくの顔にすりつけるようにしながら『さあ、やろう』と快活に言って、カバーのかかったままのベッドの上に仰向《あおむ》けに軀を投げ出した。

わずかの間、ぼくはベッドの横に立ったままで、そこに仰向けになった京子の全身に目を這わせた。きれいな軀つきだと思った。腰のまわりと太股にいくらか肉がついていたけれども、贅肉というほどのことではなくて、むしろそれがセクシーに思えた。

京子の乳房にはブラジャーの跡がついていた。ぼくはそれを舌の先でなぞった。京子がそれを見て笑った。ぼくには女の軀に残っている下着で締めつけられていた跡に気持ちをそそられる性癖があるのかもしれない。由香が服を脱ぐときは、ぼくはいつも待ちかまえるようにして、彼女の乳房のブラジャーの跡や、パンストやパンティのゴムがこしらえたお腹の細かい皺《しわ》とか条《すじ》なんかを舌でなぞったり、そこに唇を押しつけたりする。

初めのころは由香はそうされるのをいやがったり、恥ずかしがったりしていたけれども、今はもう平気になったらしくて許してくれる。女性にとっては肌に残っている下着の跡なんかは艶消《つやけ》しなだけで、男には見られたくないものなのかもしれない。

たしかにお腹についているパンストのゴムや、服のベルトのせいでできたちりめん状の皺なんかは、ぼくの目にも色気がない姿に映る。けれどもそれがぼくの気持ちをそそるのだから不思議な話だ。その謎が不意に解けた気がしたのは、そうやってぼくが京子の乳房のブラジャーの跡を舌先でなぞっているときだった。

京子は笑いながら、乳房の上にかがみこんでいるぼくの頭に両手を置いて髪をまさぐっていたけれども、ぼくは舌の先に触れてくる細くて浅い溝のようなブラジャーの跡にとても興奮していたのだ。そのときぼくの脳裡に浮かんでいたのは、二時間近く前にぼくが千野家を訪れたときに、玄関のドアを開けて迎えてくれた京子の姿だった。

そのときは京子は髪をシニヨンに結んで、白のトレーナーを着てジーパンをはいていた。それはいかにもこまごまとした家事をこなして一日を過ごしてきたであろう平凡な一人の主婦らしい印象をぼくに与えた。その相手がわずか二時間近くが過ぎた今は裸になってすべてをぼくの目にさらし、乳房にぼくの舌を受けている。その姿からは主婦としての、千野満の妻としての印象は消え失せている。それを唯一留《とど》めているのが、京子の乳房や下腹に残っているブラジャーやパンティやジーパンによってできた小皺なのだ、とぼくは思った。

その思いがぼくを異様に興奮させたのだ。こんなことを理屈で説明したって始まらないとは思うけれども、あえて理屈をたどればつぎのようなことになるのかもしれない。

京子の肌に刻まれている下着の跡はすなわち、彼女が千野の妻として、主婦としてその一日を送ったことのいわば象徴のようなものと考えることができる。

一方、ぼくとセックスをするために裸になってベッドに横たわった京子は、千野の妻であり、主婦でありながら、夫との間で認め合った性的自由を行使しようとしている一人の女性に還《かえ》っている。けれども、その肌に残っている下着の跡は、主婦であり人妻であるところの京子の日常生活を影絵のように思い浮かばせる。

そのようにして、肌に刻まれている下着の跡は、裸でベッドに横たわっている京子に、たとえばキッチンで立ち働いている彼女の姿をだぶらせる作用をする。したがってぼくは、たとえばキッチンで働いている最中の京子をその気にさせて、流し台の前とか食卓の上なんかで彼女とセックスを始めようとしているような気分になり、それが異様な興奮を生み出すもとになる——。

同じ理屈が由香の軀に残っている下着の跡の場合にも当てはまる気がするのだ。われわれの日常生活というものは、ほとんどありきたりの決まりきった行為の連続によって埋めつくされている。その中にあって、セックスの行為だけは少しだけ異なる色合いを意識させるものを備えている。

それは普段は隠されているものが、その事の当事者である二人の間であらわにされる、ということのせいもあるのかもしれない。非日常とまでは言えないにしても、他の日常一般からはみ出る感じが性の行為にはつきまとう。そして、そのはみ出る感じが強いほどにわれわれの性的興奮も高まるものであるらしい。

謎を解く鍵《かぎ》はおそらくこれだ。つまり、京子や由香の肌に残っていた下着の跡は、ぼくにとっては彼女たちが自分の日常からはみ出していることを物語る、いわば記号のようなものとして目に映ったのだ。下着の跡がなければ、彼女たちの日常をその裸体から読み取るよすがもないし、したがってはみ出しを感じ取る術《すべ》もないということになって、ぼくの興奮のレベルは低いところに留まって終わる。そういう理屈になるのではないだろうか。

理屈はともかく、京子の乳房に残るブラジャーの跡は、ぼくをことのほか刺激した。その痕跡は二つのふくらみの下のほうの、脇に寄ったあたりに近いほど、くっきりと刻まれていた。だからそこに舌先を這わすためには、仰向けになっているためにいくらか標高が低くなっている乳房を下から押し上げるようにする必要があった。そうしなければ魅惑のブラジャー痕は、少し垂れ下がった恰好になっている乳房が作るくびれのような場所に隠れてしまうのだ。

京子の乳房は豊かだったけれども、その豊満さのためか年齢のせいか、女子大生の由香の乳房に馴れ親しんでいるぼくの手には、いくらか張りが弱ってやわらかすぎる感じがあったように思う。

ぼくはそのやわらかくて量感のあるものをそっと手で押し上げたり、静かに揉《も》むようにしたりしながら、わずかに赤味をおびてへこんでいるブラジャーの跡を舌でなぞりつづけた。そのとき京子がどんなようすでいたのか、ぼくは思い出せない。ぼくのことを風変わりな愛撫をする男だと思いながら、そのときも彼女はぼくの髪をまさぐりつづけていたのだったのかもしれない。

京子のふっくらとしたつややかな腹や、くびれた腰のところには、ジーパンのウェストで締めつけられてできた小さな入り組んだ形の皺が残っていた。下腹の陰毛の生えぎわすれすれの線のところには、パンティのゴムの跡もあった。ぼくはそれらの肌の小さなよじれに唇と舌の愛撫をくれないことには、事を先に進める気にはなれなかった。

片手は乳房に残したままで、ぼくは横から京子の腰の上にかがみこむ姿勢を取り、もうひとつの手で彼女の太股を撫でながら、ジーパンのウェストが残してくれた締めつけの跡に舌を這わせ、唇でそこをついばむようにした。ぼくの舌と唇が脇腹に向けられると、京子は小さな喘ぎ声をもらしはじめて、ぼくの胸の下で腰をくねらせた。

「乳首を指でつまんだりよじったりして……」

京子の口からそういうことばがもれたのも、脇腹に残るジーパンのウェストの跡をぼくが舌先で舐めているときだった。ぼくは急いで乳房を揉んでいた手の指を乳首に伸ばして、固く張りつめてとがっていたそれを人さし指と親指で強くつまんだり、縒《よ》りをくれるようにしながらひっぱりあげたりした。京子は細くて甲高い声になって『ああ、いい。すてきよ。とろけそうだわ』と言った。

もちろんぼくは京子の下腹に刻みつけられているパンティのゴムの跡にも執着した。下腹部を横断する形で、ぼやけたりくっきりとなったりしながら腰骨のところまでつながっている肌のひきつれの線を舌でなぞっていくと、途中でどうしても陰毛がぼくの右側の頬や顎《あご》のあたりにくすぐるようにして触れてくる。それだけではなくて、その黒い茂みの眺《なが》めはそれをつづけている間はぼくの視野の間近にある。だから舌はパンティのゴムの跡を追って下腹部を進みながらも、目はあらがいようもなく茂みのほうに惹きつけられてしまうのだった。

そしてここにおいて、京子の肌に留められている下着の跡がもたらすぼくの興奮は、さらに高まった。パンティのゴムの跡と、間近に見える京子の茂みの眺めとが、相乗効果を生み出したのだと思う。パンティのゴムの跡が京子の日常生活の表象であり、黒々としたその茂みの眺めが性の非日常性のシンボルだとしたら、その二つを同時に目に収めることはとりもなおさず、京子の日常からの大きなはみ出しぶりそのものをそこから感じ取ることに他ならない。

実際にぼくはそのときに、京子が千野満という男の妻であることを、それまでにない強烈さで意識したのだ。あるいはそのときぼくは、千野満が〈マン開淫乱女子大生の赤いしたたり〉の監督を務めた男であることも、ことさらに意識したのだったのかもしれない。

突然のようなはげしい興奮に襲われたぼくは、かすかな唸《うな》り声とともに、京子の太股を撫でていた手で彼女の性器を陰毛の茂みごとわしづかみにした。舌はパンティのゴムの跡をなぞりつづけているままだったし、もうひとつの手も乳首をつまみあげたままだった。

性器をわしづかみにされたとたんに、京子は息の詰《つ》まったような短い呻《うめ》き声をもらして、ぐっと腰を持ち上げた。ぼくの掌《たなごころ》はふさふさとした感じの京子の茂みを押さえつけ、伸ばした中指と人さし指は性器のわれめの中に沈んでいた。中指の付け根に近いあたりの腹のところに、コリコリとしたクリトリスの感触があり、やわらかいくぼみの中に沈みこんだ指先には、そこに湧き出ている体液がたっぷりと感じ取れた。

「ねえ、そこをさわりながら耳を舐めてほしいの。そうされるとすごく感じるのよ、あたしって……」

喘ぎながら悩ましそうに腰をくねらせて京子が言った。そのときだけは京子の声は妙に太いひびきに変わっていた。

10

由香はその店が好きだった。

銀座の並木《なみき》通りにある、ゴーチェという名前のカクテルバーだ。飲むだけではなくて、メニューには洋風のちょっとした料理もたくさん出ているので、飲みながら腹ごしらえをするにも便利な店だった。料金も高くはないので、若いサラリーマンたちの客が多い。ぼくが会社の友人にゴーチェのことを聞いて、由香を連れていったのが最初だった。それ以来、その店は由香のお気に入りになった。本格的なカクテルが飲めるし、料理のセンスもわるくないし、店の雰囲気もさっぱりとして、たしかにおしゃれだ。

どっしりとした長いカウンターの他に、段差を設《もう》けたウッドフロアには、七、八脚のテーブルが置いてある。丈の高いガラストップの丸テーブルで、黒いパイプでできている長い脚がついている。同じように黒のパイプとレザーでできている椅子も脚が長くて、足が置けるように横に桟《さん》が渡してある。うすいグレイの壁にはうるさくない程度のさまざまなポスターがパネルに入れて飾ってある。低い音量で流れている音楽は、フュージョン系のものが多い。

「千野さんと会ったんだって？」

由香がそう言ったのは、二杯目のギムレットが彼女の前に運ばれてきたときだった。ぼくらはゴーチェの奥の壁ぎわの丸テーブルをはさんで向き合っていた。

週末の夜のことで、ぼくが千野満の家を訪ねた日から四日が過ぎていた。その間はぼくと由香は顔を合わせていなかった。二度ばかり電話で話をしたのだけれども、そのときはぼくは千野満に呼ばれて彼の家に行ったことには触れていなかった。話しにくかったのだ。それはやっぱり、ぼくが千野満の妻とセックスをしてしまったことのうしろめたさに縛られていたせいだった。

だからゴーチェでだしぬけに由香にそう言われたときは、ギクッとして気持ちが怯《ひる》んで、思わず目を伏せた。ガラストップのテーブルの下に、黒のミニスカートをはいている由香の腰と脚が見えた。由香は片足を椅子の横桟に置いて、もうひとつの足を宙でぶらぶらとさせていた。宙で揺れているその足が、由香ののんびりとした気持ちを現わしているように思えて、ぼくはいくらか気が軽くなるように思えた。

「あれは今週の月曜日だったかな。千野さんから会社に電話がかかってきて、それで仕事が終わってからおれが訪ねていったんだ」

「監督に聞いたわ」

ぼくは黙っていた。由香が千野満のことを自然な感じで〝監督〟と呼んだのが気にさわったからだった。その呼び方は、今でも由香がアルバイトながらもAV女優のつもりでいることとの現われのように、ぼくの耳には聴こえたのだ。

「千野さんが監督だってわかったときはびっくりしたでしょう？」

「殴ってやろうかと思ったよ」

「ちょっと変わってるけど、いい人よ、監督は……あたしのことを心配してくれてるの」

「由香の何を心配してくれてるんだい？」

「だからヴィデオの仕事で、あたしと周二の仲がおかしくなったことを……」

「もう元に戻ってるじゃないか、それは……」

「そうだけど……」

「だけどって、由香はおれたちの仲がまたおかしくなるようなことを考えてるのか？」

「あたし、困ってるのよ」

由香は言ってギムレットをすすり、グラスを置いて目を伏せた。

「千野はまた由香にヴィデオの仕事をさせようとしてるんだな。奴が由香のことを心配してるっていうのは、そっちのほうのことでなんだろう」

「監督に話を聞いたんでしょう？　プロダクションのほうがあたしの言うことを聞いてくれないのよ。契約を守れの一点張りで……」

「由香は前払いで受け取ったお金をプロダクションに返したんだろう？」

「そうなんだけど、向こうはお金を受け取らずに、監督に預けてるのよ。このまま契約を守らないでいると、ほんとうに裁判所に訴えるって、プロダクションの社長は言ってるわ」

「だから由香は、契約どおりにあと二回ヴィデオに出るしかないって気持ちになってるわけだな」

「あたしだっていやなのよ。好きこのんでまた出たいなんて思ってるわけじゃないわ」

「好きこのんで出られたんじゃ、おれはたまらないよ。千野からもプロダクションとの契約を守れって言われたんだろう？」

「監督には制作予定が狂うのは困るんだって言われたわ」

「要するに由香にあの仕事をあと二回やれってことじゃないか、それは」

由香はテーブルに肘《ひじ》をのせて顔を伏せ、肩を落として吐息をもらした。ぶらぶらさせていた足は椅子の横桟に戻されていた。ぼくはジンライムのグラスを口に運んだ。呷《あお》るような飲み方になった。ぼくの頭の中には〈マン開淫乱女子大生の赤いしたたり〉の中のいくつもの画面が、つぎつぎに浮かんでは消えていた。

由香がぼくとその話をする場所として、ゴーチェを選んだことにも、ぼくは肚《はら》立たしさを覚えていた。その場所のせいでぼくは気持ちの波立ちを隠し、ことばも声も抑えなければならなかった。それを見越して由香はその席で話を切り出したにちがいないと思えた。

由香の思惑はそれだけではないのかもしれなかった。話がこじれて気まずくなれば、由香はぼくのマンションには行かずに、ゴーチェからまっすぐ日野の自分のマンションに帰ってしまうだろう。そうなると金曜日の夜から日曜の午後までを由香と一緒に過ごすというぼくのいつもの最大の楽しみは奪われることになる。

露骨なことを言えば、その最大の楽しみの中心を成しているのは、もちろん由香とのセックスなのだ。それこそが楽しみが最大である所以《ゆえん》なのだ。それを奪い取られるのは三十二歳の健全な肉体の持ち主であるぼくにとっては切実な問題だと言わざるをえない。そういうぼくの弱味につけこむ計算もあって、由香はその話をする場所としてゴーチェのような店を選んだのではないか、ということまでぼくは考えたくなった。

一方でぼくは、胸の中でくすぶるそうした怒りのせいで、千野の妻とベッドを共にしたことのうしろめたさなんかはほとんど忘れかけていた。だから今度も不意打ちのようにして由香にそのことを指摘されたときは、われながらほんとうにみっともないほどうろたえてしまった。

「聞いたわよ、監督に……」

由香は上目遣《うわめづか》いにぼくを見て、そう言った。彼女の顔は泣き出しそうな感じでゆがんでいた。それでもぼくは由香が言おうとしていることを予測することができずにいた。

「聞いたって、何を？」

「寝たんでしょう、監督の奥さんと。奥さんからも聞いたのよ」

由香がテーブルの上で顔を寄せてきて、小さな声で言った。ぼくは絶句した。何か言おうとして、口をパクパクさせたような気もする。頭の中から遠ざかっていたうしろめたさがいっぺんに戻ってきた。それまで胸にくすぶっていた肚立たしさとそのうしろめたさとは、ひどく相性がわるかった。

泣き出しそうに見えていた由香のゆがんだ表情に、微妙な変化が生まれていた。口もとにためらうようなかすかな笑みが見えた。

「別にいいのよ。あたしは気にしていないから……」

由香はそう言うと、ギムレットをひとくちすすってから、今度ははっきりとした笑顔に変わった。いくらかは泣き笑いの感じが残ってはいたけれども、ぼくはその笑顔に助けられた気がした。

「そういうことになっちゃったんだよ。寝たわけも聞いたんだろう？」

ぼくは言った。苦笑いか何かを浮かべようと思ったのだけれども、顔面の筋肉は真面目にこわばったままで、言うことを聞いてくれなかった。由香はうなずいていた。

「聞いたわ。ちゃんと……」

「千野にうまくはめられたって気がするよ」

「言いわけしなくてもいいのに……」

「言いわけじゃなくて、おれの実感なんだよ。千野は実験だなんて言ったけど、要するにあれは、おれに由香のヴィデオの仕事を承知させるための罠《わな》だったんだと思うな」

「それは違うと思うわ。それだけのためだったら、監督も奥さんと周二にそんなことまではさせないはずよ」

「だけど、おれが千野と会うことになったそもそものきっかけは、由香のヴィデオ出演のことなんだから」

「もちろんそうだけど、監督は周二に勧めた実験を自分でも奥さんとの間でやってる人だもの。その話は前からあたしは聞いてたのよ。そういう人だから、あたしのヴィデオの仕事のために周二を罠にかけようなんて気持ちは、監督にはなかったんだと思うわ。やっぱり監督は、あたしと周二のことを一所懸命に考えてくれてるんだと思うのよ」

「大きなお世話だけどね」

「だけど周二は監督の奥さんとしたわけじゃない。したくなかったわけじゃないんでしょう？」

「意地のわるいことを言うね。本人に面と向かって、あたしを抱きたいの、抱きたくないのって言われたら、ノーと言うのはわるいような気がするじゃないか」

「正直に言わなきゃだめ。奥さんとしたかったわけでしょう？」

「そりゃまあな。男なんだからそういう話になってくれば助平根性は出てくるよ。当たり前だろう」

「あたしは意地わるとか、周二を責めるつもりとかでこんなこと言ったわけじゃないのよ。その助平根性を正直に認めてほしいだけなの」

「だから由香の助平根性もおれに認めろっていうことなんだな。由香はあのヴィデオの中で結構本気出してたもんな」

「そうね。哀しいけどそうだったわ。お金のためだと割りきってやったことだけど、実際にその場になったら軀は本気になってたわ。あれであたし、セックスに対する考えが変わっちゃったような気がするの」

「肉体労働のよろこびに目覚めたわけだ」

「そんな言い方しないで。あたしは真面目に素直な話をしようと思ってるんだから」

「わかってるさ。二人で性的独占欲を克服したいって言うんだろう？　由香は千野夫婦みたいになりたいわけだ」

「あたしはヴィデオの仕事をしたけど、これからもするかもしれないけど、でも周二への気持ちは今までとちっとも変わってないわ。周二が他の女の人と寝ても、やっぱりあたしの気持ちは変わらないと思うわ。周二が監督の奥さんとしたって聞いてから、あたしのほうは性的独占欲を乗り越えられるっていう気がしてるの」

「一回ぐらいでそんなことわかりっこないと思うけどね」

「でも、あたしは監督の奥さんからじっくりと聞かされたのよ。実験のためだっていうことで。奥さんと周二がどんなふうにしたかってことを最初から最後までね。周二は二回いったんでしょう？」

「まったく、あの夫婦はどうなってんだ」

「どうもなってないと思う。ただ、人よりちょっとだけ進んでるだけで……」

「進んでるっていうより、何か破壊的な気がするな、おれには。まあさ、おれは欲望に負けてあの奥さんとそういうことになっちゃったから、その時点で負けてるようなもんだけどさ」

「勝ち負けなんか関係ないわよ。あたしたちが監督と奥さんのように、性的に自由な人間になれるかどうかよ」

「由香はそうなりたいわけだ」

「周二と二人でそうなりたいのよ。性的な束縛なしで心をひとつにできるカップルってすてきじゃないの。それこそが純粋な愛情なんだと思うわ」

「おれには絵に描いた餅《もち》としか思えないけどなあ。そりゃほんとにそうなれたらすばらしいだろうけどさ」

「ローマは一日にして成らずって言うじゃない。監督と奥さんだって簡単に今みたいな夫婦になれたわけじゃないんだって言ってたわ」

「由香のあと二本のヴィデオの仕事は、ローマに通じる長い長い道のひとつなんだって言いたいわけだな」

「あたしだけじゃないわ。周二もローマをめざして歩いてほしいのよ。監督の奥さんはまた周二と寝たいって言ってたわよ。もちろん京子さんだけじゃなくて、相手は他の人でもいいわけだけど……」

ぼくは蟻地獄に落ちた蟻の心境で、由香の言うことを聴いていた。砂の穴から脱出する方法は一つしかなかった。ぼくが由香への思いを断ち切って、別れてしまうことだった。

けれどもぼくにはそれができなかった。そのことだけがやけに頑固にはっきりしていた。

事態はぼくが〈愛の地獄の初日〉と名づけたあの暗黒のヴァレンタインデーの日よりも、さらに悪化していた。由香との仲を終わりにしない限り、ぼくは彼女の残り二本のＡＶ出演を黙認するしか途《みち》はなさそうだった。由香は千野夫婦とチームを組んで、カップル間の性的自由の克服だの、お互いの助平根性の自認だのを旗印にしながら、結局ぼくに自分のＡＶへの出演を了承させようとしているのだとしか思えなかった。

「金が欲しかったのなら、おれにそう言えばよかったんだよ。十分なことはできないにしても、何とかしてやったのになあ」

「そういうことじゃないわ。あたしは自分で稼いだお金が欲しかったんだから……」

「わかったよ。ローマに辿《たど》りつけるかどうか、おれは自信はないけど、とにかく契約しちゃったものは仕方がないから、あと二回だけはヴィデオの仕事をしていいよ。それが終わるまでは、おれも千野の言ってる実験とやらをつづけるつもりになってみるさ」

ぼくは肚を決めるしかないと思った。

「ありがとう。わかってくれたのね。だいじょうぶよ。あたしたち絶対にローマに行けるわよ。そうなったらさ、新婚旅行はほんとのローマに行かない？」

由香はテーブルの上でぼくの手をにぎった。新婚旅行ということばがぼくの気持ちをくすぐったけれども、やっぱりローマの地は遠くに思えてならなかった。

「出ようか。おれのところに泊まっていくだろう？」

「そのつもり……」

由香はうなずいて言った。ぼくの心はさしあたりローマよりも、由香と一緒に週末を過ごす自分の部屋に向かっていた。

11

「京子さんの胸とかお腹についていた下着の跡も舐めたんだって？」

由香が言った。ベッドに入ってすぐのときだった。ぼくは戸惑った。その夜もぼくはゴーチェから帰ってきてから、由香の肌に残っていたブラジャーやパンストなんかの跡を舌でなぞったのだ。由香が風呂に入る前だった。

けれども、そのときは由香は何も言わなかった。それがぼくには不思議に思えた。ぼくが京子の下着の跡を舐めたことを由香が知っていたのなら、どうして自分が同じことをされているときにそれを言わなかったのだろう、と思った。

「何を急に言い出すんだい」

「思い出しただけ……」

「由香のもさっき舐めたじゃないか。もう一回舐めようか」

「お風呂に入ったからもう消えちゃったわよ」

ぼくは軀を起こして、裸のままで仰向けになったばかりの由香の乳房やお腹に目をやった。ブラジャーの跡もパンストなんかの跡もきれいに消えていた。けれどもぼくは、それがついていたと思えるところに唇をつけ、舌を這わせた。

由香の乳房は京子よりも若い分だけ張りが強いので、わざわざ大きく上に押し上げなくても、思うところに舌を届かせることができた。ヘアの茂みからは石鹸の匂いが漂《ただよ》ってきた。

「なんだかかわいらしい気がしたわ。その話を京子さんから聴かされたときに……」

由香が笑っているような声で言った。ぼくは彼女の茂みに頬をつけるようにして目をやった。由香は目を閉じていたけれども、顔は笑っていた。

「下着の跡の話か？」

「そう。京子さんにもあたしのときと同じことを周二がしたんだと思ったら、ちょっと笑いたくなるような、ほほえましいような気がして、周二のことかわいいと思った」

「焼き餅はやかなかったわけ？」

ぼくは頭を枕に戻し、由香の腰に腕を回して言った。

「ほんとのことを言うわね。ものすごくあたしは嫉妬したわ。胸の中が捻《ね》じ切れるぐらいだったの。だってそのときの周二の姿が目に浮かんで消えないんだもの。でもね、それと同じ思いを周二もしたんだと思ったの。周二もあたしのヴィデオの中の姿が目から消えないんだろうなと思った」

「だからおれを許そうと思うわけか……」

「許すとか、そういうんじゃなしに、嫉妬を乗り越えなきゃだめなんだって考えたの。そうやって心を自由にしていかなきゃ、何も変わらないし、何も始まらないし、ほんとうに純粋な愛情に辿りつくことはできないわけだから」

ぼくの手は由香の乳房を撫ではじめていた。枕に頭をつけたままで横から見ると、由香の目はうるんでいるように見えた。ぼくは無謀な試みに無理矢理にひきずりこまれた、といった気持ちを取り除くことができなかった。無謀なだけではなくて、無益な上に滑稽な試みであるようにも思えてならなかった。

「ねえ。京子さんにしてあげたみたいに、あたしの耳を舐めて。京子さんにはどんなふうにしてあげたの？」

由香がぼくのほうに顔を向けて言った。真顔だった。彼女の目はうるんではいなかったが、翳《かげ》りをおびたままでキラキラと光っていた。

「あの女は下のほうをさわりながら耳を舐めてくれっておれに言ったんだよ」

「そういうふうにしてみて……」

由香は言って顔を反対のほうに向けると、自分で髪を掻《か》きあげて右のほうの耳をぼくの目の前に突きつけるようにした。ぼくはなんだかしらないけれど、泣きたいような、情けないような気分になったのだが、由香の耳は舐めてみたかった。考えてみれば、まさに舐めるという感じで彼女の耳を愛撫したことはなかったのだ。少なくともそれは、ぼくと由香との間では、習慣的な愛撫にはなっていなかった。いつもは軽くそこに唇をつけたり這わせたりする程度で終わっていた。

ぼくは乳房から離した手で由香の性器をまさぐりながら、彼女の耳に舌を這わせた。たっぷりと唾液をまぶした舌で、われながらいやらしいと思うくらいのやり方で舐めまわした。そういうやり方のほうが京子によろこばれたからだった。

肉のうすい、やや大きめの由香の耳たぶが、ぼくの舌の動きとともにプルプルとふるえ、軟骨がなめらかな感触で舌を押し返してきた。ぼくは大きく口を開いて、耳たぶをくわえこむようにしてしゃぶったりもした。そうしながらぼくは京子の耳たぶの形や大きさを思い浮かべてみようとしたのだけれど、それについては何も憶えていなかった。

思い出せたのは、耳を舐められているときの京子の微妙で悩ましげな腰の動きだけだった。京子はその間じゅう、細くふるえるような喘ぎ声をもらしながら、まるでとぐろを巻いた蛇のゆっくりとした動きを想わせるような具合に腰をくねらせつづけていて、そのために彼女の性器の粘膜とぼくの指とがこすれ合って立てるひっそりとした湿ったひびきの音がことさらに耳についた。

由香は首をちぢめ、息をつめるようにして軀を固くしたままでぼくのペニスをつかみ、声をもらしつづけた。子供が手放しで泣いているときのような声になったり、刻むようにして短く途切れる喘ぎ声に変わったり、何かがとろけていくようなうっとりとした調子の声がつづいたりした。そして由香も腰をうねらせつづけていたけれども、それは蛇のうごめきのような感じではなくて、むしろふるえるような痙攣《けいれん》に似ていた。そのせいか粘膜のこすれる音はほとんどしなかった。

「反対側も舐めて……」

由香が喘ぎながら言って首を回した。ぼくは由香の頭に肩でおおいかぶさるようにして、左側の耳たぶに舌を移した。由香の全身が一瞬こわばるようにしてちぢみ、彼女の手の中でペニスが強くにぎりしめられた。

「耳を舐めながらおっぱいをさわってみて」

ぼくの肩の下で、由香がくぐもってふるえる声を出した。ぼくは彼女の性器をまさぐっていた手で乳房を包みこんだ。指先で乳首をころがした。指が由香の体液で濡れているのが、乳首に触れたときのなめらかな感触でわかった。

「下もいいけど、おっぱいもいいわ。あたしは耳を舐めてもらうときはおっぱいのほうが何か感じるみたい……」

「やっぱり個人差があるのかもしれないな」

「耳と下と一緒にされると、強烈すぎて下のほうが少し麻痺しちゃうみたいな気がする」

息をはずませながらそう言って、由香はぼくの腕の付け根のあたりに唇を押しつけたり、舌を這わせたりしてきた。そうしながら由香は、少しうわずったような声で何度か『とってもいい、すごくすてきなの』と言った。泣きだしそうな声にも聴こえた。ぼくの胸には由香をいとおしく思う気持ちが狂おしいほどに湧き立ってきた。

その思いにせき立てられて、ぼくは横から由香に胸を重ねるようにして乳首を吸った。指でクリトリスをまさぐった。キスをしてほしい、と由香が言った。ぼくは手で彼女の性器を愛撫したり、乳房を揉んだりしながら、しばらくの間キスをつづけた。由香はときどきぼくの唇を歯で甘く咬《か》んだり、舌をぼくの口の中に深くさし入れてきたりした。

「お願い、周二。あたしとするのがいちばんすてきだって言って……」

閉じていた目を開いて、下からぼくをまっすぐに見たままで、由香が言った。由香はまた泣きだしそうな表情になっていた。暗く翳《かげ》ったように見える目には、そのときも底深いキラキラとした光がこもっていた。

「ばかだな。由香とするのが最高に決まってるじゃないか」

「あたしもそうなのよ。周二とするのがいちばん好きなの。それは信じてほしい……」

由香は言って目を閉じた。ぼくは黙って由香を抱きしめた。由香をいとおしく思う気持ちがさらに湧き返ってきた。そして、湧き返る渦の底から掘り出されてきたような衝動がぼくを襲ってきた。ぼくは由香の足で顔を踏まれてみたい、と思った。体液にまみれた由香の性器を顔じゅうにすりつけられてみたい、と思った。クソ男優のペニスを受け容れたワギナではなくて、そこだけは処女地だろうと思える由香のアナルに心ゆくまでキスをして、そこで交わりたい、と思った。今ならそれができそうな気がした。どうして今ならなのかわからなかったけれども、他のどんな破廉恥《はれんち》なことでも、今ならやれそうな気がした。

「変態になってもいいか、由香……」

ぼくは由香の乳首に唇を当て、指をワギナにさし入れたままで言った。

「いいわよ。何をしてもいい。やって……」

「おれがやってほしいんだよ」

「何でもしてあげる。周二がしてほしいことだったら」

「足で顔を踏んでほしい……」

「それだけ？」

「顔じゅうに由香のここをこすりつけられてみたい……」

「してあげる。何でもしてあげる」

由香はそのときも少しうわずった声で、歌うような口調になっていた。ぼくがワギナから指を抜き取ると、由香が目を開けた。ぼくは何かに促されでもしたように、半分は無意識のままで、ワギナから抜き取ったばかりの二本の指を口にくわえてしゃぶって見せた。

由香は笑わなかった。彼女は軀を起こすと手を伸ばして、ぼくがしゃぶっていた指を口から奪い取るようにして自分の口にさし入れ、舌をまとわりつかせた。ぼくがその手を引き寄せると、由香は舌を伸ばして追いかけてきた。そのためにぼくらは由香の体液にまみれていたその指に、二人がかりで両側から舌をまとわりつかせることになった。

そんなにどぎつくて淫らな光景がぼくらの間に展開したのは初めてのことだった。けれども何だかぴったりと二人の呼吸が合ったみたいにして、ごく自然にそういうことになったのだ。そしてそのことが、そのあとのもっと淫らでどぎつい行為をなめらかに進める上で、大いに役立ったのも事実だと思う。

ぼくははげしい興奮を味わいながら、ベッドの上に仰向けになった。ペニスは叩けばカンという音が出そうなくらいに勃起して天井を向き、疼くたびにピクピクと小さく跳《は》ねていた。その疼きとリズムを合わせるようにして、熱くなったぼくの頭も疼いていた。でも、京子を抱いたときのような痛みを伴う疼きではなかった。

由香はベッドの上に立って、横の壁に手を突き、軀を支えた。そうやって下から見上げると、由香の裸の軀の眺めが変わってウェストやバストの曲線が美しくきわだった。そしてぼくはますます顔だけでなく、全身を彼女の足で踏みつけられてみたいという、説明のつかない衝動に駆られた。

「乱暴に踏んだほうがいいの？」

由香は無理に表情を消したような顔でぼくを見おろした。ぼくにはそれが救いになった。由香の顔にたとえどんなものであっても、何らかの表情が見て取れたとしたら、それだけでぼくは怯《ひる》んだり、恥ずかしくなったりしていただろうと思う。

「どうすればいいのか、やったことがないからわからないんだ。最初に由香の足を舐めさせてくれないか」

ぼくはそう言った。由香はうなずいて、壁に手を突いたままで、浮かせた片足をぼくの顔の上に持ってきた。ぼくはその足に両手を添えて目を閉じ、足の裏の指の付け根のふくらみのところに唇を押しつけた。足の指を一本ずつ順番に口にふくんでしゃぶり、舌をまとわりつかせた。それから足の裏全体を味わうようにしてゆっくりと舐めた。

由香は足の裏を舐められると軀を揺らした。ぼくが手を添えている足がヒクヒクとふるえた。くすぐったいのを我慢しているようすだった。けれども由香は声をあげず、笑い出しもしなかった。

ぼくは、これもまた説明しにくい歓喜を味わっていた。性的な、生理的な歓喜ではなかった。強《し》いてことばにすれば、自分が由香を心底から愛しているのだということがしみじみと実感できる歓び、と言えばいいのだろうか。事実、両手を添えた由香の足に舌を這わせていると、ぼくには甲が高くていくらか扇形に爪先の開いている、赤い花びらのようなペディキュアのあるその足が、彼女の心そのもののように思えてくるのだった。

けれども、そうしたいわば精神的な歓喜は、由香に顔を踏ませはじめたときからは、明らかに性的な愉悦に変化した。

ぼくは舌を這わせていた由香の足を、自分の手で導くようにして顔の上に置いた。ぼくの唾液で少しだけ濡れていた足の裏は、ひんやりとしていた。由香はじわりと体重をかけるようにしてぼくの顔を踏みつけては、少しずつその足の位置を変えていった。足の裏を顔面にこすりつけるようなこともした。親指を口の中にこじ入れたりもした。

いまぼくは〝至福〟ということばを思い出す。〝従属〟とか〝隷属〟などといったことばも頭をよぎってくる。あのときぼくは犬のように由香の足を舐めしゃぶり、その足で顔を踏まれることによって、精神的にも性的にも彼女に隷属する者になりたい、と無意識に願っていたのだったのかもしれない。どんなに理不尽な仕打ちを受けようと、どれほど苛酷な苦しみを強いられようと、それに甘んじてただひたすらに盲目的に由香を恋い慕《した》うしか途《みち》のない者になることを望んでいたのかもしれない。

あるいはまた、そのようにして由香の足で顔を踏みつけられることによって、ぼくは自分のことを道端にころがっている石ころや棒ぎれに等しい存在のように思い、貶《おとし》められたり蔑《さげす》まれたりすることの中に言いしれない甘やかな安らぎを探そうと、これもまた無意識のうちにもくろんでいたのだったのかもしれない。

そのように考えてみると、マゾヒスティックな性の衝動がぼくを捉えてきたことも、ぼくがそれを実行に移したことも、その行為が至福と呼びたいほどの性的歓喜をぼくにもたらしてくれた理由も、すべてに説明がつくように思えるのだ。

たしかにぼくは由香の足に舌を這わせたり、その足でいたぶるようにして顔を踏まれたり、口をふさがれたりしながら、それまで一度も味わったことのない深い性的な興奮と満ち足りる思いとを味わっていた。それはそれまでにぼくが親しんできた通常の性的な興奮や満足をはるかに超えた、しかも異質なものだったように思える。

いつものぼくは、愛撫の末に由香の中にペニスを挿入するときや、挿入を終えて彼女を抱きしめ、抽送を始めたときに、セックスをしているという実感がもっとも強く迫ってくるのを覚える。そして満ち足りる思いも高まる。

けれどもそのときは、由香の足を舐めまわしたり、足で顔を踏みつけられたりしながら、これこそがセックスというものなのだ、と大声で叫びたいような性の実感にぼくは包まれていたのだ。ぼくは頭蓋《ずがい》骨もろともに鶏卵のように由香の足で顔を踏みつぶされたいといった心の奥底から噴きあがってくる思いに、目のくらむような陶酔を覚えた。口に押し込まれた由香の足で胴体を縦に串刺しにされたい、と思った。

もちろんその行為が生み出す生理的な意味での快感は稀薄だった。けれどもそれに勝るほどの意識の上の陶酔感がぼくを夢中にさせていたのだ。そして、その思いが極まってくると、それが果たして意識の上に現われている歓喜なのか、生理的な快美感なのか見定めのつかなくなるような瞬間がくり返して生まれてくるのだった。通常の行為以上にぼくがそのことに性の実感を覚えたのも、そのためだったのかもしれない。

やがて由香はぼくの顔をまたいで立ち、膝を折ってしゃがんできた。ぼくは由香に頼んで性器のわれめを大きく開いてもらった。ぼくの望みは由香の湿り気をおびたり濡れたりしている性器の粘膜を、顔じゅうにこすりつけてほしいというものだった。

由香は何のためらいも示さずに、ぼくの顔の上で大きく膝を開き、そこを自分でのぞきこむようにして両手でわれめを分けた。一つに合わさっていた小陰唇が、うっすらとした光沢を見せながら割れていくようにしてゆっくりと二つに分かれるのを、ぼくは酔ったような思いで見つめた。

由香は開いた両膝をベッドに突いて、両手を添えてわれめを押し分けたままの性器を、ぼくの口もとに押しつけてきて腰をゆすり立てた。小陰唇がぼくの唇の上で躍り、ぼくの顎はすぐに由香の体液でヌラヌラと濡れた。

ぼくは無意識のうちに自分でもわれめに唇を押しつけてそこを吸ったり、舌で小陰唇やクリトリスを求めたりしていた。

由香は乱れた声を出しながら、大きく腰をゆすり立てるようにして、ぼくの望みに応えてくれた。彼女自身もその行為に刺激を覚えて、はげしく興奮していたのだと思う。ときおりは由香は短く叫ぶような声をあげたり、低く呻くような声とともに坐りこむようにしてぼくの顔の上にヒップをおろし、狂おしげに腰をゆすり立てたりした。また彼女は、ぼくの鼻の頭にクリトリスをこすりつけながら、われを忘れたような声をあげ『あたしってほんとにド淫乱なのね。こんなことしてるんだもん。こんなことして気持ちがいいんだもん』などと口走ったりもした。

由香の陰毛のざらつくような感触が頬や額《ひたい》を掃《は》き、ふっくらとした大陰唇にはさまれたクリトリスや小陰唇が顔の至るところにこすりつけられ、瞼《まぶた》や鼻すじのあたりを温い体液にまみれたものがすべるようにして通りすぎていくのを感じとりながら、ぼくも興奮の坩《る》堝《つぼ》に溺《おぼ》れていた。

由香の性器を顔じゅうにこすりつけられるという行為には、何かぼく自身の人格のようなものを土足で踏みにじられているような思いがつきまとっていた。そしてそこにも、足で顔を踏みつけられたときと同じような、奇妙に甘やかな、ゆったりと崩れ落ちていくような安らぎが味わえた。

けれどもぼくは、由香に顔を足で踏まれるのと、彼女の性器を顔じゅうにこすりつけられるのと、どちらがすばらしいかと、誰もそんなこと訊きはしないだろうけど、もし訊かれれば、迷った末に前者のほうに軍配をあげるだろう。後者のほうは限りなくクンニリングスに近い分だけ月並みの感じが拭《ぬぐ》えず、特異性に欠けるように思える。そこにはそれが意識の上の陶酔なのか、生理的な性の快感なのか区別がつかないような、あの不思議な底深い歓喜はないのだ。

事実、由香の性器を顔面にこすりつけてもらっているうちに、ぼくらは通常の性的興奮に押し流されて、なだれこむようにシックスナインに移行し、そのままワギナに挿入して一回目は幕を迎えた。まるで、それまでの、思わず息をひそめたくなるような、甘美な畏《い》怖《ふ》のつきまとう感じもあった妖しい緊張がゆるんでいって、ありきたりの交わりに引き戻されたような具合だった。

そのために、処女地に違いないと思われる由香のアナルに軀をつないでみたいといったぼくの企《くわだ》ても、そのときは実を結ばずに終わった。

それが実現したのは、それからちょうど二週間後に当たる四月の二六日の夜だった。その日に由香は現役女子大生のAV女優沢えりかの名で、彼女にとっては二本目の作品の撮影をすませたのだ。だからぼくはその日の日づけまでを、あの暗黒のヴァレンタインデーとともに、忘れることができずにはっきりと覚えているのだ。

12

留守番電話に千野満のメッセージが入っていた。帰宅したら何時でもかまわないから電話をもらいたい、ということだった。

時刻は午前零時を少し過ぎていた。ぼくは酒に酔っていた。顧客先のタクシー会社の部長の接待に世話係としてついていって、そのあとで課長たちと飲んだのだ。

千野満から電話をもらったのは、それが二度目だった。初めて井草の彼のマンションに行き、彼の妻の京子とベッドを共にしてから三週間近くが過ぎていた。その間ぼくは、千野夫婦とは顔も合わせていなかったし、ことばも交わしていなかった。

留守番電話の千野満のテープの声を聴いたとき、ほとんど直観的にぼくは二つのことを考えた。一つは京子を使って行なった前の実験についての話か、同じ実験の二度目の勧めではないのか、ということだった。そしてもう一つが、由香の二本目のAV出演の話なのかもしれない、ということだった。

どっちの予感が当たるとしても、ぼくにとっては溜息の出るような重苦しい話だったけれども、酒の酔いに任せるようなつもりで、ぼくは電話の受話器を取った。

電話に出たのは京子のほうだった。ぼくの声を聴くと京子は『元気がないわね。どうしたの』と訊いた。体調がわるかったわけではないけれども、その電話で元気な声がぼくの喉からひびき出るわけはないのだった。

「いま仕事から帰ってきたところで、ちょっと疲れてるんですよ」

「たいへんなのね。あれっきり音沙汰がないからどうしてるのかと思ってたの。このまえはありがとう。すてきだったわ。ちょっとね、あとを引いてる気分よ」

京子は笑った顔が目に浮かぶような声を出した。けれども口ぶりはさばさばとしていて、セックスのことを話しているような思わせぶりなところは少しも感じられなかった。

「留守録に電話を待ってるという千野さんのメッセージがあったんだけど……」

あとを引くと言われても、ぼくには答えようがなかったからそう言った。京子に替わってすぐに千野が電話に出た。そのタイミングから考えると、千野も電話のすぐそばにいて、京子が口にしていることを聴いていたのだろうと思えた。

「やあ、しばらく。がんばってるそうじゃないの。由香さんから話を聞いたよ。実験の成果が少しずつ芽生えてきてるようだな」

「成果ねえ……。悪戦苦闘してるだけですよ」

「船迫さんと由香さんの仲がこわれていないのは、やっぱり成果さ。もっと自信を持ってもらいたいね。だいじょうぶなんだから」

「何か用があったんですか？　ぼくに……」

「用じゃないんだけどね。由香さんの二本目の作品の撮影の日取りが決まったんでね。由香さんから聞いてるかもしれないと思ったけど、監督のあたしからもお知らせしとこうと思ったもんだから電話したんですよ」

「いつですか？」

「今月の二十五日と二十六日の二日間ですから、明後日とつぎの日だな。今度は〈マン開淫乱女子大生パートⅡ　濡れ濡れ日記〉というタイトルでね。オナニーシーンあり、レズシーンあり、電車の中の痴漢シーンあり、もちろん男とのホンバンありの、沢えりかの見せ場たっぷりの作品です」

千野満の口ぶりもきわめてビジネスライクだった。ぼくは何も言わずに受話器を耳に当てたままで、ベッドの上に仰向けに倒れた。頭が痛くなった。そのくせに、電車の中の痴漢のシーンなんて、どんなふうにして撮影するのだろうかなどという、他人事《ひとごと》みたいな好奇心のようなものが、ぼんやりと頭をかすめたりした。

「まあね、船迫さんも由香さんも、二日間だけの辛抱だから、我慢してください」

「千野さんはAVの仕事が好きなんですか？　やってておもしろいと思うのかな？」

ふと思ったことを、ぼくは何とはなしに口にしていた。

「嫌いじゃないんだろうな。女優さんたちの裸やベッドシーンを見てると、それなりに楽しいからね。だけど自分にとってはおもしろいというもんじゃないなあ。あたしらサーヴィス業だからね。芸術作品撮ってるわけじゃないから。それが仕事で、それで飯食ってるんだってことだけでね、好きとか嫌いとかの問題じゃないなあ」

「それだけですか？」

「実際の仕事に限って言えばそれだけだな。ただね、個人的にはそれだけとは言えないものもありますよ」

「どういうことですか？」

「なんてったってセックスそのものを扱う仕事だからね。ぼくなりに個人的にはいろんなことをよく考えるんだ。セックスを手がかりにね」

「例の実験もその一つだってわけですか？」

「そうだね。それからこういう仕事をしていると、ずいぶん変わった性的趣味を持ってる人たちともつながりができてくるもんだから、セックスについて考える機会も自然に多くなるわけでね。セックスについてというよりも、セックスを切り口にして、人間ていったい何なんだみたいなことを考えてしまうことが多いんだよ。それに惹《ひ》かれてこの仕事をつづけてるみたいなところも大いにあるな、あたしには……」

「千野さんにとっては、セックスって何ですか？」

「ひとくちで言うのはむつかしいな。存在そのものにまつわる不条理な悲哀と歓喜だ、と言っとこうかな」

「何ですか、それ？　もっとやさしく言ってもらいたいな」

「その話はいつかゆっくりやりましょう。それより、由香さんの撮影の日は、船迫さんはどうやって過ごすんです？」

「どうやってって、会社に出ますよ。決まってるじゃないですか」

「それならいいんだけど、落ち着かないんじゃないかって思ったもんだから……。もし何だったら、その二日間また京子と寝てもらってもいいし、いっそのこと撮影現場を見学するというのも実験としては有効だと思うんだけどね」

「気を遣ってもらって、お礼を言ったらいいのか、ほっといてくれって言えばいいのか、ぼくにはわからないな。千野さんてすごいことを考える人なんだなあ。すごいっていうか恐ろしいっていうか……」

「あなたが辛いだろうと思うからですよ」

「辛いにきまってるじゃないか。気が狂いそうだよ」

「だったらまた京子とセックスするなり、撮影を見にくるなりという過ごし方もあるわけだから、考えてみたらどうかなあ。辛さから逃げたり、それに漬《つ》かって溺れたりするのは、あまり賢明じゃないと思うな、あたしは」

わかったよ、と言い捨ててぼくは電話を切った。

そのようにしてぼくは由香が二本目のＡＶに出演することになったのを知らされたのだ。由香はきっと言いにくかったせいだろう、ぼくにはＡＶの仕事のことは話してくれていなかった。ぼくらの間でそのことが話題にされたのは、前にゴーチェに行ったときが最後になっていた。ぼくらはそして同じその夜にぼくは初めて由香の足を舐め、その足で顔を踏みつけられることの歓喜を味わった。

ゴーチェで話をしているときにすでに、ぼくは由香のＡＶ出演を止めさせることはできないだろうという気持ちになっていた。そしてふり返ってみれば、その気持ちを決定的なものにしたのが、彼女の足のもたらすあの底知れない歓びであったように、ぼくには思える。

そうだとしたら、ぼくは言い知れない歓喜をもって、由香のＡＶ出演を了承した、ということにもなりそうだ。あるいは由香のＡＶ出演が思いもよらなかったぼくの中の眠れるマゾヒストを目覚めさせた、ということだったのかもしれない。あるいはまた、留めることのできそうもない由香のＡＶ出演を、無理にもぼく自身に受け容れさせるために、無意識の心理回路が作動して、急いでぼくをマゾヒストに仕立ててあげてしまったのかもしれない。

いずれにしろ、事実上ぼくはすでに由香がふたたびＡＶ女優の沢えりかとして、カメラの前で呪わしい姿態と行為をくりひろげることを覚悟してしまっていたのだ。

千野満との電話を切ってから、ぼくは濃いウィスキーの水割りを作り、由香に電話をかけてみた。由香は電話に出てベッドに入ったところだった、と言った。

「撮影の日取りが決まったらしいね。千野から電話がきたよ」

「ごめんなさい、黙ってて……。ずっと内緒にしておくつもりじゃなかったんだけど、言い出しにくくて……」

「いいんだよ。どうせいつかはわかることなんだから……」

「ごめんね。だいじょうぶ？　周二。いやなんでしょう？」

「いやだし、あんまりだいじょうぶじゃないけど、仕方がないと思うしかないよ」

「今度とあと一本やったら、ほんとに終わりにするから。絶対に約束するわ。だからあと二本だけ我慢してほしいの」

「そのつもりだよ」

「ほんとうに我慢してくれるのね。だいじょうぶなのね。周二の気持ちはよくわかってるつもりなのよ、あたし……」

由香の声には哀願と絹糸のようなやさしさがこもっていた。ぼくの口調も初めからやさしかった。ぼくは由香とのそうしたやりとりにも、マゾヒスティックなよろこびを感じていたような気がする。

「千野が言うんだよ。撮影の日が辛くてたまらないようなら、また京子さんとセックスするか、いっそのこと撮影現場を見にこないかって……」

「周二は何て言ったの？」

「気を遣ってくれてありがとよと言えばいいのか、そんなこと放っといてくれって言えばいいのかわからなかったから、そのとおりに言ってやったさ」

「その日に周二が辛くていやな思いをするのはわかってるけど、あたしは撮影の現場を周二に見られるのはいやだわ。周二が見てたらあたし仕事できないと思うの。周二だって見たくなんかないはずよね。そうでしょう？」

「ヴィデオで見たって気が狂いそうになったんだからね」

「どうして監督は撮影を見にこいなんて言ったのかしら。逆療法だと思ってるのかしら？」

「実験のためだってさ」

「だったら京子さんと寝てもらうほうがいいわ。それならあたしはそんなに気にならないと思うから……」

「おれはその日も会社に行って仕事するつもりだけどね。いつもと違ったところに気合が入って、車がバカスカ売れちゃうかもしれないしな」

ぼくは笑ってそう言った。ほんとうにそういうことになるかもしれない、という気もしたのだ。

「ほんとにごめんなさいね、周二。あと二本だけだからね」

「わかってるよ。単なる肉体労働なんだもんね。そう思うことにするから……」

ぼくは言って電話を切った。さっきのやさしい気持ちがうすれてしまって、つまらないことを言い出しそうな気がしたからだった。

（今度のヴィデオには、レズシーンとか痴漢にさわられるシーンがあるんだろう。そういうシーンでもどうしようもない淫乱の由香のことだから、仕事を忘れて本気で感じちゃうんだろうな……)

そんな意地のわるいことばが、ぼくの胸の中でくすぶりはじめていたのだ。

13

由香が撮影に入る前日の夜は、ぼくはあまりよく眠れなかった。

熟睡できそうもないという予感があったので、睡眠薬の代わりと思ってベッドに入る前にウィスキーのストレートを指二本分飲んだのだけれど、それが逆効果をもたらしたようだった。アルコールのせいでかえって目が冴《さ》えてしまって寝つけなくなった。

ようやく眠れたと思ったら、夢ばかり見ていた。自分がいま夢を見ているのだということがぼんやりとわかっているような、そんな浅い眠りだった。そのくせにその夢についてのまとまった記憶はほとんど残っていなかった。夢の中にはいつもどこかに由香の姿があったのだけれども、目が覚めてそれを思い出そうとしても、ただ何だか白っぽい由香の影が記憶の中で揺れているだけで、そのときの彼女のようすも、どんな夢だったかということも甦ってこなかった。

そのせいなのかどうか、朝になって起きたときは頭も軀も重たい感じがして、心の隅には暗い水たまりみたいな哀しい気分がゆらめいていた。

　電話をかけて由香の声を聴きたいと思ったけれど、なまじそんなことをするとかえって心が乱れそうな気もして、結局電話はかけなかった。そのほうが由香だってぶんぎりよく仕事に向かえるだろう、とも考えた。

　会社を休んでそのままベッドで寝ていようかな、という気持ちも生まれていた。由香の撮影の日取りをわざわざ知らせてきた千野満を、ぼくは恨んでいた。何も知らないうちに由香の呪わしいそのアルバイトが終わるのだったら、いくらかはぼくの気持ちも救われるだろうに、と思わずにはいられなかったのだ。

　気を取り直して出勤した。電車はいつものように込んでいた。ぼくの前と横とうしろには、若い女が立っていた。ぼくはあの暗黒のヴァレンタインデーの朝に、電車の中で痴漢の濡れ衣を着せられたことを思い出した。ぼくにとっては、四月二十五日というその日と翌日の二日間もやはり、第二の暗黒のヴァレンタインデーと呼びたくなる特別の日に当たっていた。

　だからぼくはふたたび痴漢の濡れ衣を着せられることがないようにしなければならないと考えて、気持ちを引き緊《し》めた。それなのにぼくは不覚にも、由香の二作目のAVの〈マン開淫乱女子大生パートⅡ　濡れ濡れ日記〉の中には、彼女が電車の中で痴漢に遭《あ》う場面も用意されているという、千野満から聞かされた話を思い出してしまった。

常習犯は論外だが、たまたまふと魔がさして痴漢行為に走ってしまう男の衝動は、今ならぼくにも理解ができる。由香の二本目のAVの中に、痴漢の場面があるという話を思い出したとたんに、ぼくは満員電車の中で一緒に揺れながら軀を密着させている前とうしろと横の女性の肉体を強く意識しはじめたのだ。というよりも、カッコウをつけずに言えば、そのときぼくは強く痴漢の誘惑に駆られたのだった。

誘惑は圧倒的なパワーを備えていた。それまでのぼくは痴漢をはたらく奴を卑劣きわまりない破廉恥人間として軽蔑している男だった。自分はそんなうす汚い真似なんか絶対にやらない、というプライドを持っていた。被害に遭う女性の言いようのない怒りや屈辱を思いやる気持ちも持っていた。

けれども、不意に襲ってきた衝動の前では、ぼくのそんな普段の心がまえなんかは波をくらって崩れる小さな砂の山みたいなものだということを、そのときつくづく実感させられた。ふとした出来心で痴漢行為に走る男たちは、みんなぼくと同じように、自分のプライドや良識や恥の自覚がどこかに押し流される魔の一瞬に見舞われるのだろう。そしてその一瞬に彼の手はすぐ近くにいる女性の軀に蛇のようにひそかに伸びていくのだ。

時は四月も下旬を迎えて、人々の服装は軽やかになっていた。ぼくの前に立っている女性は、ペパーミントグリーンに小さな白の花柄を散らしたワンピースを着ていた。彼女のヒップの左半分が、ぼくの右の太股にほとんど密着していた。電車の揺れ具合によっては、むっちりとしたそのヒップの弾力が、とても刺激的にぼくの太股に伝わってきた。

あとほんの少しだけぼくが軀を右側に持っていけば、太股に代わってペニスがそのヒップに密着することになるのだった。そのときに、互いに見知らぬ他人であるぼくと彼女の密着しているペニスとヒップを隔《へだ》てるものは、二人の腰を包んでいる衣服のわずかな布切れだけということになる。

そんなことをいくらかぼんやりとなっている頭で考えているうちに、ぼくはペニスに彼女のヒップの弾力を感じ取っていた。こんな言い方をするのはいかにも弁解がましいのだけれども、そしてぼくが意図してそうしない限りは、ペパーミントグリーンのワンピースに包まれたそのヒップが、ひとりでにその位置に移動してくるわけもないのだけれども、ぼくにはわざと軀を右側にずらしたという明確な意識はない。

魔がさすというのはつまり、そういうことなのだと思う。明確な意識がないからといって、見知らぬ女性のヒップにペニスを押し当てたことを否定したり、そうする気持ちはなかったなどと言うつもりもぼくにはない。事実はぼくの痴漢行為を明らかにさし示しているのだから。ぼくが日ごろのプライドや良識や相手の女性の気持ちを思いやる心をきれいさっぱり忘れ去って、ペニスに伝わってくるそのヒップのやさしげな温もりややわらかい弾力をこっそりと味わって、卑劣なよろこびに浸ったことは、自分にとっても思いもよらないことなのだが、事実であることに変わりはない。

それどころか、心の中ではぼくの痴漢行為はさらにエスカレートしていった。ぼくは相手の腰に手を当て、ペニスを彼女のヒップの谷間に押し当てたいと思った。ワンピースのスカートの中に手を入れたいと思った。それが無理なら前に回した手を彼女の性器に服の上から押し当てたいと思った。

そういうことをぼくが実行しなかったのは、ただただ相手が声をあげて騒ぎ出し、ぼくを指さしてにらみつけてくるのが恐ろしかったからだった。臆病心がエスカレートするのを防いだだけのことなのだ。

そのうちにペニスが留めようもない勢いで勃起してきて、ぼくはうろたえた。ただヒップに押し当てているだけなら、あるいは勃起は抑えることができたかもしれない。けれども電車の揺れにつれてぼくと相手の軀も揺れる。そのために、ヒップとペニスの間には密着と遊離と摩擦とが生じざるをえないし、それはまた物理的にも心理的にも性交のときのピストン運動を想い起こさせずにはおかなかった。

おまけにぼくのまうしろには、別の女性の軀の前面が重なるようにして迫っていた。その女性はどうやらバッグか何かを胸に当てて、乳房のふくらみがぼくの背中に当たるのを防いでいたようだが、彼女のふっくらとした感じの腹部と太股の一部が、ぼくの太股の裏側にくっついていた。さらにぼくの右側の腰のあたりも、横に立っている若い女性のウェストと接していた。

そうした状況も手伝って、ぼくのペニスはあらがいようもない勢いで暴走を始めたのだった。ぼくがもう少し図々しく糞度胸がすわっていたら、その状態のままでたとえばうしろの女性の性器に手を伸ばすこともやりかねなかっただろうという気がする。

結果としては皮肉なことに、勃起したペニスがぼくをわれに返らせ、それ以上の痴漢行為にストップをかけた。ぼくはヒップに押し当てたペニスの勃起を、相手の女性に気づかれることを恐れたのだ。実際はすでに気づかれていたのかもしれない。そのものは一瞬にして硬直の状態に達するわけではなくて、常態からそこに至るまでには多少の時間の経過を伴うわけで、その間にヒップの持ち主がそこに押し当てられているものの感触の変化に無関心のままでいたとは考えにくい。

それを考えれば、あのペパーミントグリーンのワンピースの女性が声をあげたり、ふり向いてぼくをにらみつけたりしなかったことに、ぼくは感謝しなければならない。もちろんそれは今になって思うことであって、そのときはぼくは気短《きみじか》でこらえ性のないペニスに肚を立て、今にも相手が声をあげて騒ぎ出すのではないかと思いながら、急いで腰をよじり、アタッシェケースを股間に当ててその場をとりつくろったのだった。

結局その日はほとんど仕事にならなかった。いまごろ由香はヴィデオカメラの前でどんな淫らな恰好をしているのだろう、という考えが頭からどうしても離れずに、デスクに向かっていても、お客と話をしていても気持ちを集中することができなかったのだ。

生まれて初めてやってしまった痴漢行為も、ぼくの気持ちを暗く落ち込ませていた。程度から言えばあるいはぼくが電車の中でやったことは、いわば初歩的なものにすぎなかったのかもしれないけれども、それによってぼくが長年堅持してきた誇らしいものが、もろくも崩れ去ったことには変わりはなかった。そのことのほうが、実際にやってしまった行為に対するよりも悔いが大きかった。

ほんとうにどうかしていると思った。ぼくがそのとき痴漢の衝動に駆られたのは、由香の二作目のＡＶの中に、痴漢が現われるシーンがあるという話を思い出したのがきっかけだったと思うのだけれども、だからといってどうしてぼくは前に立っている女性の尻にペニスを押し当てなければならなくなったのか。どう考えても筋道の立たない話なのだ。

ヴィデオの撮影で由香が痴漢に好きなように躯をさわられるのだから、その埋め合わせにこっちもやってやれ、というようなことを頭のどこかでぼくは考えていたのだろうか。そうだとしたらぼくはとんでもない野郎であり、あのペパーミントグリーンのワンピースの女性こそいい迷惑だ。

そんなことをあれこれ考えているうちに、ますます気持ちは仕事から離れていったので、午後の半分はセールス活動をさぼって、天王洲《てんのうず》公園の脇の道に車を停めてリクライニングシートを倒し、横になってとりとめもなく物思いにふけった。

考えてみると、入社以来の一〇年間で、そんなふうに途中で仕事をさぼったのもそのときが初めてのことだった。痴漢の濡れ衣を着せられたのは暗黒のヴァレンタインデーの日だったし、今度は濡れ衣ではなくて、痴漢の初体験をしたわけだから、ブラックデーはよくないことの初めてづくしだ。

車のリクライニングシートに横たわって、四月のうす青い空を眺めていたら、由香と初めて知り合ったころのことが思い出されてきた。そのときは由香はまだ大学の二年生になったばかりだった。

そのころにぼくは、田園調布《でんえんちょうふ》に住んでいるコンピュータの部品メーカーの社長のお嬢さんに、車を一台売った。納車に行ったときに、そのお嬢さんが試乗をかねたドライヴをしたいから、ぼくに付き添い役を務めてほしい、と言った。ぼくの他にも付き添い役がもう一人いた。それが由香だった。

由香とそのお嬢さんとは大学で知り合って親しくなっていた仲だった。由香もその日に新車が届けられるから、試乗ドライヴにつきあってほしい、とお嬢さんに頼まれて、田園調布まで遊びがてらに来ていたのだ。そんな土地に住んでいる金持ちの社長令嬢なんかと親しくなったために、由香はわけもなくお金が欲しくなって、AVのアルバイトを始める気になったのかもしれない。

それはともかく、ぼくは初対面の由香に、ほとんど一目惚れのような気持ちを抱いた。

その十日ばかり後にはデイトの誘いに応じてくれたのだから、由香も初めからぼくに好意を抱いてくれたのだと思う。もっとも本人に言わせると、もともと自分はうんと年上の男性が好みだし、社会人になっている相手と交際をしてみたいと思っていたところだったから、デイトに応じる気になった、ということだったらしい。

たしかに由香は初めから、子供っぽくぼくに扱われるのをいやがった。だからぼくはデイトの場所を選ぶのにも、財布の中身と相談しながら、それなりに高級感を漂わせているおとなっぽいムードのレストランやスタンドバーをコースに取り入れた。由香のよろこぶことならどんな無理でもぼくはいとわなかったし、彼女がいやがることは用心深く避けた。

あるとき由香はぼくのマンションの部屋に行きたいと言った。部屋に連れて行くと、今度は帰りたくないと言った。ぼくは感激して彼女を抱きしめた。ぼくもそのまま彼女を帰すつもりはなくなっていた。ベッドでは由香は最初のときから自分で全裸になったし、大胆で積極的な振舞いも見せた。ぼくは由香がすでに男の軀を知っていたことにも、ベッドの中で積極的であることにも、失望なんか覚えずに、ますます彼女に夢中になった。

それから一年余りが過ぎている。AV出演のことを除けば、由香は以前と少しも変わってはいない。AVのことだって、もともと由香の中にそういうアルバイトだって辞さないという何かがあったからこそ決行できたのだろうから、彼女は前とまったく変わってはいないわけなのだろう。

変わったのはぼくのほうだ。それもあっという間の激変ぶりだった。暗黒のヴァレンタインデーからかぞえてまだ二カ月余りが過ぎたばかりだというのに、ぼくは千野に勧められるままに彼の妻とセックスをし、由香のアナルにキスをしたり、彼女とシックスナインをやったりするようになり、彼女の足で顔を踏まれる歓喜を知り、いつかは彼女のアナルにペニスを挿入したいと考えるようになり、彼女のAV出演をなしくずしに認めてしまっているのだった。

まるでものすごい勢いでどこかになだれ落ちていくような自分のそうした変わりようが、ぼくはわれながら信じられなかったし、納得できることでもなかった。何か説明のつかない狂おしい力がはたらいて、自分をそういうところに追いやっているのだ、ということだけしかぼくにはわからなかった。

14

つぎの日はとうとうぼくは会社を休んだ。

前の日と同じで、どうせ仕事にならないんだという気がしたので、会社が始まる時間までベッドを出ずにいて、欠勤の電話をかけた。そうやって由香のことでたびたび仕事を放り出していると、サラリーマンとしていつかは脱落するのじゃないか、といった恐怖心に近い思いが頭をよぎったけれども、そのときはそんな先のことなんかをきちんと考えるゆとりはなかった。

その日一日を何とかやり過ごせば、とにかく由香の二作目のAVの撮影は終わるのだ、ということだけしかぼくの頭にはなかった。

会社に欠勤の電話をかけるためにベッドを出たついでに、ウィスキーのうすい水割りを作った。テレビをつけ、朝刊を取ってきてひろげた。

なるべく由香のことを考えずに、他のことで気をまぎらそうとしてみたのだけれども、無駄だった。寝不足がつづいていたので、眠ってしまえと思ってベッドに戻ってみたけれど、眠気はやってこずに、ヴィデオカメラの前でおぞましい姿態をくりひろげているであろう由香のことだけが、瞼《まぶた》に浮かんでくるのだった。

そのうちに、千野京子ともう一度セックスをする、という考えが水が滲《し》み出てくるようにして生まれてきて、頭の中にひろがっていった。由香がヴィデオカメラと監督の千野満の前でクソ男優に抱かれているときに、ぼくが京子とセックスをするということが、愚かで滑稽でグロテスクな事態なのか、それとも釣り合いが取れるとするべきなのか、ぼくはわからなくなっていた。

迷った末にぼくが電話の受話器を取ったのは、十一時過ぎだった。京子は家にいた。ぼくが名乗ると、彼女はことばを返してくる前に、低い笑い声を受話器に送ってきた。

「何がおかしいんですか?」

「おかしいわけじゃないけど、電話がくるんじゃないかと思ってたから……」

京子にそう言われると、ぼくは心を見すかされている気がして悔しい思いになったのだけれども、情けないことに用件を切り出さずに電話を切ってしまうことはできなかった。

「ぼくのことをばかにしてるんでしょう」

「何を言ってるの、船迫さん。どうしてばかにしたりするのよ。由香さんの撮影の当日にあなたが痩《や》せ我慢して電話もかけてこないんだったら、ばかな男だと思ったかもしれないけど、そうじゃなかったからほほえましくなって、それで笑ったんじゃないの」

「これからそっちに行ってもいいかな?」

「大歓迎よ。でも、会社はどうするの?」

「きょうは休んでるんですよ」

「やっぱりね。それが当たり前だと思うわ。平気で会社に出て仕事がやれるんだとしたら、それは船迫さんがそんなに由香さんを愛してない証拠だわね」

「こんなときにどうして奥さんと逢いたくなるのか、自分でもわからないんだけどさ」

「あたしとセックスしたいと思ったんでしょう?」

「思った。そうすれば気がまぎれそうなんです。奥さんにはわるいけど」

「ちっともわるくなんかないわよ。あたしと船迫さんとの間にはセックスしかないんだから。あたしとしたいということだけで、他には逢う理由なんかいらないのよ。そんなことは考えなくてもいいし、考えたって何もいいことはないんだから」

「行きます、これから。ぼくは東伏見に住んでるから、三十分ぐらいでそっちに着くと思うけど、それでいいですか？」

「ちょっと待って。折角《せっかく》だから場所を変えない？」

「それでもいいですよ、ぼくは。どこにしますか？」

「渋谷にあたしがときどき行ってる感じのいいラヴホテルがあるの。フォンテインというところなんだけど、そこに午後二時ってことでどうかしら？」

「わかりました。渋谷のフォンテイン、午後二時ですね」

「世帯くさいうちの寝室よりも、ラヴホテルのほうがいいでしょう？　あたしもそのほうが気分が変わってすてきだから……」

　フォンテインのある場所を説明してから、京子は軽やかな口調でそう言った。逢う前に昼飯でも一緒に、などと二人とも言い出さないところが、いかにもセックスだけという間柄らしいな、と思いながらぼくは電話を切った。

　部屋は京子が自分の名前で予約してあるはずだった。

ぼくはフォンテインのフロントで千野という名前を伝えた。『お連れさまはお見えになっています』とフロントの女が言った。

教えられた部屋のドアをノックすると、中からぼくの名前を呼ぶ京子の声がした。ぼくが返事をすると、ドアが少し開けられた。ドアの細い隙間に、京子の濡れた裸の躯の片側半分がのぞいていた。

「早く着いたからお風呂を溜めて、いま入ったところだったの。一緒に入ろう……」

中に入ると京子が笑顔で言った。彼女の躯からうすい湯気が立ち昇り、全身から湯の滴《しずく》が流れ落ちていた。ぼくがうなずくと、京子はすぐに浴室に引き返していった。ぼくは湯に濡れて光っている京子のほっそりとした肉のうすい背中や、小さいけれども形よく盛りあがっているヒップの二つの丘や、そこの谷間が深くなって両脚の間に消えていくあたりに目をやりながら、部屋のほうに入った。

フォンテインは外観も中の造りもどことといって変哲のない、ありきたりのラヴホテルに見えた。ぼくが足を踏み入れたその部屋も、光沢の目立つ布地のワインレッドの花柄の布《ふ》団《とん》のかかっているベッドや、ロココ調のソファセットやチェストの置かれている、それほど広くもないところだった。

壁ぎわにはテレビと並んでカラオケセットが置かれていた。おとなのおもちゃの自動販売機もあった。けれどもそれだけのことで、どことといって特に目を惹くところも見当たらず、そのホテルのどこが気に入って京子が『感じのいい』と言ったのか、ぼくは首をひねりたくなった。

裸になってぼくが浴室に入って行くと、円形の浅い湯舟の中にいた京子が『気持ちがいいわよ』と笑顔で言って、底に突いた両腕で軀を支えて、伸ばした両脚ごと全身を湯の表面に浮きあがらせた。肩と乳房と下腹のあたりは、湯の表面から少しだけ出ていた。ふさふさとした陰毛が根元を湯で洗われながら、岸辺の水草のようにゆらめいた。

京子の笑った顔も、湯の面に浮かんでいる彼女の軀も、ゆらめく乳房や陰毛の眺めも、ぼくにはとても淫蕩なものに見えて、何だかしらないけど無茶苦茶にやりまくってやる、といった気分になった。

ぼくが湯舟の中に腰を沈めようとすると、京子は浮かせていた腰を沈めてぼくの脇腹に両手を当てて、いきなりペニスに唇をかぶせてきた。勃起の兆しを見せはじめていたペニスに、やわらかく舌がまとわりつき、しごくようにして唇がゆっくりと前後にすべらされた。ぼくは両手を下に伸ばして京子の乳房をつかんだ。彼女の二つの乳首とぼくのペニスは、まるで呼吸を合わせるようにして勃起した。

「だいじょうぶよ、船迫さんは。心は沈んでいるだろうけど、おちんちんはこんなに元気だもの……」

京子は片手で勃起しきったペニスをつかみ、もうひとつの手でふぐりを包みこむようにして、亀頭に唇を当てたままで上目遣いに笑った目をぼくに向けると、そう言った。何がだいじょうぶなのかわからなかったけれど、ぼくも何となくだいじょうぶなような気がして、湯舟の中で京子を立たせようとした。ぼくもいきなりクンニリングスがしたくなったのだ。けれども京子は応じてこなかった。

「あとでいっぱい舐めてもらうから、その前にお湯の中でうしろからおっぱいと下のほうをさわってほしいの。男の人の膝にまたがって、うしろから抱かれるようにしてさわってもらうのがあたしは好きなの」

京子はそう言った。ぼくは湯の中に腰を沈め、湯舟の側面に背中をつけて両脚を前に伸ばした。京子がすぐにうしろ向きになってぼくの膝にまたがってきた。

「ごめんなさいね。きょうはもう船迫さんの好きな下着の跡が消えちゃってるでしょう。お風呂に入ると皮膚が伸びるのかしらね」

京子の言ったとおりだった。彼女の背中にはブラジャーの痕跡は見られなかった。ぼくは湯の中で彼女の横腹のあたりを撫でてみたけれど、パンティやパンストのゴムの跡らしいものも感じ取れなかった。

だからといってぼくは失望しなかった。いきなりの大胆なフェラチオの出迎えを受けたので、ぼくの頭も軀もすでに十分に熱くなっていた。ぼくはうしろから回した手で京子の乳房や乳首を愛撫した。片手は横から斜《はす》かいに沈めていって、彼女の股間を捉えた。

乳房のはずむ手ざわりと、湯の底でそよいでいる京子の陰毛が指に絡みついてくる感じが、ぼくの興奮を煽り立ててきた。指先が性器のわれめに入り、クリトリスのふくらみを探し当てると、京子が満足そうな声をもらして背中でぼくの胸によりかかり、頭をぼくの肩にあずけてきた。それから京子は少しだけ腰を浮かせてぼくのペニスを手で捉え、それを自分の尻の谷間に添わせておいて、浮かしていた腰を元に戻した。ぼくのペニスは京子の会陰《えいん》部のところから膣口をのぞく恰好で頭を出しているに違いないと思われた。京子が口を開いたのは、そういう淫らないたずらのようなことをした直後だった。

「ほんとのことを言うわね。いま由香さんはこの部屋の隣りの隣りの部屋で撮影してるの。だから船迫さんをこのホテルに誘ったのよ。きょうは由香さんは男優さんとのホンバンのシーンを撮ってるはずなの」

京子はそう言った。さばさばとした口ぶりだった。意地わるくからかってやろうというような感じではなかった。ぼくはそれでもいきなり頭を殴りつけられたような気持ちに襲われて、思わず湯の中で立ち上がろうとした。

さっと立ち上がれるような状態ではなかった。ぼくの両脚は湯舟の底に伸ばされていたのだし、尻だって淡いピンク色のタイルの底にすえられていたし、ぼくの膝の上にはすっかり体重を預けた京子の軀があったのだから。

一瞬、硬直したようになったぼくの気持ちはすぐにヘナヘナと崩れて、膝の上の京子を突きとばし、湯舟からとび出して、さっさと服を着て、ホテルの外に出ようという気持ちも煙のように消え去っていた。

「どうしたの？　船迫さん。そんなこと気にするようじゃだめよ。こっちはこっちで楽しめばいいんだから。ちゃんとさわって……」

京子が言った。ぼくの愛撫の手は彼女の乳房と性器の上で動きを止めていた。

15

ぼくは自分で自分がわからなくなった。

千野満に勧められて、その場で京子とセックスをしてしまったことや、彼女との二度目の機会を自分から設《もう》けたことなどは、由香の一件からくる苦しまぎれの愚行だったのだ、と考えることもできなくはない。

けれども渋谷のそのフォンテインというラヴホテルでのぼくの行動は、自分自身に対しても容易に納得のいく説明のつけられることではない。ぼくと京子がいる部屋の二つ先の部屋では、今まさに由香主演のＡＶの撮影が行なわれているのだということを知りながら、ぼくは京子とのどぎつくて爛《ただ》れたような破廉恥《はれんち》な性行為をむさぼったのだ。

何がどうだといったって、自分の心や気持ちの動きが自分でつかめないことほど落着きのわるいものはない。ぼくは自分で思っている以上にばかな人間なのかもしれない。

もちろんぼくは、どんな場合でも自分をコントロールできる人間である、なんて自惚《うぬぼ》れていたつもりはない。それでも年相応にそれなりの分別や物事の道理は、まあ人並みにわきまえているつもりでいたのだ。だからこそこれまでサラリーマンとしての生活にも適応してこられたのだし、由香のAV出演というような、天地がひっくり返るほどの衝撃的な出来事にもできるだけ冷静に対処して、耐え忍ぶべきところは耐えながら、彼女との愛を貫《つらぬ》き通そうという思慮だけは失わずにいられるのだ、と考えてきた。

渋谷のラヴホテルでも、そうしたわきまえを見失ったわけではなかった。ぼくはそのときも分別や道理に従おうとした。いくら何でも自分の恋人が二つ先の部屋でAVの撮影をしているという場所で、こっちが他の女とセックスをするなんていうのはひどすぎる、無茶苦茶だ、とぼくは思った。けじめがなさすぎる、破廉恥の極みだ、と考えた。

けれども、そう考えたのはわずかの間にすぎなかったのだ。二つ先の部屋で由香は男優とのカラミの場面を撮影しているはずだと聞かされても、ぼくは膝にまたがっている京子を突きとばして、ホテルからとび出して、決然とした気持ちでマンションに帰ることはしなかった。ホテルどころか、湯舟からさえぼくはとび出そうとしなかった。そうすべきだと思っただけで終わってしまった。

京子に聞かされたその話のショックで、ぼくの頭がぼんやりとなっていたのも事実ではあった。けれども、そのぼんやりとした頭でぼくはすぐに、分別や道理に逆らうようなことを、自分のほうから考えはじめていたのだ。すぐそばの部屋で由香がAVの仕事をしているという場所で、ぼくが京子とセックスをすることは、何に対してひどすぎることなのか。何をもってそれを無茶苦茶と言えるのか。この場合のけじめとはいったい何なのか、なぜそれが破廉恥なことなのか――そういった反問をぼくは自分に向けていたのだ。

これらの問いはまさに、分別や、物の道理や、けじめ、人間の恥の意識それ自体に向けられた、いかにも千野満好みの根源的な疑問というべきものだった。そうした疑問がごく自然にぼく自身の中に頭をもたげてきたのだ。そのことからすれば、千野満がぼくに仕向けてきた実験が、早々と成果をあげはじめていて、ぼくは彼が信奉する奇怪なセックス観の影響下に身を置こうとしていたのだ、ということになるのかもしれない。

もちろんぼくの頭にそうした千野満好みの根源的設問が芽生えるに至った経緯には、京子の肉体の強いバックアップが作用していたことも否《いな》めない。由香がそのホテルで撮影中だということが初めからわかっていれば、京子とセックスをするにしてもぼくは他の場所を選んでいたはずなのだ。

けれども、そうと聞かされたときは、ぼくは湯舟の中で京子を膝にまたがらせて、彼女の乳房のやわらかい感触を楽しみ、もうひとつの手で女陰をまさぐって欲望をふくらませている最中だったのだ。由香がそこで撮影中だったからこそ、京子はそのラヴホテルをぼくに指定したにちがいなく、それはまた千野満の企《たくら》みでもあったのだろう、ということがわかったときはもうぼくは完全に彼らの術中にはまっていた。

道理や分別なんかに対する根源的な問いの答も見つけ出せないままに、ぼくは湯舟の中で京子に促《うなが》されて、ショックで中断していた淫《みだ》らな愛撫を再開していたのだ。そして、ぼんやりとしたままの頭で、湯の中でさわるとクリトリスや小陰唇や膣口周辺の襞などの手ざわりが、普通のときよりもコリコリとして妙に硬い感じになるのは、愛液が湯で洗い落とされてしまってなめらかさを失うせいなのだろうか、などということを何とはなしに考えたりしていたのだった。

京子は素っ裸のままで、浴室からベッドに直行した。彼女はぼくがはこうとしたトランクスも、ひったくるようにして取り上げた。

「パンツなんかはくと余計なことを考えるようになっちゃうわよ」

京子はそう言った。ある意味でそれは名言だったかもしれない。ぼくがそう思ったのは、浴室を出て冷蔵庫の前で足を止めたときだった。シチュエイションがそういうことだったせいかもしれないけれど、ぼくはやたらに喉《のど》が渇いていたのだ。

フリチンのままで冷蔵庫から缶ビールを取り出し、その場で立ったままでそれを飲むというようなことをするのには、ぼくは馴《な》れていない。ましてやその姿を京子に見られているのだから、ぼくは何となく落着かなかった。けれどもぎごちない気持ちはすぐに消えて、缶ビールを口に持っていって顔を上に向けたときは、何か解放感に似たものがぼくの胸の中を吹き抜けていった。それがパンツをはいていないせいだったとしたら、京子のことばはやはり名言だったと言えるのだろう。

「あたしも飲みたい……」

京子がベッドに肘《ひじ》枕を突いたままで、声を投げてきた。ぼくは新しく取り出した缶ビールを持って、ベッドに行った。

「由香さんの撮影、気になる?」

起きあがってビールをひとくち飲んでから、京子が言った。

「気にならないはずがないじゃないか」

「そこが大事なの。気にしてなきゃだめよ。それを気にしながら、あたしとここでどれくらい船迫さんが楽しめるか。それを試してみるのよ。うんと楽しめたら一歩前進だわ」

京子はぼくのペニスを手でまさぐりながらそう言った。一歩どころか、ぼくはもう心ならずも百歩も前進してしまっているような気がしていた。

「膝で立って、おちんちんにビールをたらしてくれない? それをあたしが飲むから」

今度は京子は笑って言った。ぼくはそんなことをしてみたいと思ったわけではなかった。そんなやり方でビールがうまく飲めるのかどうかもわからなかった。わかりたいとも思わなかった。それなのにぼくは素直に京子のことばに従って、缶ビールを片手に持ってベッドの上に膝で立った。京子の言うとおりにすれば、彼女に小便を飲ませているようなサディスティックな気分が味わえて、好きなようにぼくをリードしている相手に、いくらかの鬱憤《うっぷん》がはらせるような気もしたのだ。

京子はぼくの前にうずくまり、ことさらに臀部《でんぶ》を逆立てる姿勢をとって、ペニスの前に顎《あご》を突き出してきた。ペニスはちぢんでもいなければ勃起もしていなくて、おだやかな形で垂れていた。ぼくは陰茎の付根のところに缶ビールの口をつけて静かに傾けた。シーツにビールをこぼすまいとすると、手つきは自然に慎重になり、神経が手もとに集中して、ぼくは何だか大事な仕事にとりかかっているような気分になった。

ビールはうまい具合に陰茎の周《まわ》りを伝って流れていって、亀頭の笠のくびれの部分で止まり、そこから滴《したた》り落ちて下で待ち受けている京子の舌に受けとめられた。京子は笑った目で下からぼくを見上げていた。京子の突き上げられた恰好のヒップが、挑発的な感じで小さく左右に振り動かされていた。

ビールを浴びせられたせいでもないだろうが、ペニスはすぐに勃起をはじめた。すぐに京子が手を添えてそのものの仰角を押し下げた。そして京子はビールを亀頭の先端から滴らせてほしい、と言った。ぼくはそれを試みた。缶の口を笠のくびれの間近に当てて、少しずつビールを注《そそ》いだのだ。狙いどおりにビールは笠のくびれのところからも、亀頭の先端からも滴り落ちていき、キラキラと光る條《すじ》となって京子の口の中に入った。京子は喉の奥に楽しげな声をもらし、口の中に溜まったビールを飲み込むたびに、亀頭を唇で包んで吸った。

そうしている間も、ぼくはそこから二つ先の部屋で由香がしていることを、あれこれと想像しないではいられなかった。由香はその部屋で男優を相手に痴態をさらし、ぼくはそこから二部屋しか離れていない場所で、ペニスを雨樋《あまどい》のようにして使って京子の口にビールを注ぎこんでいる——。

ぼくは哀しかった。気持ちは泥にまみれていた。けれども顰蹙《ひんしゅく》の極みというべきその事態に、哀しみを覚えつつもぼくは次第に性的な興奮を覚えはじめていたのだった。

慎《つつし》みとか憚《はばか》りの気持ちの強弱は、その対象となっているものとの物理的な距離と関わりがあるようだ。由香の撮影現場と、ぼくと京子のいる場所とが、もっと遠くに離れていたとしたら、そのときのぼくの欲望があそこまでねじくれた燃えあがり方はしなかったのではないだろうか。すぐ先の部屋で由香がそういうことをしている最中なのだと思うと、慎みの気持ちや何かを憚る気持ちはどうしても強くなり、それが妙な具合に巡《めぐ》り巡って淫らな欲望の火に注がれる油のようなはたらきをしてくるのだ。そうなると顰蹙すべき事柄までが、この上なく濃厚な味わいをそなえた快楽の果実のように思えてならないのだった。

「あたしのあそこを流れ落ちるビールはどうかしら？　飲んでみたくない？」

京子がビールに濡れた唇を舌で舐《な》めてから言った。ぼくはうなずいた。二つ先の部屋で由香がしている行ないをはるかに凌《しの》ぐような破廉恥で淫らなことをしたい、という気持ちにぼくはなっていたのだ。だからぼくは、起きあがろうとする京子の背中を手で押さえて、彼女のうしろに回った。ぼくは京子の尻の谷間を流れ落ちてくるビールをすすりたい、と思った。

高く腰を突き上げてうずくまっている京子の性器の、うしろからの景観は申し分なく淫らでえげつなく目に映《うつ》った。ぼくはえげつないことがぴったりくるような気持ちになっていた。京子の尻の谷間が性器のわれめにつながるあたりにぼくは伸ばした舌と唇を押し当ててから、彼女のヒップに缶ビールを持った手を置き、慎重にビールを谷間に流しはじめた。ゆっくりとそこをすべり落ちていく冷たい感触に刺激されたようすで、京子が甘えたようなひびきの声をあげた。

流れ落ちてくるビールは京子の会陰部《えいんぶ》のあたりで進路を乱し、小さくまわりにひろがっていくように思えた。そのためにぼくはそれを急いで舌で搔《か》き集めるようにしながら唇ですすりこまなければならなかった。京子はそうしたぼくの舌と唇の動きが、とてもすばらしくて、何だか性器を食べられているような気分なのだと言った。

「セックスしてて一緒に二人が遊べるのはインサートまでの間だけ。そう思わない？　だって入れちゃったらもう、二人で一緒にしてるっていうよりも、おたがいに自分のことで精一杯になるでしょう。だから腰を使いながら目をつぶっちゃったり、相手の肩なんかに顔を伏せちゃったりして、目を合わせることもしなくなるじゃないの」

京子はそんなことも口にした。ぼくはそのことばを全面的に納得したわけではなかったが、なるほど言われてみればそのとおりで、一面の真実を突く言ではある、と思った。

ぼくは臆面もないといった状態になっていた。ベッドに突いて立てられた京子の膝の間に仰向《あおむ》けになって顔をさし入れ、彼女の尻の谷間を流れ落ちてくるビールを口で受けるということもした。

このときは京子が自分で缶ビールを持って、中身を器用に尻の谷間に注いだ。そうしながら彼女は首を下に落して、自分の股間を覗《のぞ》きこむ姿勢になり、そこで痴態を演じているぼくの顔を眺《なが》めていた。見られていることがわかっていて、ぼくは何かに酔ったような心持ちのまま、彼女の谷間から流れ込んでくるビールをすすったり、濡れて山羊《やぎ》の髭《ひげ》のような形を見せている陰毛の先から滴り落ちるビールの雫《しずく》を吸ったりした。そうやって見たり見られたりしながらつづける行為には、たしかに京子が言ったような、二人で一緒にとんでもないことをして楽しんでいる気分が、無言のうちにかもし出されてくる気がした。

「うんといやらしいことがしたいわね、きょうは……」

ビールがなくなると、京子はそう言って、ぼくにうずくまって臀部を高く上げた姿勢をとらせた。ぼくはもうどんなことだってやるつもりになっていたから、言われたとおりにした。今度は京子のほうがぼくのアナルや股間の眺めをうしろの正面から目に収めることになったのだが、そうした一種屈辱的な姿勢も、たいして気にはならなかった。それどころか、ぼくはその姿勢に心の枷《かせ》が解き放たれるような奇妙な心地よさと、マゾヒスティックな気分とを覚えて、ますます気持ちを高ぶらせた。

ぼくの頭の中はセックス一色に塗りつぶされていて、それ以外のたとえば羞恥《しゅうち》心だとか自制心だとかといったものが声をあげる余地はなくなっていたのだと思う。

うしろに回った京子は、高く突き上げたぼくの尻に胸を当てるようにして坐ると、両脚を前に伸ばした。胸の下に伸びてきた京子の両足の親指が、巧《たく》みにぼくの両の乳首をころがすようにして撫《な》ではじめたのと、彼女の濡れた舌がアナルを捉《とら》えてきたのが同時だった。

初めて味わうことになる甘くくすぐったい性感が、乳首とアナルの双方でひびき合うように思えたことと、京子のその愛撫の仕方が申し分なくえげつない感じに思えたこととと、ぼくら二人のそのときの恰好がいかにも異様だったことなどが感激を呼んだのかもしれない。ぼくは思わず女のような声で『ああ、いい、すごい……』と叫んでいた。

その声を聴くと、京子はぼくの尻に二つの乳房を捻じりつけるようにしながら、二つの手でペニスとふぐりをまさぐるようにして愛撫しはじめた。アナルでうごめいている京子の舌は、羽毛のように軽やかであったかと思うと、一転して強く撓《しな》るような力を見せてゆっくりと上下にすべらされたり、くぼみの中心だけを微妙にくすぐるような動きを見せたりして、甘く疼《うず》くような、深くしみ入ってくるような、新鮮で魅惑的な快感を送りこんでくるのだった。

趣向の限りをつくした、心配りのいきとどいた愛撫と言うべきだった。京子は乳首でぼくのアナルをくすぐることもしたし、ペニスは手でしごくだけではなくて、たっぷりと唾液を落して濡らした掌《たなごころ》で、亀頭をくるみこんだままで静かに摩擦するという工夫も見せた。ぼくはときおり首をもたげて肩越しにふり向いては、そうやって遊んでいる京子のようすを眺《なが》めて楽しむこともした。また、胸の下の京子の足を引き寄せて、その指に舌を這《は》わせたり唇で包んだりした。

そしてぼくはあらためて、京子の言ったことを思い返して肯《うなず》きたい気分に浸《ひた》った。ほんとうのセックスの楽しみが味わえるのは、インサート前のそうした酔い痴《し》れたような淫らな戯れ合いのほうなのかもしれない、と思えてきたのだった。

16

毒を食らわば皿までも、といった気持ちにぼくはなっていたのだろうか。

そんなつもりは自分ではなかったけれども、どぎつく爛《ただ》れたような京子とのセックスのあとで、ひどく投げやりな気持ちにぼくがなっていたのは確かだった。それでももちろん、由香が撮影している部屋を覗いてから帰ろうという京子の誘いには、ぼくは強い抵抗を覚えた。

「ちょっとあちらに顔を出していかない？」

部屋を出たところで、京子は廊下の先を指さして言った。きわめて軽い口調だった。撮影現場を覗かせて、ぼくの見せる反応を楽しもうとするような意地のわるさや、粘りついてくるような好奇心などは、京子のようすからは少しも感じとれなかった。

「いやだよ。そこまでする気はないさ」

「何を言ってるの。そこまでしなきゃ、さっきのあたしと船迫さんがしたことは、ただのエッチと同じことになるのよ」

「そうかなあ。ただのエッチじゃないだろう。わざわざこういう時とこういう場所を選んでしたことなんだから」

「だめ。そんなのおかしいわよ。そんなの自分に嘘をつくのと同じだわ」

「嘘？」

「そうよ。さっきあたしとしたことを考えてごらんなさい。エッチなビールの飲み方をしたのよ。お尻の穴も舐め合ったのよ。舐めた上に指だって入れたじゃない」

「だから何だっていうんだ？」

「そこまでしたんだから、由香さんの顔を見て帰るべきじゃないの。それが誠実ってもんよ。由香さんに対する思いやりってもんだわ。由香さんだって、あなたとあたしが一緒に顔を見せればきっとよろこぶはずだわ。少なくとも船迫さんがAVのことでこだわりを捨てようと努力してくれてるんだって、由香さんは思うと思うわ」

「妙な理屈だなあ」

「どこが妙なのよ。誠実と思いやりを忘れたら、千野の言ってる実験はただの乱交になってしまうのよ」

京子は真剣な顔になっていた。口調も強いものに変わった。ぼくは反論しなかった。誠実と思いやりということばが、そんなふうに使われるのを聴《き》くと、ほんとうに妙な理屈だと思うのだけれども、普通とは違う別の物差しで見れば、京子の言う誠実にも思いやりにもそれなりの理屈は通っているような気がしたのだ。

「いいから行こう。いらっしゃい。カラミのシーンを撮ってる最中だったら、無理してそこまで見なくったっていいから、ケリがつくまで待って、由香さんに声だけかけて帰るだけでもいいんだから」

言いながら京子はぼくの腕を抱えこんで歩きはじめた。ぼくは行くのなら京子に引きずられて行きたくはないと思った。京子の言っている意味の誠実と思いやりを由香に示してみよう、という気持ちも多少は動いていたかもしれない。承知の上で実験を始めた以上は、それも超えるべきハードルの一つなのだろう、といった考えも頭をよぎった。

その上に、自分でも信じられないことだけど、由香がカラミのシーンのまっ最中なら、それもしっかり見てやろうじゃないか、ナマで見るのもヴィデオテープで見るのも、たいした違いなんかないはずだ、といった考えさえもが、短い時間のうちに黒い雲みたいにぼくの頭の中いっぱいにひろがってきたのだ。そういう考えが生まれてきたことについては、さっきまでの京子との破廉恥なセックスと、彼女流の誠実と思いやり理論が強く影響していたことを否定できない。

ぼくは京子に抱えこまれた腕を抜き取ると、迷いをふり捨てた足どりで廊下を進んだ。京子がその部屋のドアをノックして、中に声を送った。ノックの主が京子だとわかって、ドアが中から開けられた。

入ってすぐの沓脱《くつぬ》ぎと、その前のせまい床を、モニターテレビなどの機材やコードが塞《ふさ》いでいた。そこにスタッフらしい若い男が三人いた。一人は音声係らしくてヘッドフォーンを首にかけていた。誰もぼくには特別の関心を示さなかった。ぼくの心臓は早鐘を打っていたのだけれども、スタッフたちの何も見ていないようないくらか疲れた感じの静かな目に、ずいぶん気持ちが救われた。

部屋との仕切りのドアは開いていた。何かの都合で撮影は中断しているところのようだった。部屋の奥に由香と千野満の後ろ姿が見えたけれども、男優の姿は見えなかった。その男のものらしい短い笑い声だけが聴こえた。由香は素裸のままでカーペットの床に坐っていた。その横に千野満が立っていた。

京子が由香の名を呼び、由香がドキリとしたような顔でこちらをふり向いた。千野も一緒にふり向いた。

「船迫さんが一緒だから、ちょっと顔を出して帰ろうと思って……」

京子が言った。由香はいかにもぎごちない笑顔になって、前に片手を伸ばした。するとその手にどこからともなくホテルの浴衣《ゆかた》が投げかけられてきた。姿の見えないところにいる男優が投げてよこしたものと思えた。

「やあ、いらっしゃい。ようこそ。あなたが来てくれるといいなって思ってたんだ」

奥から千野が出てきてそう言った。ぼくは無言で千野にうなずいたままで、ずっと由香のほうを見ていた。由香は床に坐ったままで浴衣をはおり、前を合わせてから立ちあがると、腰紐《ひも》を結びながらぼくの前にやってきた。千野と由香のために場所を空《あ》けたスタッフたちが、浴室の前と部屋のほうに移った。

「きちゃったのね」

目を伏《ふ》せたままで由香が言った。もう彼女は笑ってはいなかったし、声も細かった。ぼくは何も言えなかった。何を言ったらいいのかわからなかった。けれどもぼくの手はひとりでに動いて、由香の手をにぎっていた。手をにぎると、今度は突然にぼくは由香を引き寄せて抱きしめずにいられなくなった。ことばにならないいろいろの思いと感情に突き動かされたのだ。

ぼくに手を引かれると、由香は伏せていた顔を上げて、あとじさろうとするように一瞬軀《からだ》を固くした。ぼくに殴られるとでも思ったのだろうか。そう思ったから、ぼくは無理にも笑顔を作ろうとして顔の筋肉をゆるめて、あいているほうの手を由香の肩にかけた。意外なことに、そういう場面でもぼくはまわりにいる千野夫婦やスタッフや、奥にいて姿は見えないままの男優の目を忘れないでいる一点の冷静さのようなものは失っていなかったようだ。

こわばった由香の軀がふっとゆるんで、彼女は素足のままの足でそこに投げ出されている機材の電気コードを踏みつけて、ぼくに軀を寄せてきた。そのときはもう由香の目は涙でうるんでいた。ぼくは両腕で由香の軀を強く抱きしめた。嗚咽《おえつ》をこらえた由香の軀が、ぼくの腕の中でふるえた。

「いいねえ。いいよ、きみたち。すばらしいシーンだよ、これは……」

千野が言って、ぼくと由香の背中を手で叩いた。京子が拍手をした。それでぼくは急になんだか照れくさくなって、由香の軀を離した。由香が指で涙を拭《ふ》きながら、笑顔を見せた。やわらかくてどこか子供っぽく見える笑顔だった。それを目にしたとたんに、ぼくは不意にわけのわからない切なさに襲われて、涙腺がゆるみかけた。

「じゃあ行きましょうか、船迫さん。あんまり仕事の邪魔してもわるいから」

京子のことばにぼくは救いを感じた。

「ところでそっちはもう終わって帰るところなのかな。それともこれから？」

千野が京子へともぼくへともつかないようすで訊いた。京子がそれに答えた。

「あたしたちはもうすんだの。あなたたちはまだまだなんでしょう？」

「八時か九時には終わる予定だよ。どこか場所を決めるから、一緒に一杯やらないか。船迫さんもまじってもらってさあ」

千野がぼくを見て言った。そう言われて、ぼくは束《つか》の間忘れていた由香の相手役の男優の存在を思い浮かべた。いくら何でもそいつと一緒に酒を飲むのだけはまっぴらだ、と思った。たったいま抱きしめたばかりの由香の軀が、すぐにまたそいつに弄《もてあそ》ばれることになるのだ、といったことも一緒に思い浮かべた。

「止めときます。ぼくは部屋に由香がくるのを待ってる」

そう言ってぼくはドアの外に出た。京子もつづいて出てきた。振り向くと由香と目が合った。何とはなしにぼくは由香に向かって小さく手を振った。由香はまた泣き出したくなったのか、口に手を当ててぼくに向かって無言で大きくうなずき返した。

渋谷の駅で京子と別れると、ぼくはもう一歩も歩きたくない、といった気持ちに包まれた。酒がほしかったけれども、知っている店は渋谷にはなかった。それに外はまだ明るくて、酒場が店を開ける時間まではまだ間があった。

ぼくは駅を出て、アルコールも用意していそうな感じの喫茶店を探して歩いた。道玄坂《どうげんざか》の通りから少し入った横筋に、そんな感じの店があった。見るからに古そうな、くすんだように中がほの暗い小さな店だった。中年の頭の禿《は》げあがったバーテンと、若いウェイトレスが一人いた。客が込んでいて、入口に近い二人用の席しかあいていなかった。

ビールかブランデーしかなかった。ブランデーは紅茶やコーヒーに垂らすのに使われているのがある、とウェイトレスが言った。ビールは飲みたいとは思わなかった。ビールと聞いただけで、ぼくは京子とのあの痴態を思い出してしまったのだ。そういうことを思い出したい気分ではとてもなかった。

ブランデーの最初のひとくちを喉の奥に送りこむと、自分でもおどろくほどの深い吐息がもれ出てきた。肺のいちばん底のところから這いあがってきたような吐息だった。

ぼくはその日に京子とセックスをしようという気になって以来の、自分の行動のすべてをはげしく後悔した。その日に自分がしたそれまでの行動の一切合財を、どぶの中に投げ捨てたい気分だった。唯一許せる気がしたのは、浴衣を着てぼくの前にやってきた由香を抱きしめてやったことだけだった。それも、そうしてやろうと思ってもいなかったのに、胸をゆすぶってくる何かに駆り立てられて、自然にやれたからこそ許せるのだと思った。

それだって恰好よすぎて嘘っぽい、という思いまでは拭《ぬぐ》い去れなかった。けれどもそんなふうにしてあの場でぼくに抱かれたことが、どれほど由香の気持ちを楽にしたかしれないのだ。ぼくはそう思うことにした。そう思わなければどこにも救いがないような気がした。

恋人が出演しているAVの撮影現場に、のこのこと顔を出しに行く男はばかに決まっている。救いようのないばかだ。もし誰かがぼくと同じことをしたとしたら、ぼくはそいつのことを大ばか者と言って大声で笑うだろう。

けれども、そういうところにのこのこと出ていった末に、由香を抱きしめずにいられなくなってしまうくらいにぼくが彼女に惚《ほ》れているのも、ばかであることと同じくらいに確かなことだったのだ。

ばか者である上に、由香にそこまで惚れているからこそ、ぼくはいとも簡単に千野満の仕掛けてきた実験に乗ってしまったのだ。千野と京子にうまく誘いこまれたわけではなくて、実はぼく自身が用意された実験台にすすんで身を横たえたのだということに、ぼくはそのときはじめて気がついたし、それを納得した。ブランデーの酔いのせいでそう考えたわけではなかった。

それならば、見事な成果を手にするまでは、どこまでもこの実験を重ねていこうという気持ちになったのも、そのときだった。そうやってぼくは、二杯目のブランデーを時間をかけて飲みながら、先の見通しのきかない、不安に満ちた決心を固めていったのだ。

17

撮影をすませた由香がぼくのマンションにやってきたのは、夜の九時半ごろだった。

「早かったな。みんなと一杯やるんじゃなかったのか？」

「断わって帰ってきちゃったの」

「全部終わったの？　撮影は……」

「終わったわ。予定どおりに」

「よかったね」

「元気ないの？　周二は……」

「どうして？　そんなことないよ」

「それならいいけど……」

たしかにぼくは元気な状態ではなかった。渋谷で夕食をすませて帰ってきてからは、何をする気にもならずに、ウィスキーの水割りをちびちびやりながら、ぼんやりとテレビを見て時間をつぶしていたのだ。

「シャワーを浴びてくる」

由香は言って、ぼくの部屋にいつも置いてあるパジャマ代わりのTシャツを洋服ダンスの引出しから出して、着ているものを脱ぎはじめた。ぼくは由香の軀に下着の跡が残っていることを期待した。

期待は十分にはかなえられなかった。ブラジャーやパンストやパンティの跡は、うっすらとそこに残っているだけだった。それは当然のことだった。その日は由香はＡＶの仕事をしてきたのだから、ほとんど下着など着けずに一日を過ごしたにちがいない。そう考えると物悲しさがぼくの胸にひろがった。ぼくは立っていって、そこに唇をつけてまわった。由香がぼくの頭を抱いた。立ちあがってからぼくは由香を抱きしめた。

「さっきはありがとう。でも、周二が撮影現場に来てくれるとは思っていなかったから、びっくりしたわ」

ぼくの胸に顔を伏せたままで由香が言った。

「京子を誘ったのはおれなんだ。だけどまさか彼女があのホテルを指定するなんて思っちゃいなかったからびっくりしたよ」

「監督と奥さんは、はじめからそれを狙《ねら》ってたらしいの。そう言ってた。周二と京子さんが帰ったあとで……」

「はめられたんだ。だけど、二部屋しか離れていないところで由香が撮影してるってことがわかったら、顔を合わさないで帰っちゃうのは、何だかコソコソしてるみたいに思えてきたんだよ。コソコソしちゃいけないいんだって気になったんだ。由香はいやじゃなかったかい？　あんなところでおれと顔を合わせて」

「いやだなんて思わなかった。恥ずかしかったし、ちょっと周二が恐かったし、辛かったんだけど、周二が抱きしめてくれたからうれしかった」

「泣いたから目が赤くなって困ったんじゃないか、撮影に……」

「平気だった。水で洗って冷やしたら、すぐに充血が取れたから。それより男優さんがたいへんだったのよ」

「なんで？」

「周二が来たもんだから気にしたのね。あのあと男優さんのがなかなか立たなかったのよ」

由香は笑って、浴室に行った。ぼくはシャワーの音を聴きながら、またしてもつまらない物思いの中に誘いこまれた。

相手の女優の恋人が撮影現場に現われたあとで、AV男優のペニスが一時的に使い物にならなくなった、という話はぼくを不愉快な気持ちにさせた。ぼくはその男優を生意気な奴だと思った。プロにあるまじき根性の持主だと言ってやりたかった。

自然に考えれば、ぼくがその男優を罵倒《ばとう》したくなる気持ちを抱くのは、理屈に合わないのかもしれない。彼のペニスが仕事にならない状態に陥《おちい》ったのは、ぼくへの遠慮や気後《きおく》れがはたらいたせいらしい。だから普通ならばぼくはその男優に好感とまではいかないとしても、彼の慎みの気持ちとデリケートな神経にいくらかの理解を持ってもいいはずだった。

男優のほうには、ぼくに対する遠慮だけではなくて、由香に対しても、AVの相手役の女優ではあるけれども、歴とした恋人のいる一人の女性として、彼女を立てなければいけない、といった気持ちもはたらいていたのだろう。そう考えると、第三者から見れば、その男優は物の道理や人の気持ちのよくわかっている立派な人物だ、ということになるかもしれない。

けれども、ぼくはまさにそいつのそうした立派なところに肚立《はら》たしさを覚えたのだ。そいつのペニスが仕事の役に立たなくなったのは、奴が持っているそうしたいわゆる人間的な感性のせいなのだ、とぼくは考えた。由香の肉体めざして勃起すべき奴のペニスが一時的にしろ役に立たなくなったのは、奴が由香に対して何がしかの人間的な感情を抱いてしまったせいにちがいないのだ。

そこのところがぼくを不愉快にさせていた。そいつが生意気で、プロ根性に欠ける、とぼくが言うのもその点なのだ。そいつは由香に恋人がいようがいまいが一切かまわずに、たがいに肉体だけを提供しあって仕事をすべきだった。そうでなければ由香の言うような、〝AVはちょっと風変わりな単なる肉体労働だ〟という理屈は成立しない。そいつのペニスが持主のなまじな人間的な気持ちなんかの影響を受けて勃起しなかったがために、ぼくはそいつがぼくと由香との心の絆《きずな》の中に入りこんできて、三角関係のような影を落してくるような気がしたのだ。

ぼくがそのことで覚えた不愉快さは、たしかに三角関係のジェラシーによく似ていた。ぼくは由香に向かって勃起したそいつのペニスに嫉妬を抱いたのではなくて、それが勃起できなかったことに肚を立てたことになるのだけれども、これは必ずしも理不尽な話ではないと思うのだ。

ぼくは京子と二回セックスをしている。けれども京子に対して人間的な気持ちを抱いてはいない。彼女とのセックスはあくまでも肉体と肉体の関わりにすぎず、実験のひとつの手段でしかない。だからこそ由香もぼくと京子との間にあったことを受け容《い》れているし、ぼくも同じ理由で由香のAV出演を自分の中に受け容れようとしているのだ。

実験のためのセックスには情緒的なものは求めずに、できるだけ即物的に事を進めるべきである、と言った千野満のことばをぼくは思い返した。つまり千野は、心情とは一切関わりを持たない純粋に生理的な動機による性行為に積極的な評価を与え、それを容認することによって、真に自由な新しい男女の愛が確立出来る、と主張しているのだ。

千野の主張は正しいのかもしれない。京子との純粋に生理的で即物的な性行為を経験してからは、ぼくは千野のその考えに従ってみようという気持ちになっていた。けれども不安や疑問が払拭《ふっしょく》されていたわけではなかった。実験がぼくと由香との間に解放的な新しい愛情関係をもたらしてくれるのかどうか、ぼくは確信は持てなかったし、人間の性の生理というものを、果たして千野が主張するように、心や感情の動きと切り離しておけるのかどうかも、ほんとうのところわからなかった。

ぼく自身の場合はそうなのだが、あのAV男優の場合はやはり、純粋に生理的な行為者として、由香に向き合うべきであって、奴が余計なことを考えてペニスを役立たずにしたことは、職業的にはもちろんのこと、心のあり方の面でも非難されて当然だろう。

由香は半袖のTシャツだけを着た姿で浴室から出てきた。

洗って乾かしたばかりの長い髪が、光沢を見せてサラサラと揺れていた。パンティははいていなかった。Tシャツの裾のところが陰毛の茂みでわずかに押し上げられた恰好になっていた。

「抱いてほしいの。周二に抱いてもらえば、ヴィデオの仕事の垢《あか》みたいなものがきれいに消えるような気がする……」

目を伏せたままで遠慮がちなようすで由香がそう言ったのは、彼女が湯上がりのビールを飲んでいるときだった。

「頼まれなくても抱きたいさ。おれだって京子との実験の垢を落したいしさ」

「よかった。撮影をすませてきたばかりだから、いやだって言われそうな気がしてたの」

「いやなら抱きたい気にはなってないよ。それにこっちも実験の後だよ。それは由香は平気かい?」

「だいじょうぶ。割り切ってるから」

そうやってぼくは今度は、首までどっぷりと心情そのものに漬《つ》かったようなセックスを行なうことになった。

由香がビールを飲んでしまうのを待って、ぼくらはベッドに移った。由香の軀には湯と石鹸の匂いが残っていた。時間というものは恐ろしくて厄介な力を持っている。由香が撮影の仕事から解放されてから、まだわずかな時間しか過ぎていなかった。そのためにぼくはどうしても、由香の軀にまとわりついている湯と石鹸の匂いの下に、彼女の相手役の男優の匂いや影を探りあてようという気持ちになってしまうのだった。

それはあるいは由香にも言えることだったかもしれない。由香もぼくの軀から数時間前の京子の軀の匂いを無意識に嗅《か》ぎとろうとしていたのではないだろうか。ぼくはそういう自分の意識から解き放たれなければいけない、と考えた。愛撫をはじめながら、ぼくはつぎつぎに頭の中に浮かんでくる由香への質問を押し殺した。

ぼくが由香に聞きたかったのは、撮影中のあれこれや、千野満の演出などについてだった。電車の中で痴漢にやられる場面では、どこをどんなふうにしてさわられたのか。レズビアンのシーンではどんな気持ちがしたのか。オナニーのシーンではどんなふうにして演じたのか。男優とのカラミはどんな手順で事がはこばれていったのか——。

そういったことを由香の口から聞き出したい、と思うぼくの気持ちの中には、明らかにサディスティックな衝動が疼いていた。嫉妬が生み出す底意地のわるさもはたらいていた。そういうことで由香のAV出演を罰したいという思いが、黒くくすぶっていた。その思いは、撮影が終わっていくらも時間がたっていないときだった分だけ、ぼくにとっては生なましく、息苦しいものになっていた。

何とかそれを抑えておくことができたのは、やはり実験のせいにちがいない、と思われた。そう考えると、いくらかはぼくも前途に希望の光を見るような気がした。

由香にも変化が見られた。ぼくは前回のときと同様に、由香がその日のぼくの京子との実験のようすを、あれこれとたずねてくるのではないかと考えて、ひそかな虞《おそれ》を抱いていたのだ。由香がそれを訊きたがれば、ぼくのほうも必死に抑えている質問を彼女に向けずにいられなくなるのがわかっていた。

けれども、由香はその日にぼくがどんなふうにして京子とセックスをしたのか、ということを一言もたずねようとしなかった。それを彼女の変化と見るべきかどうかはわからなかったが、ぼくには意外な気もした。前のときは由香はそういうことをぼくにたずねただけではなくて、ぼくが京子にしてやったものとそっくり同じ愛撫を自分から求めてきたのだった。

そうだったからといって、その夜のぼくと由香とのセックスが慎みのある静穏なもので終わったわけではなかった。由香のＡＶ出演や、ぼく自身の京子との実験といった事などが、ぼくの欲望の流出の仕方をややこしい形に捻じまげていた事に変わりはなかった。

ぼくはその日の昼間に、そそのかされるままに京子にしてやったどぎつい愛撫を、由香にも加えてやらずにはいられなくなったのだ。それは、由香に撮影中に行なった淫らな行為のことを話させるのを我慢した、その埋合《うめあ》わせのつもりのようにも見えたけれども、必ずしもそれだけのことでもなかったのではないだろうか。ただ単にそれは、由香のＡＶ出演やぼくの実験が、ぼくら二人を体験的に淫乱なセックスを好む人間にさせていた、というだけのことだったのかもしれない。

ぼくはペニスを使って由香にビールを飲ませたり、彼女の尻の谷間を流れ落ちてくるビールを口で受けたりということはしなかった。高く突き上げた尻を由香に向けて、うしろから彼女の舌と手の愛撫を受けるというやり方もぼくは思いとどまった。けれどもそれと同じ姿勢をとった由香を、京子とのときと同じようにしてうしろから愛撫することだけは諦《あきら》める気になれなかった。

「うつ伏せになって、お尻を高くしてくれないか」

愛撫の途中でぼくは言った。

「うしろから入れたい？」

由香はそう言いながら、注文どおりの姿勢に変わった。ぼくは由香の臀部のまうしろに回り、開かれた彼女の股の下に伸ばした両足をさし入れた。後背位でインサートするつもりではないのだとわかっても、由香は何も言わなかった。

由香の性器はすでに十分に潤んでいた。あふれ出た体液が深いクレバスの両岸を濡《ぬ》らしてうっすらと光っているのが、からみ合ってそこにまとわりついている陰毛をすかして見えていた。ぼくは両手で由香の腰や脇腹をさすりながら、ヒップの二つの丘に唇をつけたり離したりして、彼女のそこのうしろからの眺めを味わった。

ぼくの目の中には当然のように、その日の昼間に同じようなアングルから眺めた、京子のその部分の姿が甦《よみがえ》っていた。そしてあらためてぼくは、由香のその眺めをいとしく、好もしく思った。

京子のヒップは年齢のせいですでに張りを失いはじめていた。そのために、伏せた姿勢で高く上げられた臀部の先端は、丸みを欠いてとがったように見えた。京子のアナルは色合いが濃くて、そのすぐ近くまで短い陰毛の列が細く延びてきていた。尻の谷間につづく大陰唇のふくらみも痩《や》せていて、そういう姿勢をとっただけで、すでにクレバスがゆるみ、小陰唇の先が頭をのぞかせていた。

そうした眺めのものをぼくは目にして、眉をひそめたくなった。何だか醜怪なものを目にしているような気がしたのだ。けれども、京子のそこの眺めの醜怪さが、逆にぼくの捻じまがった情欲をことさらに煽《あお》り立ててきたことも事実だった。

同じ姿勢の由香のヒップは、美しい球体をなして見事に張りつめていた。アナルの色調はまだピンク系を留めていて、あたりに延びひろがっている陰毛など一本も見られなかった。尻の谷間につづく大陰唇のふくらみも、思わず頬ずりしたくなるくらいに愛らしく豊かにふくらんでいて、ぴたりと閉じたままのクレバスをことさらに深いものに見せているのだった。

ぼくは衝動を抑えることができなかったその愛撫にとりかかった。はじめに由香のアナルの浅いくぼみに舌の先をそっと這わせながら、彼女の軀の下に伸ばした両足で乳房を静かに揉むようにした。足の指を使って二つの乳首をゆったりところがしたり、指の間に挟みつけたりした。

由香はすぐに甘い声をもらしはじめて、ヒップをゆらめかせた。そんな形の愛撫がぼくらの間で行なわれるのはもちろん初めてだったから、由香にはすぐにそれが、その日の昼間にぼくと京子との間で試みられたやり方なのだろう、と察しがついたかもしれない。けれども由香はそれをことばに出して確かめようとはしなかったし、ぼくも察しがつけられているだろうと思いながら、気にしてはいなかった。

ぼくも由香もたちまちのうちに、その愛撫の新鮮な刺激に夢中になったのだ。

ぼくの舌は由香のアナルのくぼみの微細な放射状の皺のようなものから、そこの中心の点のような引き締まった凹《へこ》みまでを、敏感に感じとった。それくらいにぼくは舌をやわらかく静かにそよがせることを心がけた。要領はすでに京子とのときに呑みこんでいたのだ。京子はぼくの舌の使い方や手順について、まさに即物的なことばで細かく注文をつけてきたのだから。

由香のアナルのくぼみはすぐに、ぼくの愛撫に応えて悶《もだ》えるかのような小さなうねりとひくつきを見せはじめた。

「なんかすごくいいわ。クリトリスとあそこの奥のほうが甘くしびれてくるみたいにジンジンするの……」

由香は喘《あえ》ぎながらそう言った。ぼくはつぎの段階に進むことにした。アナルに舌を使いながら、うしろから差し向けた手の親指でクリトリスの愛撫をはじめた。由香の熱狂も進んだ。彼女はヒップをゆらめかせ、肩や背中を大きくうねらせて声をあげつづけた。ときおりはぼくは舌先を膣口に移すと同時に、指でクリトリスを揉んだり、小陰唇を薙《な》ぎ伏せるようにしてその一帯を指先で強くこすったりもした。そのたびに由香は高い声を放ち、全身を小刻みにふるわせては息を詰まらせた。

つづいてぼくは同じ姿勢のままで、由香のワギナにそろえた両手の親指をさし入れていった。由香の声がまた乱れた。クリトリスの愛撫とアナルに舌を使うことも止めずにつづけた。由香は乳房や乳首を愛撫しつづけているぼくの足の片方をつかんで引き寄せると、はげしく息を乱しながら、何かに憑《つ》かれたようなようすで指を強くしゃぶり、親指に歯を立ててきた。

しばらくそういうことをつづけてから、ぼくは最後の段階に取りかかることにした。そのためにぼくは仰向けになって由香の膝の間に軀をさし入れ、彼女の性器の真下に顔を持っていった。ほんとうにえげつない姿であり、愛撫であると思うのだけれど、どうしてもぼくはそこまでやらずにはいられなかった。ぼくは下から伸ばした舌で由香のクリトリスを刺激しながら、同時にワギナとアナルの両方に指を挿入したのだった。

由香のアナルはそれまでの愛撫で熱くほぐれていた。はじめに指先でそこをまさぐったり、やんわりと押すようにしているうちに、ほぐれはさらに増したように思えた。ぼくがそこに差し向けたのは左手の中指だったのだけれども、その指はほとんど難渋することもなく受け容れられた。そこでぼくはつづけて右手を不自由な形に伸ばして、その手の二本の指をワギナに沈めていった。

由香は狂乱の叫びをあげた。ぼくの上で彼女の腰が狂おしげに躍った。それは長い時間ではなかった。由香はたちまちのうちに熱狂の極みに登りつめていって果てた。ぼくの額《ひたい》に押しつけられていた由香の下腹がはげしく痙攣《けいれん》し、ぼくは彼女の恥骨のきしむ音を聴いたような気がした。

自分がその愛撫に執着した理由をぼくが納得したのは、由香の口からオルガスムスの到来を告げることばがほとばしり出てきたときだった。つまり、京子のときとそっくり同じやり方で、同じくらいの歓喜を、由香にも味わわせてやりたいという願望にぼくは突き動かされていたのだ。

そういう願望が自分のどこからどうやって生み出されてくるのか、そのことにどんな謂《いわ》れや意味があるのか、ぼくにはわからない。けれどもぼくは由香が珍妙な恰好をしているぼくの上で全身をわななかせ、われを忘れたような声を放って果てていったときに、京子のときにはまったく感じなかった狂おしいばかりのいとしさが胸を突き上げてくるのを覚えて、思わず涙ぐんでしまった。

そのときのぼくの気持ちと、そのあとで由香にアナル性交を求めたときの気持ちとは、決して同じ色合いだったとは言えない。由香がぼくの顔の上で果てていったときは、ぼくの心はいとしさとやさしさに満ちあふれていた。けれどもアナル性交を求めたときのぼくの心の中には、一種のサディスティックな衝動と、由香を性的に支配し、屈服させたいという独占欲がはたらいていたことは否めない。

由香はたじろぐようすも見せずに、ぼくのその求めに応じてくれた。指の場合と違って、事はいくらかの難渋を示したし、由香が息を詰めて苦痛をこらえるところも見られた。けれどもそれも形がととのうまでの短い間のことで、軀がつながれてしまうと、由香の口からもれてくる苦痛の声は消えて、甘やかな喘ぎに変わり、やがてさらにそれが熱狂の叫びに変わっていった。

ぼくのほうも、初めて知った充実と緊縮の味わいに、由香以上に熱狂した。ぼくの頭の中はまっ白になっていて、そのときだけは由香のAV出演や千野満に誘われて行なった実験にまつわる重苦しいわだかまりも、心の中の迷路をさまよい歩くような、益体《やくたい》もないと思える物思いもどこかにけしとんでいた。

ぼくの動きに応えて熱狂している由香の姿にも、そのときのぼくはいとしさを覚えることを忘れていた。京子のことばを借りて言えば、そのときのぼくはまさに、自分ひとりのことで精一杯ということになっていたのだろう。

由香に対するやさしい気持ちが戻ってきたのは、ぼくが果ててしまって、彼女の背中に突っ伏しているときだった。ぼくらはしばらくの間そうやって軀を重ねたままでじっとしていた。ぼくの両手はうつ伏せになっている由香の乳房の下に置かれたままだったし、力を失って押し出されたペニスは、彼女の尻の谷間と性器の間あたりで静まりかえっていた。

「もう一回しようよ。今度は前のほうで……」

ぼくは由香の背中に頬《ほほ》をつけたままで言った。由香はやさしい声を返してきた。

「気にしてるの？　うしろもとってもすてきだったわよ。だから気にしないで……」

「そうじゃないんだよ」

「もしかして、うしろじゃいけなかった？」

「いったんだよ。頭の中がまっ白になった。そうじゃなくて、今度は静かなやり方でしたいんだ。そうじゃないと由香のヴィデオの仕事の垢を落としたことにならないような気がするんだ」

ぼくはそう言った。ほんとうにそんな気持ちになっていたのだ。由香は何も言わずにぼくの軀の下で身じろぎをした。ぼくの軀が重たくなっているのだろうと気がついたので、ぼくは由香から離れて仰向けになった。すると由香は寝返りを打って、上から唇を重ねてきた。ぼくは由香を抱いて唇を吸った。頬に流れ落ちてくるものに気づいて目を開けると、由香の目から涙がこぼれ出ていた。

「今もやさしい周二のままなのね。うれしいわ……」

由香が唇を離して言った。それでぼくは由香がやっぱり、ヴィデオの仕事の垢を落すために静かな標準的なセックスを望んでいたのだな、とわかった。だから一休みした後の二度目の行為は、ぼくが由香のAV出演を知る前に二人の間でつづけられていたのと変わるところのない、節度のあるものになった。

それでぼくらは十分に満足した。心の中にも穏やかなしみじみとした歓びと満足感がひろがった。そのためにぼくは、早くもこれで由香との間に、真に自由な新しい愛の形を確立することができたのかもしれない、と思ったほどだった。

18

由香主演の最後のAVの撮影は、その年の秋に予定されていた。

五月の連休に、ぼくは由香と一緒にバリ島に遊びに行った。これはあの〈暗黒のヴァレンタインデー〉の前にすでに計画していたことだった。

大学が夏期休暇に入ると、由香はテレビ局のアルバイトをはじめた。視聴者のクイズの回答はがきを整理する仕事だった。

八月の初めにはぼくが会社の夏休みを取り、由香もそれに合わせてアルバイトを休んで、二人で北海道に四泊五日の旅行に出かけた。その間も、ぼくらは時間をこしらえてはデイトを重ね、週末には以前と同じように由香は泊りがけでぼくのマンションにやってきた。

そうやって静穏に数カ月が過ぎていった。傍《はた》から見れば、ぼくらは何の問題もない、平凡な仲睦《むつ》まじいカップルに見えただろう。事実そのとおりだった。二人の間がぎくしゃくしたり、とげとげしい目を向け合ったりするようなことは一度もなかった。まるで由香のAV出演などといった事実は存在せず、ぼくも〈愛の地獄〉とは無縁のままでいるかのように表面は見えていた。

もちろんぼくは由香のAV出演のことを、脳裡から消し去っていたわけではない。消し去ることができたらどんなにいいだろう、と思いながらその静かな毎日を送っていたのだ。

由香にはまだ秋に撮影されるというAV出演の契約が一本残っていた。そのこともぼくは忘れることができずに、まるで大きな負債の返済期日が迫ってくるような、あるいは想像するだけでも身がちぢむような大手術の日を待っているような鬱屈が、胸から消える日はなかったのだ。

それでもぼくが何とか〈愛の地獄〉の日々を耐え忍ぶことができたのは、かなりのところまで実験が役に立っていたからだったのだろう。単純な理屈だった。京子とのことがあるのだから、ぼくのほうも由香のAV出演を頭ごなしに責めるわけにはいかないという、いわばマイナスの力の均衡がはたらいていて、二人の間に波風を立たせないでいる、ということはたしかにあった。

目をつむるということも、多少はぼくも身につけたかもしれない。いやなことに目をつむり、鬱屈は胸の底に押し沈めておくという訓練を、ぼくは意識的にするようになった。そういう忍耐は、十年を越えるセールスマンとしての仕事で、すでにある程度は身についてもいたのだ。

けれども、何よりも大きかったのは、やはり愛の力だと思う。ぼくがそこまで由香を愛していなかったら、また由香にぼくに対する愛の心がなかったら、とっくに二人の仲は壊れていただろう。

それでも、二人の間に以前と変わったと思えることがなかったわけではない。たとえば、由香は以前よりもわがままが少なくなり、ぼくは彼女が気がかりな言動を見せても、少なくとも嫉妬まじりの詮索《せんさく》をするようなことはしなくなった。それをたがいの思いやりの芽生えと見るべきか、それとも二人の間に目に見えない隙間のようなものができたためと考えるべきか、ぼくは決めかねた。

少なくともそれは、二人の関係が新たな安定を取り戻した、ということではなかったと思う。それが安定でないことは、ぼくらのセックスに微妙な形で顕《あら》われていたのだ。

ぼくは自分の気持ちが穏やかでいられるときは、静かに睦み合うような平凡な形のセックスを由香に求めて、それだけで十分に満ち足りていた。そういうときはほんとうに、由香のAV出演の事実なんか存在せず、これからもそんなことはないのだ、と自分に思いこませることができるような気がするのだった。

けれども、何かのことから鬱屈が高じ、重苦しいこだわりが頭をもたげてくると、過激でどぎつく淫らな行為を由香に求めずにはいられなくなるのだった。由香のAV出演へのこだわりを表に出すまいとしているために、それがぼくの性の欲望をどす黒い色に染めあげてしまう、ということがよくあるのだった。

そういうことは由香も無言のうちに感じ取っていたのかもしれない。彼女はぼくの求めることのすべてを、渋るようすもなくいつでも受け容れてくれた。逆に由香のほうからいつもと違った過激なセックスを求めてくることも、ときにはあった。それが彼女の欲望のたまたまの風向きのせいなのか、それとも由香のほうにもAV出演の一件から生まれ出てくる心の憂《う》さが、ぼくとの間にあったということなのか、それもぼくにはわからない。

八月の末に千野満から電話がきた。

土曜日だったから、ぼくは由香と一緒にマンションにいた。朝昼兼用の食事をすませて、由香は台所で洗い物と洗濯にとりかかり、ぼくは部屋の掃除をはじめたところだった。

受話器を取って千野満の声を耳にしたとたんに、ぼくは気持ちがいっぺんに暗くなり、思わずキッチンの由香のほうに目をやった。てっきり由香の秋の撮影日程が決まったのだろう、とぼくは直感したのだ。けれども、千野の用件はそれとは別の、思いがけないものだった。

「急な話なんだけど、今夜は何か予定がありますか？」

由香との最近のようすなんかをたずねたあとで、千野はそう言った。予定というほどのものはなかった。外で食事をしがてらに、お台場《だいば》あたりにでもドライヴをしようか、と由香と話していたぐらいのことだった。ぼくが曖昧《あいまい》な返事をすると、千野は話をつづけた。

「由香さんもそこにいるの？」

「います」

「だったらちょうどいいな。今夜二人であたしにつき合ってほしいんだけどな」

「つきあうって何をですか？」

「ギャラリーになってもらいたいんですよ。船迫さんと由香さんに……」

「ギャラリー？　何を見物するんですか？」

「あたしの知り合いで、自分がセックスするところを人に見てもらうのが好きな人がいるんですよ。ある大きな会社の社長さんなんだけどね」

「それをぼくらが見物するわけですか？」

「あたしと京子も行くんです」

「ぼくをからかってるわけじゃないんでしょうね、千野さん」

「とんでもない。真面目な話なんです。あたしと京子の他に、もう一組カップルがくることになってたんだけど、その人たちが急に都合がわるくなってだめになっちまったんだ。あたしがその社長に、最低四人はギャラリーを連れていくって約束してるもんだからさあ。困っちゃってるんです。でもね、一見の価値はあると思うな。セックスの世界の奥深さ、底の深さを知るためにもね」

そう言って、千野はその奇怪な趣味の持主だという社長の話をはじめた。

年齢が五十六歳になるその男性は、従業員千人余りを抱える交通運輸関係の会社を経営し、業界のいくつかの団体の役員なども務め、立派な家庭を営《いとな》んでいる堅実な人物だというのだ。決して遊び人といわれるタイプの人間ではないらしい。

けれども彼は、自分の中に根づいている性的マゾヒズムの衝動だけは抑えることができずに、ひそかに暗い楽しみに耽《ふけ》っている。彼がとりわけて執着しているのは、女性の尿を飲んだり、それを全身に浴びたりすることと、性行為をあからさまに人に見られることで、その楽しみのために、わざわざマンションの一室を誰にも知られないようにして手に入れて用意している。

その社長と千野満が知り合ったのは、八年ぐらい前のことらしい。あるとき社長が、千野の監督したAVのファンだと言って、偽名を名乗って訪ねてきたのがきっかけだった。そのときに社長は初対面の千野に、自分がマゾヒストであることを打ち明けて、作品の中に飲尿シーンを入れるときはぜひ自分を出演させてほしい、と頼んだ。顔さえ画面に出なければ、どんなみっともないことでもする、と本人は異様な熱意を示した。

千野はその社長に興味を抱き、すぐに自分の作品に脇役として出演させた。最初の出演のときに彼は、カメラとスタッフたちの目を気にするようすもなく、女優の排泄する尿をじかに口に受けて飲みながら、ペニスには手も触れないままで勢いよく射精した。

その後も社長は千野の作品にちょい役で何本か出演し、個人的にも親しくつき合うようになった。社長が秘密のマンションで楽しむSMプレーの相手役を、千野が頼まれて世話するようになってからは、信頼感が生まれたらしくて、彼はようやく自分の素性を千野に明かした。

「あたしはAVの女優さんの他にも、お金で無理を聞いてくれる女性たちに、いくつかコネがあるもんだから、すっかりその社長に頼りにされてるんですよ」

千野はそう言って笑った。

「千野さんはそれを口実にして、また何かへんなことをぼくにやらせようとしてるんじゃないんですか？」

「へんなことって？」

「ギャラリーのつもりで行ってみたら、乱交パーティになってたとか、そんなことですよ」

「それはない。絶対にない。約束するよ。その社長は見られるのが好きなだけで、乱交したがるタイプじゃないんだから。ギャラリーがそんなことはじめちゃったら、社長はがっかりするよ。それに、本気でギャラリーを求めてる相手に失礼ですよ、それでは……」

「由香も一緒じゃなきゃだめなんですか？」

「だめということはないんです。ただ、一人でも見物人が多いほうが社長はよろこぶし、由香さんも一度ぐらいはそういうものを見ておいたほうが、何かと勉強になると思うんだけどね」

「何の勉強になるんですか？　AVのための勉強なら由香には必要ないでしょう。あと一本で彼女の契約は終わるんだから」

「AVのためなんかじゃなくて、あなたたち二人のための勉強になるはずですよ。つまり、人間のセックスのあり方の複雑さ、奥深さを知れば、男と女の間の愛情に対する認識だって深まるはずなんだから。ありきたりのセックスだけしか視野に入っていない人間には、ありきたりの愛情しかわからないんです」

またお得意の理屈がはじまった、と思いながら、ぼくは千野の言うことを聴いていた。ぼくの心は揺れていた。マゾヒストだというその社長の秘事を見物してみたいような、何か気色がわるいような思いでいたのだ。同時に、千野の理屈にもいくらかは耳を傾けるだけのものが含まれているような気もした。

由香にはまだ一本だけAVの仕事が残っている。彼女が撮影に入れば、これまでの数カ月の間のぼくの心のひとまずの静穏はふたたび重苦しい嵐にかき乱されるだろう。それが自分でもはっきりと予測できる。

そういうときの嵐を凌《しの》ぐ上で、どぎつく乱れた性の行為が大きく役立つことは、すでに自分で体験してわかっている。セックスが原因で生み出されてくる心の暗雲は、結局はセックスのエネルギーで吹き払うしかない、ということなのかもしれない。やがて襲ってくる三回目の嵐に備えるという意味では、千野の誘いに応じて、マゾヒストのセックスを見物するのも何かの役に立つかもしれない。

ぼくはそんなふうに考えた。それから、マゾヒストのセックスを見物することの気色わるさも、意外なことにギャラリーに加わることをぼくにそそのかしていたのだ。気色がわるいと思いつつ、ぼくはその気色のわるいものを見てみたい、という気持ちに傾いていったのだ。

あれはいわゆる恐いもの見たさと同じような心理のはたらきのせいだったのだろうか。それともぼく自身の中にも潜《ひそ》んでいると思えるマゾヒスティックな傾向が、ギャラリーになれとぼくに囁《ささや》きかけてきたのだろうか。あるいは、人間の性的な衝動や好奇心の中には、気色のわるいことやグロテスクなことにも惹《ひ》きつけられていく要素が、本来的に潜在しているのかもしれない。

ぼくがそんなことを考えたのは、見物人になることを承諾して、電話を切ったあとだった。ぼくは中断していた部屋の掃除をすませ、由香が洗濯したぼくの下着やパジャマなどを干してしまうのを待って、千野の電話の話を彼女に聞かせた。

由香はためらうようすも見せずに、ぼくと一緒なら行ってもいい、と言った。

「無理しなくてもいいんだよ。いやなら千野さんに電話して断わればすむ話なんだから」

「ううん。いやじゃない。周二と一緒なら見てみたい気がするから」

「ちょっと気色がわるいけどね。おれも見てみたい気がするから」

「あたし、会ったことはないんだけど、その社長さんだという人のことを話に聞いたことがあるの。話を聞かせてくれた人は、その社長さんにＡＶの撮影でおしっこを飲ませた女優さんだったんだけど、とってもかわいいおじさんらしいの。おしゃれで、ハンサムで、すごくきれいな目をしてるんだって。それで、彼女のおしっこ飲みながら、そのきれいな目から涙をこぼしたんだって。あとで訊いたらうれし涙だったらしいのね。出番が終わったら、その人は彼女の手をにぎって、ほんとうにうれしかった、ありがとうって言って、ていねいにお辞儀したそうなの。それがちっともいやらしくなくて、言われた彼女のほうもうれしいような切ないような気持ちになっちゃって、目がウルウルしてきたって言ってたわ」

由香はそういう話をした。話をしているうちに、由香の顔にも何か切なそうな、哀しそうな表情が生まれていた。ぼくにもその話は何だか感動的と言いたくなるようなものに思えた。

それとは別に、ぼくの胸にはひとつの不安な予感のようなものも頭をもたげてきた。千野満は由香が最後に出演する新しいＡＶでその社長を使って、彼に由香のおしっこを飲ませようと思っているのではないか、とぼくは考えたのだ。

望みがかなって社長がよろこびの涙を流した、という話は感動的であっても、由香がそういうことの相手を務めるのだとなると話は別だと言いたくなった。けれども、その日の夜のギャラリーになることを断わったところで、千野が作品の中でやると決めたことからは、由香はどうしたって逃げられないのだ。そう考えて出かけることにした。

19

外で夕食をすませてから、井草に寄って千野満と京子をピックアップした。

千野夫妻とぼくが顔を合わせるのは、あの渋谷のラヴホテルのとき以来だった。その間に、千野は一、二度電話をかけてきて、ぼくと由香とのその後のようすをたずねたことがあった。実験の提唱者としては、被験者の状況がやはり気にかかるようだった。

めざすマンションは、世田谷《せたがや》の弦巻《つるまき》にあった。千野が道案内をした。そこに着くまで、ぼくは妙に落着かない気持ちで車を走らせていた。同じ車の中に、ぼくと軀の関係のある女性が二人一緒に乗り合わせていたからだった。

由香は助手席にいた。京子は千野と並んでリヤシートの運転席のうしろ側の席を占めていた。ときどき京子はぼくの首すじに息がかかりそうな近くにまで身を乗り出してきて、ぼくや由香に話しかけた。そのたびにぼくは、由香のものとは違う化粧品か香水かの匂いが、鼻先に漂ってくるのを感じた。

京子の顔を見たときから、ぼくは彼女とのセックスのときのあれこれを思い出してしまっていたのだ。はじめは漠然とした思い出し方でしかなかったのだけれど、そのうちに裸になった京子の姿や、彼女の乳房の形や性器のようすなどまでが、まざまざと目に浮かんできたり、熱狂してあげる彼女の声やそのときの顔の表情が甦ってきたりするようになった。

由香が横にいなければ、ぼくは単純にそうした回想を楽しむこともできたかもしれない。事実、楽しむこともしたのだ。けれども、楽しみながらもぼくは隣りにいる由香のことを意識しないでいるわけにはいかなかった。それも、由香がぼくと京子との間に性関係があったことを知っていて、それを容認しているという事情があったせいか、何かことさらに生なましい空気が狭い車の中に充満してくるようにぼくには思えたのだ。

相手は由香と京子の二人だけだったのだけれども、そのときのぼくは大袈裟に言えばハーレムの王のような、オットセイの群の中のボスのような、牡《おす》としての誇らしさもいくらかは覚えていた。何とはないバツのわるさを抱きながらも、ぼくは頭の中で由香と京子を同時に相手にしてセックスをする場面を夢想することさえしていたのだ。

あとで考えてみると、行きの車の中でのそういう気分も下地になっていたのかもしれない。弦巻のマンションに着いて、事がはじまると、ぼくは自分でも戸惑うぐらいにはげしく興奮した揚句に、信じられないような行動をしてしまったのだ。

建物は大きくはないけど、高級な印象のマンションだった。エントランスのドアはオートロックになっていて、入ってすぐのフロアには、大理石らしいテーブルに花が飾られていた。

部屋は最上階の六階だった。マゾヒストの社長が玄関のドアを開けてぼくらを迎えてくれた。由香の話で聞いていたとおりの、澄んだ目をした端整な顔立ちの人だった。中肉中背の軀を、ブルーがかったネズミ色の和服で包んで、きっちりと角帯を締めていた。

通されたのは玄関を右に進んだ広いリビングルームふうの部屋だった。金のかかっている部屋だということが、ぼくの目にもわかった。

外国のものらしい彫刻細工で飾られた、どっしりとした感じのサイドボードと、丸いテーブルがまず目を惹いた。床には一面に紺色の段通《ダンツウ》が敷かれていた。テレビも立派なテーブルの上に置いてあった。

壁には三点のパネルに入った大きな写真が飾ってあった。三点ともいかにも、と思える写真だった。一つの写真には、全身を黒のラバースーツで包んだ金髪の白人の女が、鞭《むち》を横にして両手で持って、大きく脚を開いて立っている姿が写っていた。手枷をはめられて床に這い、金髪の女に鞭で打たれて、苦悶の表情を見せている白人男の写真もあった。もう一枚の写真では、やはり金髪の女が片足を突き出し、白人の裸の男が床にひざまずいて、女のハイヒールの爪先にキスをしていた。

コーナーに十人ぐらいは楽に坐れそうな、L字形のソファがあった。前のテーブルには酒の用意がしてあった。そばに置かれたワゴンには、何種類もの洋酒のボトルが並べてあった。チーズ、キャビアのカナッペ、チョコレート、フルーツの盛合わせなどが、凝った容器に形よく並べられて、テーブルに出ていた。

ソファには二人の若い女の先客があった。二人とも大柄で、きれいな顔立ちをしていた。化粧もうすくて、そういうことのプロの女たちには見えなかった。一人は黒のタンクトップに黒のミニスカート、もう一人は白のサマーセーターにジーパンという姿だった。

二人の女はぼくらが行ったときは、すでにジンライムらしいものを飲んでいるところだった。ぼくらが部屋に入っていくと、彼女たちはソファに坐ったままで、曖昧な笑顔の会釈を送ってきた。彼女たちが千野と知り合いなのかどうかは、その場のようすからはわからなかった。誰かが自分から名乗ったり、誰かが誰かを紹介するというようなことは、一切行なわれなかった。

ぼくらもすすめられてソファに坐り、社長だという人も一緒になって、しばらくの間酒を飲んだ。社長と千野がとりとめのないやりとりを交しただけで、他の五人はほとんど黙りこくっていた。奇妙にぎごちない雰囲気だったのだけれども、それがぼくには、これからはじまる奇怪なことの緊張感の前ぶれのように感じられた。由香も落着かないらしくて、ブランデーのグラスを口に運ぶピッチが、いつもより速くなっているようだった。

事は唐突にはじまった。

開幕のタイミングやきっかけの合図が、前もって決められていたのかどうかはわからなかった。

タンクトップの女が表情を動かすこともなしにすっと手を伸ばして、横に坐っていた社長のグラスを取ったと思うと、その中に唾を吐いたのだ。口紅で光っている唇がグラスの上ですぼめられ、そこからねっとりとして見える白い唾液の玉が現われて音もなく落下し、氷と一緒に揺れているウィスキーの上に浮いた。あっという間の出来事だった。

女は平然とした顔のままで、そのグラスを社長の前に戻した。吐かれた唾は酒に溶けることもなく、浮いたままだった。社長は目を伏せてそのグラスを両手で口もとに運び、舌を伸ばして女の唾をすくい取ろうとした。けれどもそれはうまくいかなくて、グラスがそっと傾けられていき、女の吐いた唾の玉がすべるようにして社長の口の中に吸い込まれていった。グラスを口から離したあとも、社長は閉じたままの目を開けようとはせずに、うっとりとした表情の顔を上のほうに向けたままでいた。

室内は静まり返り、空気が一変して煮詰まってくるのが感じられた。ぼくは息苦しさを覚えた。それをまぎらすためのバックグラウンドミュージックか何かがほしいと思った。ぼくを息苦しくさせていたのは、性的な興奮とは別のものだった。自分のマゾヒスティックな性の行為をぼくらに披露しようとしている社長の奇怪なその趣味と、気持ちのありようが、あらためて如実に迫ってきて、ぼくに息を詰めさせていたのだ。

サマーセーターの女が皿のチョコレートを取って、足の爪先に乗せたのは、社長が目を開けてグラスをテーブルに戻したときだった。女はチョコレートを乗せたままの足を、笑顔でテーブルの角ごしに社長の前に突き出した。社長は女の素足を両手で押し戴《いただ》くようにして持つと、親指と隣りの指の付根のところに乗っているチョコレートを、舌と唇を使って口の中に収めた。

誰も口をきかなかった。最初に立ちあがったのは社長だった。彼は部屋の中央に立って和服の帯を解いた。着物の前がはだけて、赤い下着が見えた。社長はレースの飾りのついた真紅の小さなパンティをはいていた。彼はほとんど表情の窺《うかが》えない顔で着物を脱ぐと、パンティだけの姿で段通の床に正座した。顔は伏せられていた。

二人の女がゆっくりと立ちあがって、社長の傍に行った。女たちはそこで服を脱ぎ、ブラジャーとパンティだけの姿になった。タンクトップの女は黒い下着を着けていた。サマーセーターの女は白の下着だった。

白の下着の女が、丸テーブルの前の椅子を運んできて社長の前に置き、うしろ向きに膝を突いた恰好で椅子の上に乗った。それから女はパンティを下げて臀部をむき出しにした。すると、正座していた社長が床に手を突き、軀を前に傾けて、椅子の座からうしろに突き出ている女の足を貪《むさぼ》るようにして舐めはじめた。足の裏を躍るようにして舌が這った。足の指がしゃぶられた。女は依然として曖昧な笑顔を見せていた。

黒の下着の女は、部屋を出て行ったと思うと、すぐに両手に赤いピンヒールの靴を持って戻ってきた。女がハイヒールの底で社長の背中を殴りつけると、すぐに彼は膝を立てて臀部をうしろに突き出した。女はハイヒールの踵《かかと》の先で社長の真紅のパンティをひっかけるようにして引きおろし、臀部を露出させた。そうしておいて、女は両手に持ったハイヒールで、社長の裸の尻を力まかせに殴りつけることをはじめた。

殴られるたびに社長は軀をふるわせ、かすかな呻《うめ》き声をもらした。けれども社長の軀は少しずつ前にせり出し、伸びあがっていった。彼は椅子の上の女のふくらはぎから太股へと舌を進めていたのだ。その舌はやがて女の性器を経てアナルに辿りつき、そこに留まった。社長の鼻の頭が女の尻の谷間に浅く埋まり、伸び出ている舌の先がまぎれもなくアナルにちがいないと思われる場所で、ゆっくりと翻《ひるがえ》るように動いているのが、ぼくの目にははっきり見えた。

ぼくが性的興奮に包まれはじめたのはそのあたりからだったのではないだろうか。女たちの半裸の姿がぼくを刺激していたのか、それとも社長の異様な姿と行為がぼくの歪《ゆが》んだ欲望に火をつけたのだったか、はっきりしない。ぼくはその場に由香や千野夫婦が同席していることを、ほとんど忘れかけていた。

まさに犬のような姿勢の社長が、椅子の上の女のアナルを舐めはじめると、もう一人の女は殴る手を止めて社長の尻を覗き込むような姿勢を取った。と思うと社長の尻には真っ赤な尻尾が生えた。一〇センチはありそうなハイヒールの踵が肛門に差し込まれたのだ。そのためにハイヒールはとがった爪先を真上に向けた形でそこに固定され、女が手を離しても床にころげ落ちることはなかった。

そうやってハイヒールをそこに埋め込んだ女は、今度は社長の背中にうしろ向きの馬乗りになって、ふたたび片方のハイヒールの底で彼の尻を叩きはじめるのだった。社長の尻は赤らみ、吐く息の荒さがぼくらのところにまで伝わってきた。ハイヒールを打ち振りつづける女の表情はむしろ退屈しているように見えたが、椅子の上で社長にアナルを舐めさせているほうの女は、顔を上気させていた。

やがて靴底が肉を打つ音が止み、黒い下着の女が社長の背中から降りた。女は社長の尻からハイヒールを抜き取ると、彼の腰を横から蹴った。社長は紺色の段通の上にころりところがり、腕と膝をちぢめたままで仰向けになった。社長のペニスははげしく勃起していた。

黒の下着の女はそこでパンティを脱いで、すぐに社長の顔の上に深くしゃがみこんだ。

社長の口もとが女の陰毛の茂みの中に埋まった。女の上体がかすかな胴ぶるいを見せ、社長の両手が自分の頭のところで合掌の形に合わされ、その手が小さくゆっくりと上下に振られた。何かを拝《おが》んでいるような手つきに見えた。

女は少しの間目を閉じてじっとしていたけれども、そのうちに少しずつゆっくりと腰を浮かせていった。するとそれまでは社長の口で塞《せ》き止められていた排尿の音が、静まり返った室中に小さくひろがり、勢いよくほとばしるものがきらめく細い棒の形になって、その下に大きく開かれている社長の口に注ぎ込まれていくのが見えた。

もう一人の女がいつ椅子から下りたのか、ぼくは気がつかなかった。彼女の両手にはいつのまにか、赤いハイヒールがにぎられていた。放尿をつづけている女から受け取ったものだった。彼女は太股のところに下げられていたパンティを脱ぐと、ハイヒールをはいて社長の立てたままの膝の前に立った。

ハイヒールの足が社長の両足を蹴ると、折れていた彼の膝が伸びて、両脚が床に投げ出された恰好になった。すぐに女がハイヒールで社長の腹や勃起しているペニスやふぐりを、乱暴に蹴るようなやり方で踏みにじりはじめた。

社長の顔をまたいでいる女が、浮かしていた腰を下ろした。女の股の下で社長の顔が小さく揺れ動いていた。女の口からかすかな喘ぐような声がもれたところを見ると、社長は彼女の排泄の後始末をすませて、そのままクンニリングスをはじめたもようだった。

そこまででSMプレーは終わった。そこから先は通常の手法で社長が二人の女を相手にする形で事が進んでいった。変わっていたことといえば、奉仕は一方的に社長のほうから行なわれるだけで、女たちが社長の軀を愛撫するというシーンは見られなかった。

黒の下着の女が社長の顔の上から立ちあがってブラジャーをはずし、段通の上に仰向けに寝た。それを見ると、ハイヒールで社長のペニスを踏んづけていた女もブラジャーを取ってハイヒールを脱ぎ、並んで床に仰向けになった。

社長は赤いパンティを脱ぎすてると、二人の女の間に正座して、愛撫をはじめた。片手で一人の女の乳房や乳首を揉み立て、もう一人の女の性器に別の手を伸ばした社長の目を閉じた表情は、満ち足りて没我の境地にあるように見えた。女たちの喘ぎ声が次第に高まっていた。

やがて社長は一人の女にクンニリングスを施《ほどこ》しながら、片手で隣りの女の性器を愛撫しはじめた。ぼくは酒を飲むことも忘れていた。ぼくは由香や千野たちを気にすることも忘れて、紺色の段通の上で悩ましげにうねっている二人の女の軀と、そこでくりひろげられている光景に目を注いでいた。興奮の余りこめかみがズキズキとして痛かった。

社長の愛撫は長くはつづかなかった。彼は軀を起こすとすぐに、それまでクンニリングスをしていた女の両膝を肩に担ぎ上げ、膝を進めて、自分の手を添えたペニスを挿入した。納め終えると社長は女の膝を肩に担いだままで床に手を突き、上体を前に傾け、かすかな唸り声をもらしながら力強く腰を動かしはじめた。その腰が深く抉《えぐ》るような動きを見せると、女の口からもれている声がはじかれたように高くはねあがり、宙で揺れている彼女の足の爪先も、何かを蹴とばすときみたいにはねあがるのだった。

社長に取り残されたほうの女が、すぐにのろのろと起きあがった。その動きにつられて、ぼくは彼女に目をやった。女は焦点のぼやけた目で、ぼくらのほうを見ながら、粘っこい感じの笑みを浮かべた。信じられないことがぼくの身に起きたのはその直後だった。

「放り出されちゃった。誰かあたしとしてくれない？」

女はそう言った。顔は笑っていたけれども、冗談の口ぶりではなかった。笑ったその顔が却ってそれを本気の訴えと見せているようなところがあった。

「してあげたらどうですか？」

千野が伸ばした手でぼくの膝をつかんで言った。彼はどうやら本気でそう言っているようだった。

「冗談じゃない。何を言ってるんですか」

ぼくは言って、隣りの由香に視線を移した。由香に救いを求めたいような気持ちがはたらいたのだ。同時に、由香が許してくれるのなら女の相手をしてもいい、といった考えもぼくの頭の片隅に芽生えていた。そのあたりからぼくはどうやらいつもの自分ではなくなっていたのかもしれない。

由香は困ったような笑いを見せると、何も言わずに千野のほうに顔を向けた。

「ねえ、やって……。お願い……」

女がぼくを見て言った。社長は片手で相手の乳房を揉み立てながら、髪を振り乱して事に熱中していた。女のヒップの谷間の陰に、陰毛をまとわりつかせた大陰唇の一部と、抜き差しされている濡れたペニスの根元のあたりが見え隠れしていた。ぼくは余りにもはげしい性的な興奮と、何に対してのものなのかわからない破壊的な荒々しい気持ちに押し包まれていた。ぼくの顔は歪み、頭の中は熱く煮えたぎる泥が詰まったような状態になっていたと思うのだ。

「やってあげたらいいじゃないの。かわいそうよ、あれじゃあ。蛇の生殺しみたいなものだもん」

京子が言った。

「由香さんはどうなの？　彼があの子とセックスするところは見たくないと思う？」

千野が言うのが、何だか遠くからひびいてくるように聴こえてきた。由香がぼくのほうに向き直り、軀を寄せてきて、ぼくの膝をつかんでから口を開いた。

「してきていい。あたしもヴィデオでだけど、男優さんとしてるところを周二に見せちゃってるんだもんね。だから……」

由香は泣き笑いのような顔でそう言うと、目を伏せた。

「遠慮はいりませんよ。あたしの代わりに抱いてやってくださいな」

息を乱しながら社長が言った。彼はぼくらのほうを見ようとはしなかったけれども、それまでの話は耳に入れていたらしい。自分の快楽に没入しているのは、社長に両膝を担がれて、こらえきれないような声をあげつづけている女だけだった。そしてぼくもすぐにその女の仲間入りをしたのだ。

「何も考えることはないんだよ。こだわりを捨てなきゃ自由になれませんよ、あなた」

千野がぼくを見すえるようにして言った。ぼくにはそれが救いをもたらす呪文のように聴こえた。ぼくは催眠術にかかったような気持ちになって立ちあがり、女の前に行った。ソファのところで誰かが拍手をしたような気がしたのだけれども、もしかしたら幻聴だったのかもしれない。

女が手を伸ばしてきて、ぼくのズボンを脱がせようとした。ぼくはその手を押しのけて、自分で着ている物を脱いだ。何も全裸になることはなかったわけだけれども、手が勝手にそんなふうに動いていた。

トランクスをおろすと、女がすぐにペニスを両手で挟んだ。ぼくはそこに疼痛《とうつう》を覚えるほどに勃起していた。『すごいじゃない。こんなになっちゃって』と女が言って、ペニスに唇をかぶせてきた。ぼくの腰はふるえた。由香の目も千野夫婦の存在も、ぼくの頭から消えてしまっていた。ぼくは背をかがめて両手で女の乳房をつかんだ。小さくて硬い乳房だった。指で乳首をつまむと、女がペニスに舌を這わせながら呻き声をあげた。

「何にもしなくていいから、もう入れて。早く入れてほしいのよ」

女はそう言って床に這い、ぼくのほうに高く上げた臀部を向けてきた。ぼくは段通の床に膝を突いて、うしろから女の尻をつかんだ。ぼくは性欲に狂った一匹の牡になっていた。社長のSMプレーや性交を見たために、抑えきれないほどの欲望に突き動かされていたのか、それとも由香や千野夫婦の目がぼくの気持ちに奇態な作用を及ぼした結果なのか、今もってぼくにもそれは謎なのだ。

女が軀の下から伸ばしてきた手で、ぼくのペニスを導いた。ぼくはすぐ横にいる社長とその相手の女のことも、目に入らなくなっていた。覚えているのは女の尻をつかみ、あるいは抱えこむようにしながら、狂ったように腰を躍らせて突きまくったことだけだった。相手の女をよろこばせてやろうとか、その行為をゆっくり楽しんでやろうなどといった余裕はぼくにはなかった。発情しきった獣の牡みたいに、射精の瞬間をめざしてまっしぐらに突き進んだだけだった。

気がついたら、女が叫びながら髪を振り乱して、ぼくの下腹に尻を打ちつけていた。横で社長が裸のままで正座して、ほほえんだ顔でぼくと女を見ていた。社長の相手をしていた女は、裸のままで床に突っ伏して大きな息を吐いていた。

ぼくは女から離れ、ペニスを拭くことも忘れて、急いでトランクスとズボンをはいた。

相手の女が果てたのかどうかはわからなかった。そんなことはかまっていられない気持ちだった。一刻も早くズボンをはきたいと思った。相手の女はうつ伏せになって床に軀を投げ出し、荒い息をしていた。

ぼくはシャツをつかみ、上半身は裸のままでソファのところに行き、由香の隣りに尻を落してうなだれた。

「ビールをあげようか……」

由香が汗で濡れているぼくの裸の背中に手を当てて言った。ぼくは無言でうなずいた。由香はぼくの肩に唇を押しつけてから立ちあがり、そばのワゴンの下段に積んであるアイスボックスから缶ビールを取り出して戻ってきた。

20

「思いがけない大収穫だったですね、今夜は……」

弦巻のマンションを出て、ぼくが車をスタートさせるとすぐに、千野がうしろから肩を叩いてきてそう言った。

「ほんとにそうよね。船迫さんのパワーと度胸を見直したわ。たいしたもんじゃないの」

京子がつづけた。ぼくは黙って助手席に片手を伸ばし、由香の手を探した。由香が膝の上でぼくの手を強くにぎった。ぼくは口をききたくなかった。夢から覚《さ》めたばかりのときみたいに、頭はまだぼんやりしていて、心の中は空っぽになっている気がした。

すべての事が終わり、ぼくらはマゾヒストの社長に見送られてその部屋から出てきたばかりだった。

「由香さんも立派だったよ。船迫さんがするところをちゃんと見てたんだもんね」

千野が言った。あくまでも真面目な話をするときの口調だった。

「あんまり見たくはなかったんだけど、見ないでいるのはずるいことみたいな気がしたから……」

由香は言って、ぼくの手をにぎった手に力をこめてきた。

「そうだ。さっきの場面は由香さんは目を逸《そ》らしちゃいけないところだよ。ずるいかどうかというより、あの状況を由香さんが自分の気持ちの中に受け容れるかどうかの問題なんだからね」

千野の声には力がこめられていた。

「あたし、終わってから船迫さんがソファに戻ってきたときの、由香さんの迎え方を見てほんとに感動したわよ。やさしく背中に手を当てて、他の女の人とセックスして出た汗で濡れてる船迫さんの肩にキスしてあげて、ビールも出してあげたでしょう。あたしはジーンときて涙が出そうになったわよ」

京子の声が心なしかふるえて聴こえた。

「だって、周二もAVに出たあたしにやさしくしてくれたから……」

由香が照れたような言い方をした。

「あれは新しい開かれた愛情を象徴するような、ほんとに感動的な美しいシーンだったね。あなた方の実験は、今夜のことで少なくとも半分ぐらいは成功してるんじゃないのかな」

「ほんとね」

京子が言った。ぼくは千野のことばを聴いて、まだ半分なのか、と思って思わず溜息をもらした。それから、今夜のことも千野が実験のためにはじめから仕組んでいたのではないか、と疑う気持ちが胸をかすめた。けれどもそれを口に出して問いただすだけの気力はぼくには残っていなかった。

「秋に撮る由香さんの三作目の撮影のときに、船迫さん見にきませんか。もうだいじょうぶなんじゃないかな」

千野が言った。そう言われても、ぼくは不思議におどろかなかった。ぼんやりしていたせいもあるし、いつかは千野がまたそういうことを言い出すにちがいない、という気がしていたからだった。ただ『もうだいじょうぶなんじゃないかな』といった千野のことばの意味するものが、ぼくには曖昧にしかわからなかった。

「だいじょうぶって何がですか？」

ぼくは初めて口を開いた。

「由香さんが男優とカラんでるところを、ナマで見てもだいじょうぶだろうって気がしてるんです、あたしはね」

「さっきぼくが由香の前であの女とセックスしたからですか？」

「つまり、船迫さんも由香さんも、おたがいに相手に対する性的な面のこだわりがだいぶうすれてきたと見ていいと思うんです」

「だけど二人の愛情が冷めてきてるということじゃないのよね。そこのところが肝心だし、すばらしいことなのよ」

京子がことばをはさんだ。

「冷めるものなら、由香さんのAV出演のことを船迫さんが知ったときから冷めはじめてるはずさ。そう思いませんか、船迫さん」

「冷めなかったから苦しんだんですよ」

ぼくは思わず知らずのうちに、呻くような声になっていた。由香がまた取り合ったままのぼくの手を膝の上で強くにぎった。まるでそれが何かの合図であったかのように、そのときぼくは不意に、目から鱗《うろこ》が落ちたような思いにぶつかった。〈中国守〉という名前でぼくに由香の一作目のAVを送りつけてきたのは、千野満なのではないか、とぼくは思ったのだ。そういう疑いがそれまで一度もぼくの頭に浮かばなかったことが不思議に思えるくらいに、それは明らかなことに思えた。

「千野さん。ほんとのことを言ってください。今年の二月に、由香の最初のヴィデオを宅配便でぼくに送ったのは、千野さんじゃないんですか？」

ぼくはそう言った。ルームミラーに目をやって、千野の反応を確かめようとしたのだけれども、車の中は暗くてよくは見えなかった。

「藪《やぶ》から棒《ぼう》だなあ。それはあたしじゃない。誓ってもいいけどあたしはそんなことはしちゃいませんよ。誰かが余計なお節介をやいたんでしょう。そんなことをしなきゃならない理由はあたしにはないんだから。だいいち、由香さんと船迫さんとの仲をあたしが知ったのは、由香さんが船迫さんとのことが理由で二作目の撮影を渋りはじめてからなんだよ。誤解しないでくださいよ」

千野は答えた。

「それはそうなの。それまではあたし、周二のことは監督にもスタッフの人たちにも内緒にしてたんだから……」

由香が横で言った。ぼくは千野に対する疑いを捨てるしかなかった。

「それはひどいわよ、船迫さん。あなたたちを実験に誘いこむつもりで、千野が由香さんのヴィデオを送って、由香さんのＡＶ出演のことをあなたにこっそりと知らせたんだって思ったんでしょう？」

京子がムッとした口調を見せた。

「事のいきさつから考えれば、そんなふうに思えたから……」

「でも、千野はそんな無神経なひどいことを企《たくら》む人じゃないわ。それは他人が人と人との愛情を勝手に弄ぶのと同じ企みじゃないの。人の心をおもちゃにするのと変わらないわ。いくら何でも千野はそんなことは絶対にしないわ。それは信じてあげて」

「わかった。信じるよ」

ぼくは言った。京子の言うとおりなのだろうと思った。京子がむきになって千野をそういうふうに弁護したのも、ぼくには少し意外なことだった。千野と京子との間には、二人の主張しているような自由で新しい愛と信頼の関係が、ほんとうに築きあげられているのかもしれない、とぼくは思わせられた。

「話がどこかにいっちゃったな。由香さんの撮影に立ち合うことを、ひとつ真剣に考えてみてください。あなたたち二人の成長のために、決して無駄なことじゃないと思うから……」

少し間をおいてから、千野が話を元に戻した。井草の千野のマンションが近くなっていた。

「実験の仕上げってことですか？　由香の撮影に立ち合うのは……」

ぼくは訊いた。何かそのことに救いを求めるような気持ちになっていたし、由香が男優とカラんでいるところをナマで見ることだって今ならもう耐えられそうな気持ちが、心のどこかでうごめいていたのも事実だった。けれども、それに対する千野満の返答は、ぼくをたじろがせた。

「仕上げだというふうに考えてるわけじゃないんだけどね。でも、由香さんの今度の作品に、船迫さんも出演者の一人として顔を出すというようなことになっていけば、あるいはそれが実験の仕上げになるかもしれないな。ひとつそういうことも考えてみたらどうですか？」

「どうですかって、そんな簡単に言わないでもらいたいな。AVの中でぼくが由香とセックスをするんですか？」

「まさか。それじゃあただの露出狂になるだけで、実験がぶちこわしになりますよ。二人の間のセックスは特別なものなんだから、もっと大切にしなきゃだめです。出演するとしたら、船迫さんはさっきのマゾヒストの社長と同じように、何かの脇役で出るんですよ」

千野は言った。ぼくは自分のAV出演が、実験の上でどんな意味と効果があるのか、千野にたずねてみたいと思ったが、口は閉じたままにした。今はこれ以上、千野の理屈っぽい話は聴きたくない、と思ったのだ。頭が痛くなりそうだった。わけのわからない重たい疲労感が、ぼくの心と軀を押し包んでいたのだ。

マンションに帰って、ぼくはまっ先にシャワーを浴びた。マゾヒストの社長のパートナーを抱いたままの躯で、由香と一緒に寝るのは、やはり気がひけた。浴室に入り、シャワーの温度を加減しているところに、由香がやってきた。由香も裸になっていた。

「あたしに躯を洗わせてね。お願いだから」

由香はぼくの躯をうしろから抱くようにして、そう言った。ぼくは胸が詰まった。由香は自分から進んで、他の女とセックスをしてきたぼくの躯を洗ってくれる、と言っているのだった。

ぼくは黙って彼女を抱きしめてから、躯を任せた。由香はぼくの全身を石鹸の泡だらけにした。頭も洗ってくれた。自分が子供に還って、母親に甘えているような気もした。

「あたしはね、AVのことがばれてしまってから、ほんとに周二を愛しはじめたんじゃないかって気がするの。というか、そうなってから周二のあたしに対する気持ちが、ほんとうに見えてきたということかもしれないけど」

由香はそう言った。たまたまそれがぼくのペニスを彼女が洗ってくれているときだったのは、おそらく偶然だったのだろうけれども、ぼくにはそれがとても象徴的なことに思えた。

「それはおれも同じだよ。AVのことがわかって、七転八倒して、それでも由香と別れられないと思ったときに、おれは由香に対する愛情の本質みたいなものにぶち当たったんだと思うんだ。だから、半分はやけくそみたいな気持ちもあったわけだけど、千野が勧めた実験の話にも乗ったんだよね」

「ハードなトレーニングよね、監督の実験は……。毒を以《もっ》て毒を制す、みたいな」

「ほんとにそうだよ。毒がたっぷりだもんな」

「あたしは周二が京子さんとセックスしたり、今夜みたいに他の女と周二がするところを見てたりするのが、平気なわけじゃないのよ。だけど、あたしのせいで周二も七転八倒したんだから、あたしも周二が他の人とセックスするのを、耐えるというんじゃなくて、受け容れなきゃと思うの」

「それって、おたがいに引算をし合ってるというか、両方で階段を下のほうに降りっこしてるような、安値安定みたいなところがあって、傷つけ合ってんだか慰め合ってんだかわからない気もするけどね」

「でも、そういうことをしてるおかげで、あたしたちの結びつきは強くなっているような気がするのよね、あたしは。それに、これ以上はもう入らないと思ってたバッグに、詰め方によってまだ物が入るときと同じで、受け容れられないと思ってたことを努力して受け容れようとすると、心が広くなってそれが入る場所がちゃんと生まれてくるんだと思うの。あたしはそうなることを信じてる。そうなれそうな気もしてるの」

「信じるしかないもんなあ」

「信じて、行くところまで行ってみるしかないんだと思う。監督のセックス論を聴いてると、あたしはいつもそう思うの」

「セックスっていったい何なんだろうね。今夜のあの社長みたいな人もいるしさあ」

「考えてもわからないものなんじゃないの、セックスは……」

「あるがままに受け容れちゃえば悩むこともないのかもしれないけど、受け容れがうまくいかないと考えちゃうんだよなあ。あの社長はそのまんまで自分のセックスを受け容れちゃってるんだろうな、きっと……」

「監督の話、どうする？　考えてみる？」

「由香の撮影を見に行くってこと？」

「それもだし、周二がＡＶに出演するという話も……」

「今はそんなこと考えたくないな。とんでもないって気がするんだよ。由香はどう思う？」

「わからないわ、あたしは……」

「おれが撮影を見に行くのっていやだろう？」

「それもそのときになってみないと、どんな気持ちになるのかわからないなあ。いやな気分だろうなとは思うけど、そのときの周二とあたしの気持ちのようす次第では、安心できそうな気もするのよ」

「もし、二人とも安心できたら、それはすばらしいことなのかもしれないなあ」

「そうよね。そうなれたらすばらしいな」

ぼくは替わって由香の軀を洗ってやりながら、自分がこの世のものとは思えないような美しい花を求めて、暗い荒野をさまよい歩いている気がした。

浴室から出て、ぼくらはビールを飲みながら、CDで吉川晃司《きっかわこうじ》と中島《なかじま》みゆきを聴いた。ぼくは途中でウィスキーの水割りに替えた。弦巻の社長のところで飲んだ酒の酔いが、どこかにつかえているような気がしていたのだけれども、ようやくそれが取れて、静かな酔いがまわってくるようだった。

ベッドに入るとすぐに、由香がぼくを求めてきた。

「あの社長さんのところですごいもの見ちゃったから、眠れそうもないな。抱いて、周二……」

由香は軀を寄せてきてそう言った。ぼくもそのまま眠ってしまう気にはなれなかった。社長のSMプレーで受けた刺激の名残りが尾を曳いているというよりも、由香を抱くことで、社長のパートナーの女と交わったことのケリを、由香との間につけておきたかったのだ。

それは、由香が渋谷のラヴホテルでの撮影のあとで、ぼくに抱かれることで男優とのセックスの垢を落としたい、と言ったのと同じ心の動きから出たことだったのかもしれない。由香にしても、社長のSMプレーで刺激されたせいでぼくを求めているようなことを言っているけれど、それだけではなくて、ぼくが社長のところで他の女としたことのケリを、そういう形でつけておきたいのだろう、とぼくは考えた。

ぼくは上から躯を重ねて由香にキスをした。静かな長いキスになった。ぼくは由香の髪を撫でたり、手で頰や耳を撫でたりしながら、彼女の唇を甘くついばみ、そよがせるようにして舌を絡み合わせたりした。

「好きよ、周二。愛してるわ。こんな気持ちになったのは生まれて初めてなの」

キスの合間に由香が言った。

「おれもだよ、由香。こんなになっても別れられないのが不思議に思えるくらいだよ」

「あたしたちは利口じゃなくて、それどころか、ばかなのかもしれないけど、本気で一所懸命に愛し合ってるわよね」

「死にものぐるいだよ」

ぼくは由香の首すじに顔を埋めて言った。由香がぼくを抱きしめた。由香の躯の温《ぬく》もりと肌の匂いが、ぼくの心をやさしく包んでくる気がした。

ぼくは由香の耳に舌を這わせた。腋の下も舐めてやった。躯を下にずらして乳房に頰ずりをした。ぼくの頬の下で乳首が固く張りつめてきた。ぼくはそれを唇で包んで吸った。舌でやさしくころがした。掌の中ではずむ乳房が、由香のいとしい心そのもののように思えた。

「周二のにキスさせて……」

由香が言ってぼくの胸を押し上げ、軀を起こした。他の女と交わってきたぼくのペニスに、由香はあえてキスをしようとしているのだ、とぼくは思った。そうやって由香は、思いのほかに物が詰めこめるバッグみたいに、自分の心を拡げようとしているのだ、とぼくは思った。

ぼくはベッドのヘッドボードに寄せかけた枕に背中をつけて、両脚を伸ばした。由香はぼくの膝の間に腹這いになって、フェラチオをはじめた。濡れたやわらかい唇がペニスを押し包んだままでゆっくりと下りてきては、引き返していった。熱くてなめらかなよく撓る舌が、陰茎の表や裏を静かになぞり、巻きつくようにして亀頭の笠の縁にまとわりついてきた。唇と舌はいとしさをこめたやり方でふぐりにも甘く戯れかかってきた。ぼくの腰はひとりでに反《そ》った。

ぼくは両手で由香の髪を撫でながら、彼女の愛撫のようすを眺めていた。その姿と、ヴィデオで見た由香のフェラチオのシーンのようすとが、ぼくの脳裡で重なってきた。嫉妬の感情がまったく鎮まっていたわけではなかったが、気持ちが苦しく波立ってくることもなかった。ぼくは急いで頭の中の由香のフェラチオのシーンを掻き消した。ぼくは嫉妬や、由香に対する性的な独占欲を抑えることに、少しずつ馴れはじめていた。嫉妬の思いをそうやって抑えると、その分だけ逆に、由香をいとおしく思う気持ちがつのってくるように思えるのだった。

ぼくはフェラチオを止めさせて、うつ伏せに這わせた由香の背中に舌を這わせたり、唇で甘くついばんだりした。背中だけでは飽き足りなくなって、ぼくの舌と唇は彼女のヒップに進み、太股の裏側や内股のあたりをさまよい、さらに爪先まで移っていった。

由香の足指を唇で包んで舌をまとわりつかせているときに、ぼくは社長のSMプレーのようすを思い出した。社長もパートナーの足指をうっとりとしたようすでしゃぶっていたのだから、それを思い出したのは当然のことかもしれない。けれども、由香の足指を口に含んでいるときに、社長がしたようにぼくも彼女のおしっこを飲みたいという衝動に駆られたことまでも当然と言ってよいのかどうか。

ぼくはしかし、その衝動を抑えた。今夜は過激な性愛に狂うよりも、静かで濃密な愛を交したい、という気持ちのほうが強くなっていたのだ。

足の指を舐めたり、やさしく唇で吸ってやったりするたびに、由香は切なそうな細い声をもらして腰をゆらめかせた。由香の足は爪先が少しひろがっていて、両方の小指の外側には靴ダコが出来ていた。決して形のよい足ではないけれども、小さなその足がぼくにはとても愛嬌のあるかわいらしい生き物のように思えた。

ぼくは丹念なクンニリングスをつづけた。由香の手でしっかりとクレバスを開かせ、クリトリスをすっかり露頭させておいて、そこに舌と唇を使った。小陰唇もないがしろにはしなかった。それを舌で捉えて吸ったり、それの付根の内側と外側の細長いくびれのところを舌の先でなぞったりした。

ぼくの片手は由香の乳房に伸びていて、それを押し回すようにして揉んだり、指で乳首をつまみあげたりしていた。もうひとつの手の指が、アナルと膣口のところのくぼみに当てられて、そこを静かに撫でていた。頃合いをはかって、ぼくは膣口に当てた指を中にくぐらせた。アナルのほうの指はそっとその部分に押し当てたり離したりするだけに留めた。

由香は声を高くして、はげしく乱れはじめた。ぼくはそのままで由香を登り詰めさせてやるつもりだった。ぼくの愛撫を受けながら、こらえきれなくなって果てていくときの由香をぼくは見たかった。そういうときの由香ほどかわいらしく、いとしく見えるものはない。ぼくはそれをよく知っていた。そういうつもりで愛撫を進めていると、ペニスを彼女の中に挿入しているとき以上に、二人が性の強い絆で結ばれているのだという実感が高まってきて、ぼくの胸には熱い幸福感があふれてくる。

由香はその夜もそうやって、ぼくの名前を乱れた声で呼びつづけながら果てていった。

ぼくは彼女の軀から甘美な痙攣が遠のくまでずっと、クリトリスに強く唇を押し当ててい た。それからぼくらは軀をつないで抱き合った。満ち足りた眠りにぼくらが落ちたのは、それからしばらくたってからだった。

21

うれしいことがあった。

ぼくの八月の営業成績が、社内の関東地区ランキングで九位になったのだ。初のベストテン入り。全国ランクでは二十一位。支店内ではもちろんダントツだった。

例年、春は小型乗用車の販売台数の伸びが見込める時期とされている。学校を出て就職し、念願のマイカーを手に入れようとする人が多いからだ。

まさに大事な時期に当たる今年の二月から四月にかけて、ぼくは仕事の上でも記録的な不調のどん底に落ちこんでいた。不調の原因が由香のAV出演にあったことは言うまでもない。なにしろその時期のぼくは〈愛の地獄〉の真っ只中にいて、仕事に向ける気合いなどどこからも湧《わ》いてこなかった。

地獄はその後もつづいていた。現に、八月の営業成績は輝かしいものだったけれども、秋には由香の三作目のAV出演という新たな試練が、ぼくを待ち受けていたのだ。

それでも、五月に入って、ぼくは仕事に対する意欲を取り戻していた。六月にはぼくの販売台数は完全に元の水準に戻り、七月には自己記録を更新した。そして八月に遂に、関東地区のベストテン入りを果たしたのだった。

私生活での心の乱れが仕事にひびくのは当然だろう。そういう意味では、四月の末に由香が二作目のAVの仕事をすませてから、ぼくはある程度の気持ちの落ち着きも取り戻した。それが営業成績の好転をもたらしたことは確かだ。

そしてこのころからぼくは、例のヴィデオの送り主の素性《すじよう》を突きとめることを忘れよう、と思うようになった。自分の営業成績がめざましい躍進を遂げたことによって、ぼくはあの〈中国守〉なる奴に勝った、と思ったのだ。

勝ったとか負けたとかというような事柄でないのはぼくもわかっているのだが、ぼくは心からそういうふうに思った。

読みようによっては〝忠告を守れ〟とも取れるような、もっともらしい変名を使ってはいるけれども、〈中国守〉という人物の行為には、初めからぼくは陰湿な悪意のこもったからかいやお節介の気持ちしか感じられなかった。ほんとうにぼくのことを親身に考えてくれた上で、由香のAV出演のことを知らせる気持ちがあるのなら、いきなり変名でヴィデオを送りつけたりはせずに、他にいくらでも思いやりのこもった方法があるはずではないか。

ほんとうにぼくのことを心配してくれる気持ちがあるのなら、ヴィデオを送りっ放しになどせずに、第二、第三のアクションを起こしそうなものではないか。〈中国守〉なる人物がぼくの身近にいる誰かであることはまちがいないはずだし、そうだとしたらその人物は、〈愛の地獄〉に苦しんで生彩を失い、営業成績もどん底に急落していたその後のぼくのようすも、近くで見ていたはずなのだ。にもかかわらず、気遣《きづか》ってぼくにことばをかけてきた者は一人もいなかった。

それは、ぼくが苦悩を人に知られまいとしていたせいもあるけれども、それでも〈中国守〉だけはぼくが誰にも言えないような屈辱的な悩みに苦しんでいることを知っていたはずなのだ。

そういうことから考えてみても〈中国守〉なる人物のとった行為に、たとえかけらほどのものであっても好意を見出すことはぼくにはできない。世間とか他人というものは、とかく人のスキャンダルや不幸を最上の酒の肴《さかな》と心得て、その中で苦しんでいる当人の姿を眺めてひそかによろこぶものなのだ。〈中国守〉というのは、要するにそういう世間とか他人とかというものを代表する名前であり、人格なのだ、というふうにぼくは考えるようになっていた。そして〈愛の地獄〉の底から不死鳥のように甦《よみがえ》ってきて、輝かしい営業成績をあげてみせたことによって、ぼくは陰湿な悪意に満ちた世間と他人に勝ったのだ、と思った。

証拠こそないけれども、こいつこそ〈中国守〉じゃないのか、という疑いを抱かせる人間はたしかに何人かはいたのだ。そういう相手に対しては、それとなく探りを入れるようなことばを投げかけることもぼくはした。けれども確証を得るには至っていなかった。そして〈中国守〉の悪意を打ち負かしたと思ったときから、ぼくはそいつの素性なんかはもうどうでもいい、という気持ちになったのだ。

そのようにしてぼくが曲りなりにも一定の立直りができたのは、千野満に勧められた実験のおかげだ、ということも認めないわけにはいかない。千野の勧めに耳を貸さずに、京子やマゾヒストの社長のパートナーとセックスをするというようなことがなかったら、おそらくぼくは嫉妬と不信の虜《とりこ》となって、由香とは別れていたにちがいない。

けれども、千野の提唱した実験が、由香に対するぼくの嫉妬と不信を洗い流すことに直接的に役立ったのかと問われれば、ぼくは返答を保留するだろう。嫉妬も不信の念も、実験によっては消し去ることはできなかったからだ。けれどもそれを強引に封じ込めてしまうことには、実験はたしかに役立った。

なぜなら、京子やマゾヒストの社長のパートナーと性関係を持つことによって、ぼく自身も由香と同様に、いわば裏切りのペナルティを背負ったからだ。自分のことを棚に上げて相手を一方的に責めるわけにはいかない、といったマイナスの力の均衡が、ぼくと由香との間に静穏をもたらしていたことは否《いな》めない。たとえそれがほの暗い翳《かげ》りをおびた静穏であったとしてもだ。

千野満の実験がぼくに何らかの成果なり変化なりをもたらしたとすれば、それは心理的な面よりもむしろ、ぼくの性についての意識のほうだったのではないだろうか。

実験によって、ぼくの性行動は一気に内容が豊富になり、多様化し、範囲もひろがった。ぼくは京子と交わり、出合頭《であいがしら》のようにして、マゾヒストの社長のパートナーともセックスをした。由香との間の性行為も、以前とは一変して過激で濃厚なレパートリーが採《と》り入れられるようになった。由香とアナルセックスをすることなどは、前は夢想したことさえぼくはなかったのだ。

それらのぼくの性行動は、はっきり言って乱倫であり、堕落であると言われても仕方がないことだろう。乱倫と淫乱と堕落の毒をたっぷりと用いた実験によって、ぼくと由香の愛の危機が回避されたのは事実だけれども、それは世間一般に通用する理屈じゃない。だからその問題については、ぼくはモラルに目をつむるつもりだ。モラルだけが人の心を安らかにするとは限らないのだ。そういうことを言いたくなるのは、やはり千野満の影響の顕《あら》われなのかもしれないけれども……。

それはともかくとして、実験によってぼくの性行動が活発になったことは事実だ。ただ活発になっただけではない。ぼくは京子とセックスをしたけれども、それは由香も承知の上のことだ。マゾヒストの社長のパートナーとは、由香が見ている前でセックスをした。

由香に隠れて他の女と交わったわけではないから、その分だけ心の疚《やま》しさは少ない。しかも、京子とは歪《ゆが》んだ欲望を爆発させるような、淫らな行ないにもふけった。マゾヒストの社長のパートナーと交わったときのぼくは、恥も外聞もない一匹の牡《おす》と変わりがなかった。

言ってみればぼくは、その数ヵ月間にやりたい放題のセックスをつづけていたわけだ。その限りにおいては、牡としてのぼくの気分はすっきりしていた。性的ストレスから解放された数ヵ月だった、とも言える。

こういう言い方がおかしなことであるのはぼくもわかっている。ぼくは一方に、由香のAV出演という性的な大ストレスを抱えていたわけだから。けれども、実験によってぼくの性的な抑圧が取り除かれていったのも事実だった。そしてそのことが〈愛の地獄〉の中にいたぼくの精神を、一応の安定に導いていったのではないか、とぼくは考えている。ひいてはそれが、八月の輝かしい営業成績をぼくにもたらす遠因にもなっていたのだろう。

当然のことながら、春にはどん底だった自分の営業成績が上向いてくるにつれて、ぼくは生気を取り戻し、成績の向上がさらにぼくを元気づけてくれた。

九月になって大学の夏休みが終わると、由香はテレビ局のアルバイトをやめて、学生生活に戻った。ぼくは前月以上の営業成績を残そうと考えて張りきっていた。秋には由香の最後のAVの仕事が控えていたけれども、ぼくは動揺してはいなかった。最後のその試練もうまく乗りきってみせる、といった自信のようなものさえ感じていた。由香に対しては心やさしく愛情深く、ベッドの中では精力絶倫で、ときにおどろくほど淫《みだ》らな男でありつづけた。

ある意味ではぼくは、心の底に〈愛の地獄〉を抱えながらも、元気潑剌《はつらつ》でいたのだ。地獄の試練がぼくを心身ともにタフな男にしてくれたのかもしれない。だから、千野満のその誘いにも、以前のようにあれこれと思い悩んだり、彼の魂胆《こんたん》を疑ったりすることもなしに、あっさりと応じた。千野は電話をかけてきて、マゾヒストの社長が一緒に食事をしたいと言っている、と伝えてきた。社長はぼくと千野だけではなくて、京子と由香も食事に招待したがっている、ということだった。

九月の三回目の金曜日の夕方に、ぼくは銀座で由香と落ち合って、教えられたその店に行った。銀座五丁目の、目立たない構えの懐石料理の店の広い座敷が用意されていた。マゾヒストの社長も、千野夫婦も先に来ていた。

社長や千野夫婦と顔を合わせるのは、弦巻のマンションで行なわれたSMショー以来のことだから、およそ一カ月近くぶりだった。社長はそのときもうすい鼠《ねずみ》色の和服姿だったので、ぼくはその夜も彼が和服の下にレースのついた真紅の女物のパンティをはいているのではないかと、考えてしまった。

由香と京子は、銀座の料亭での食事とあっておしゃれをする気になったようだった。由香はアボカドグリーンのおとなっぽいデザインのワンピース姿だったし、京子のほうは紫色の着物に、白っぽい帯を締《し》めていた。ぼくは仕事の帰りだったから、変わりばえのしないスーツ姿のままだったし、千野はジーパンにTシャツ、テンセルのジャケットという無造作な恰好だった。

顔を合わせるのは二度目のことになるのだが、ぼくはマゾヒストの社長の名前は知らないままだった。社長はあいかわらず名乗ろうとしなかったし、ぼくと由香の名前を訊《き》くこともしなかった。だからぼくらは千野の真似をして、彼のことは社長と呼んですませることにした。

前回のSMショーのことには、誰も一言も触れなかった。ぎごちなさは生まれなかった。社長は話し好きらしくて、運ばれてくる料理にまつわることから、テレビや映画の話などを、つぎつぎに話題にして、見事なホストぶりを見せてくれた。その姿は、弦巻のマンションで女のおしっこをうっとりとしたようすで飲んだり、尻にハイヒールの踵《かかと》を突っ込まれたりして犬のように振舞っていたときの彼とは、重ねようもないと思われるものだった。

ぼくの目には、そうした社長のようすが、あるべき立派なおとなの姿として映った。経済力に恵まれ、それなりの社会的な地位も手に入れ、さりげない気配りも忘れずに座を和《なご》ませるだけの心のゆとりも見せている。それでいて、マゾヒストであることを恥じているようすはない。そのことを知られていても平然としているように見える。由香と初めてアナルセックスをした後で、自己嫌悪を持て余したぼくなんかとくらべたら、段違いの落ち着きぶりだと思えるのだった。

できることなら自分も社長のようなおとなになりたい、と思いながらぼくは箸《はし》を使い、水割りのグラスを口に運んでいた。

22

「今度の由香さんのヴィデオには、社長もワンシーンだけだけど出演してもらうことになってるんだよ」

千野が由香に向かってそう言ったのは、食事が中頃まで進んだときだった。みんなの酒の酔いもいくらかまわりはじめていた。

「どんなシーンなんですか？」

ぼくは思わず千野にたずねた。まさかヴィデオカメラの前で、由香と社長がカラむのじゃないだろうな、と考えたからだった。千野が口を開く前に、社長がぼくの質問に答えた。

「それは決まってます。わたしがアダルトヴィデオに出たいという理由は、人のいるところでご婦人のお小水を飲みたいからなんです。それ以外には理由はないんだ。今度もそれです。今度はホームレスの役らしいんですがね。ホームレスの老人が夜の公園の片隅で、酔っぱらったご婦人のお小水を飲ませてもらうという場面になるんだそうで、今から楽しみにしてるんです」

それまでと同じの、どうということもない話題のつづきのように、落ち着き払ったようすで社長は言った。声だけはいくらか落とされていた。

「心配しなくてもいいわよ、船迫さん。社長さんの相手をするのは由香さんじゃないそうだから……」

京子が笑った顔をぼくに向けて言った。それでぼくは安心しながらも、千野に視線を移した。千野がうなずいて、京子の言ったことを保証した。

「夜の公園の場面に出るのは由香さんじゃないよ。由香さんは今度は、セックスマニアの大学の教授の、他人のいろんなセックスの現場の覗《のぞ》きにつき合わされながら、性的な調教を受ける処女の女子大生という役なんだ。その覗かれるほうの役の一つを、社長にやってもらうんだよ」

千野はそう言った。

「社長さんのAV出演は、今度で何本目になるんですか?」

由香が口ごもるようにしながら訊いた。

「四本目になりますかね、監督。わたしは千野作品以外には出ませんから……」

「そうですね。今度が四本目ですね」

「最初は自分のほうから出演したいと言い出されたんだそうですね。千野さんからそう聞きましたけど……」

ぼくは言った。社長がAVに出たいと思ったわけを訊いてみたかったのだ。

「そうなんです。自分から望んで、監督にお願いしたんです」

「船迫さんは、社長がAVに出たいと思ったわけを訊きたいんじゃないですか？」

千野がそう言った。彼はぼくの気持ちを見すかしていたらしい。ぼくはあからさまにそれを認めるのも気がひけて、返事に迷っていると、社長が話をはじめた。

「わけねえ……。わけらしいわけなんかなかったねえ。しいて言えば、ただもう誰のでもいいから、それこそわけもなく若いご婦人のお小水を飲みたい一心だったとしか言いようがないんです。自分じゃあ一種の病気みたいなもんだな、と思ってますがね」

「そういう衝動というか、欲望みたいなものは、お若いときからあったんですか？」

「ありましたね。自分にマゾの気があることは、早い時期から何となく気がついてたんです。実行するようになったのは、かなり遅れてからのことですがね」

「気づかれたきっかけが何かあったんですか？」

社長に気にするようすが見られなかったので、ぼくはためらいながらも質問を重ねていた。

「はっきりとしたきっかけがあったわけじゃありません。ご婦人にひどいめにあわされてみたい、いじめられてみたいという気持ちが、子供のときからあったんだと思います。そういう記憶がありますから。母親にぶたれたくて、わざと怒らせるようなことをよくしてましたから。それが思春期になり、性欲が高じてくるにつれて、はっきりとマゾヒスティックな妄想になって、頭に浮かんでくるようになったんです」

「それでずいぶん社長は悩まれたそうなんです」

千野が話をつないでくれた。

「悩みましたねえ。てっきり自分は変態性欲者なんだと思ってたもんだからね。普通のやり方でもセックスができるんだとわかったときは、ほんとうに人生が明るくなったような気がしたもんです。それでね、そうなると、ほんとうの自分はマゾヒストなんだという秘密の悩みが、それまでと違って、何とも言えない暗いよろこびに変わっていったの」

「それはどういうことなんですか？」

京子がたずねた。

「つまり、ほんとうは自分は変態性欲者なんだと思うと、ものすごい劣等感を感じるわけでね。自分は恥ずべき人間なんだ、みんなに蔑《さげす》まれるようなことに魅《ひ》かれてる人間なんだ、最低の男なんだと思うと、悲しいけれどもそこに一種の自己陶酔が生まれてくるんです。あれはマゾヒストの精神的なマスターベーションだったのかもしれませんな、監督……」

「たしかにそういうことがあるのかもしれないですね」

「それでね、精神的なマスターベーションにふけりながら、誰かご婦人にマゾヒストであることをさんざんからかわれたり、嘲《あざけ》られたり、虫けらのように言われたりするところを想像したもんです。そうするとほんとうに興奮してきて、本物のマスターベーションをせずにはいられなくなってたんです」

社長は淡々とした口ぶりで話をつづけた。

「でも、想像だけの世界から、それを実行に移すまでは、そんなに簡単な道程じゃなかっただろうと思うんですが……」

ぼくは訊いた。社長はうなずいた。

「長い長い自制の時期があったんです。自制というよりも抑圧ですな。わたしはマゾヒスティックな欲望は、精神的なマスターベーションの範囲内に押し留めて、実行することを自分に禁じてたんですよ。今になって思うとばかなことをしたもんだと思うし、結局は無駄な我慢でしかなかったわけですがね。セックスのことはいくらがんばったって、抑えきれるもんじゃない。わたしはただ、自分に対して素直になれない上に、実行する勇気がなかっただけの話だったんだね」

「それでAVに出る気になったんですか?」

由香がたずねた。

「そうじゃないんです。その前にもう我慢の糸が切れたんです。それに、家内との夫婦生活のほうも、何か刺激を受けて新しい活力を注入しなければ、ほとんど意欲が湧いてこないという状態にわたしのほうがなってたもんですから、そういうことも手伝ってマゾヒストとしてデビューする気になったんですよ」

「すると最初は奥さんとSMプレーをなさったんですか?」

京子があけすけな質問をした。社長は気をわるくするようすも見せずに、品のよい顔に静かな笑いを浮かべて、首を横に振った。

「そういうことの相手ができるような家内ならよかったんですがね。これはもうきわめて健全なタイプの女なんです。ですからお金で願いを叶えてくれるプロの女性を相手にするようになりました。SMクラブなんかにもよく足を運びましたよ」

「それで、奥さんとの夫婦生活には活が入りましたか?」

千野が真顔で訊いた。社長は微笑を浮かべて大きくうなずいた。

「家内はすっかりやさしくなったし、顔の色艶までよくなりました。その点は女性はずいぶん現金というか、素直にできてるんでしょうな。もちろん家内は、わたしが元気になったわけなんか、今だって知らずにいるんですがね。そんな按配でしたからね、わたしは思いきって自分の抑圧を解いてよかったな、とつくづく思ったんです。でもね、それはほんとうの抑圧じゃないってことが、アダルトヴィデオに出たあとでわかったんです」

「それはどういうことなんですか？」

ぼくはつられたような思いでたずねた。

「ごめんなさい。話が少々理屈っぽくなりますが、そういう説明しかできないもんですから……。わたしにとっては、セックスというものは長い間、孤独の代名詞みたいになっていたんです。生理的な欲望は普通のセックスで満たされても、マゾヒストとしての欲求は心の奥底に閉じこめられたままだったわけですから」

「欲求はイマジネーションになって現われますからね。マゾヒスティックなイメージに実体が与えられない限りは、欲求は宙吊りのままにされるしかない……」

千野満がこむつかしい合いの手をいれた。

「それはそのとおりなんですがね。でもね、マゾの欲求が現実に叶えられただけでは楽になれないんです。プロの女性を相手にすれば、欲求は満たされるんですが、わたしがマゾだってことは、依然として第三者には秘密のままにしてましたから、孤独に変わりはなかった。マゾヒストであるところのわたし自身は、ひきつづき隠れ家に身を潜《ひそ》めてるようなものだったんです」

「つまり、マゾヒストとしての自我の解放には至らなかった、ということですね」

千野はもうすっかり話題を自分の土俵に引き入れていた。ぼくは黙って聴いているしかなかった。その席でそういう話が交《か》わされることになるのかもしれない、といった予感はぼくにもあったのだ。

「監督のおっしゃるとおりなんです。それでわたしは、自我の解放というか、自分がマゾヒストであるということの恥ずかしさや劣等感や孤独から自由になるためには、マゾだということを第三者に公然と明かすしかないんじゃないか、と考えたんです」

「それでＡＶに出ることにしたんですか？」

由香が言った。彼女はおどろいたような顔になっていた。〝ちょっと風変わりな肉体労働のアルバイト〟のつもりだったという由香自身のＡＶ出演の動機にくらべて、社長のそれがあまりにもこむつかしそうなものだったので、彼女はびっくりしてしまったのかもしれない。

「そうなんです。もっともね、そう思ってアダルトヴィデオに出てはいるんですが、それもまあ何と言いますか、一種のセレモニーか気休めみたいなもんでしてね。マゾヒストだってことを第三者に明かすといったって、ほんとにそうしてるわけじゃないんですもの。わたしがご婦人のお小水を飲みたがる男だってことは、家内だって知らないし、もちろんまわりの誰も知らない。そこまで知られてもかまわないという勇気はないんです、わたしには。アダルトヴィデオに出るときだって、顔はわからないようにしてもらっているんですからね。こうしてご一緒に食事をしてるあなた方にさえ、わたしは素性を明かせないでいるんですもの。それでもね、ヴィデオに出たり、先日のように見物してくださる方々の前でプレーをしますと、人さまに向かってわたしはご婦人のお小水を頂戴《ちょうだい》するのが大好きな男なんです、と告白してる気がしましてね。とっても気持ちが楽になるんですよ」

社長は何とも言えない晴れやかな微笑を見せてそう言った。その顔を見てぼくは〝気持ちが楽になる〟という社長のことばだけは、そのままに信じられるような気がした。

「フリーセックスというのは、社会的な制約やモラルや、人と人とのしがらみやらを打破して、自由な性行動を認めようということだけじゃないと思うんです。そこには人それぞれが、自分の抱えている性的な歪みや、軛《くびき》みたいなものや、こだわりから自由になろう、不必要にセックスを特別視してそれに捉われることを止めよう、という考え方も含まれているんだ、とあたしは思っているんです」

千野がいつもの持論を披露した。社長は静かにうなずいた。

23

食事は終わっていた。フルーツが運ばれてきた。京子がトイレに立とうとしたのは、そのすぐ後だった。

「トイレなの？」

黙って腰をうかせた京子に、千野が声をかけた。京子は曖昧《あいまい》にうなずいた。

「社長さんにさしあげたら？」

千野がつづけた。何でもない言い方だったから、すぐにはぼくは千野の言っていること が理解できなかった。しかし、京子にはそれが何のことなのかわかったようだった。彼女は一瞬の戸惑いを見せてから、社長に目を移して言った。

「あたしはかまいませんけど……」

「頂戴できますか。それはありがたいですね」

社長はそう言った。社長の口もとに微笑が生まれ、京子に向けられた目に、酒の酔いとは明らかに異なるトロンとした表情が生まれていた。ぼくはそのときになって、ようやく彼らのやりとりが意味していたものを理解した。ぼくにはしかし、自分が理解した事柄が信じられなかった。勘違いではないかと思った。だからぼくは思わず由香に目を向けた。

由香は黙ってテーブルに目を落とし、メロンを口に運んでいた。そのようすから見ると、由香もこれから行なわれようとしていることをすでに予測して、戸惑っているようだった。

そして、銀座の高級料亭の奥座敷で、その信じられないような事柄が実際に行なわれたのだ。

「それでは……」

京子がそう言って立ち上がった。彼女の顔は何の表情も窺《うかが》えない能面のように見えたし、口にしたことばもどことなくいくらか芝居じみていた。

「これは、これは、思いもよらないことで。今夜は忘れられない夜になりますな……」

社長はそう言いながら、膝《ひざ》で歩いてテーブルから離れると、畳の上に仰向《あおむ》けに軀《からだ》を横たえた。ぼくは二人から目を離せなくなった。千野も深遠な性思想の議論のつづきのようなひどく真面目な顔で社長と京子のすることを見守っていた。由香だけが目を伏せていた。それに気づいてすぐに、ぼくは由香に言った。

「見ててあげようよ。それが社長へのエチケットだと思うよ」

言いながらぼくは、何だかそれは千野が言いそうな科白《せりふ》だな、と思って妙に照れくさくなった。

「そうだよ、由香さん。見ててあげなさい。今度の作品では由香さんは、いろんなセックスを見て歩く役でもあるしね……」

千野が横からわかったようなわからないようなことを言った。由香は顔を上げて社長と京子のほうに目を送った。由香の顔には困惑したような曖昧な笑いが生まれていた。

「失礼します……」

京子が和服の裾《すそ》を両手でつまみ上げて言うと、社長の胸のところをまたいだ。

「お店の人が入ってくるんじゃないの？」

由香が思い出したように小声で言った。

「大丈夫です。もう用はすんでるはずだから、呼ぶまではきやしませんよ」

社長が京子の足の間から落ち着いた声を送ってきた。京子は着物の裾を腰までまくり上げると、一、二歩前に進んでから膝を折り、社長の顔の上にしゃがみこんだ。ぼくの坐っている場所は、京子の正面に位置していた。まくり上げられた和服の下から現われた京子のむきだしの下半身が異様に白く見えたのは、紫色の和服との対照のせいだったかもしれない。その姿がひどく煽情的に見えたのは、和服のせいなのか、たくし上げた裾を手で押えている京子のようすのせいなのか、彼女の脚の下に社長が仰向けになっているせいなのか——ぼくはそんなことをぼんやり考えていた。

京子がすっかり腰を落とすと、彼女のふさふさとした陰毛が、社長の鼻の頭と口もとを覆い隠した。ぼくはそのときは、社長の目に映ったであろう京子のクレバスの開いた性器の眺めや、彼女にクンニリングスをしてやったときの、口もとにまとわりつくいくらか荒い感じの陰毛の肌ざわりなんかを思い出していた。

京子はかすかな胴ぶるいを見せると、ゆっくりと瞼《まぶた》をおろした。社長も目を閉じていた。社長の両の腕は、軀に添って畳の上にまっすぐに伸びていた。大きく上下する社長の和服の胸のあたりの動きだけが、ひそやかに沸々とたぎり立っているにちがいない彼の暗い歓喜を窺わせた。

やがて事が終わったようすで、京子がわずかに腰を浮かせ、それを追うようにして社長が頭をもたげた。社長は唇と舌をていねいに使って、京子の排泄の跡始末をつけた。そのようすを眺めながら、千野が神妙な顔で何度もゆっくりとうなずいていたのは、どういうつもりからだったのか、ぼくにはわからなかった。

京子は立ち上がると、社長の足もと近くに移ってから、たくし上げていた和服の裾をおろして、膝の前のあたりをととのえた。

「ほんとうにありがとうございました。こんな至福にめぐり会えるとは思ってもおりませんでした。心の底からお礼を言いますよ」

躯を起こした社長が正座をして、そこに立っていた京子に深々と頭を下げた。

「お粗末さまでした」

京子はさばさばとした笑顔を見せてそう言うと、自分の席に戻ってメロンの皿を引き寄せた。千野はたばこに火をつけて、宙に目を投げていた。何か気のきいたことばを吐こうと考えて、知恵を絞っているような顔に見えた。

ぼくは千野満がいるのだから、セックスをめぐって何やら哲学的な話が交わされることになるのだろうとは思っていたが、まさかそんな席で飲尿ショーが行なわれることになるなどとは、まるっきり思っていなかった。けれどもそれは何の滞《とどこお》りもなく、静々ととり行なわれた。席に戻ってきた社長は、まだうっとりした顔のままで、茶を飲みはじめた。

ぼくの目には、自分の妻に他人の口を便器代わりに使うことを勧めた千野も、ためらうこともせずにそれに従った京子も、作法に従うかのように妙に礼儀正しく振舞いながら、人の女房の性器に口をつけて、陶然としたようすで便器の役をつとめた社長も、世の中の常識の外に棲《す》んでいる特異な怪物であるように映った。

けれどもすぐにぼくは、そういう自分自身だって、千野に勧められるままに、その場で彼の女房とセックスをした男であることに気づかずにはいられなかった。それを思えばぼくだってわけのわからない新人の怪物だ、と人に言われても文句は言えないのだ。

そう考えてふり返ってみても、ぼくはそれほど遠い距離をさまよい歩いてきて怪物の仲間入りを果たした、という実感はなかった。常人と怪物の世界を隔てている柵は、ぼくにとってはほんのひとまたぎのもののようにしか思えない。それを思うと、何だかぼくは腹の底から笑い出したくなってしまった。

24

九月もぼくの営業成績は快進撃をつづけていた。関東地区のランクは九位のままだったが、全国ランクでは二十位に上がった。

ぼくは一皮むけた人間になっていたのかもしれない。仕事の面でも私生活の上でも、気力充実と呼びたくなるような状態がつづいた。理由はわかっていた。自分がセックスの怪物の仲間入りを果たしたのだ、といった考えが、その後のぼくの気持ちのありように、微妙な影響を及ぼしていたのだ。

それを実験の成果と見るか、自分は怪物になったのだという自己認識の産物と受け取るか、そこのところはぼくにも何とも言えない。けれども、心の中にある種の軽やかさが生まれ、気持ちの動きが自由になったことだけは確かだった。水が流れるようななめらかさで、ぼくの気持ちは赴《おもむ》くところに向かって動き、心も自然にそれに従うようになっていたのだ。

マゾヒストの社長は、決心してＡＶに出てみたら、何かから解き放たれたように気持ちが楽になったと言った。ぼくなりの解釈で言えば、それはＡＶ出演によって社長が自分を性の怪物と自覚したために、気持ちが解き放たれたのだろう、ということになる。

由香の三本目のＡＶの撮影日程が決まったころには、ぼくはすっかりこの〝怪物教〟の信徒になっていた。撮影の日程は、由香の口から直接に聞かされて、初めてぼくは知った。〈マン開淫乱女子大生パートⅢ　処女調教ハードゼミ〉という三作目のタイトルも、由香から知らされた。

来るべきものが遂に来た、とぼくは思った。さすがに心はざわめき立った。けれどもそれが嵐に発達することにはならなかった。由香の一作目のＡＶで受けたショックと混乱が風速一〇〇メートル級の暴風雨だったとしたら、二作目は竜巻を伴った一時的な荒天ぐらいで、三作目は風のない雨だけの低気圧、といったところだった。それも〝怪物教〟の宗旨に従って事態に臨む気がまえが、ぼくに備わっていたからだと思う。もちろん、その三作目で由香のプロダクションとの契約が切れて、ＡＶの仕事から彼女が足を洗うことがわかっていたせいであったことも否定はできない。

撮影は十月の十七日から三日間をかけて行なわれる、という話だった。千野満はその作品の中で、マゾヒスト社長の飲尿シーンの他にも、ホモの性交シーンや、三人プレーや、女性の過激なオナニーシーンなどを並べるつもりでいるようだった。

そうしたシーンを、性の冒険者を自称する大学教授が、由香が扮するゼミの教え子である処女の女子大生を連れて覗いて回り、その後で淫らな調教を彼女に施《ほどこ》す、といった筋立てなのだ、と由香は言った。

そういう話であるならば、調教の中身はおそらく、二人が覗いて回ったシーンをなぞる形で進められるのだろう。となると、調教師役の大学教授に扮する男優は、由香のおしっこを飲むことになる可能性は大であるし、ホモの性交シーンは、由香と男優とのアナル性交に替わるにちがいない。

三人プレーや過激なオナニーシーンも、当然調教の教材として採用されるものと思わなければならない。三人プレーのようすはぼくにもおよその見当はついたものの、女性の過激なオナニーというのは、どれほど過激な方法がとられるものなのか、想像がつきかねた。

話を聞いて、ぼくは由香の軀がボロボロにされるのではないか、と思った。けれども由香は大丈夫だと言った。今度が最後だから、何とかがんばる、とも言った。ぼくのほうだって、心がボロボロにされそうだったが、やっぱりそれが最後だと思って、がんばるしかないと思った。

辛くて苦しい難局を切り抜けるための名案をぼくが思いついたのは、由香の撮影がはじまる四日前だった。撮影がはじまる前日の夜から、それが終わる日の夜まで、シティホテルの部屋を取って、ずっと由香と一緒に夜を過ごす、ということをぼくは思いついたのだ。

撮影が終わって帰ってくる由香を、ぼくはホテルの部屋で迎えて、毎晩やさしく抱いてやり、ヴィデオの仕事の垢《あか》を落としてやる。そうやって二人で一緒に最後の試練を乗り越えるというアイデアが、沈みかけるぼくの気持ちを支えてくれた。由香もそのぼくの提案をよろこんで受け入れた。

撮影のはじまる前日の夕方に、ぼくと由香は新宿のシティホテルのロビーで落ち合った。

部屋に由香の大きなバッグを置いてから、ぼくらはホテルの中のイタリアンレストランで食事をすませた。

部屋に戻ってから、ワインとウィスキーのフルボトルをルームサーヴィスで運ばせた。場合が場合だから、四日間の宿泊の間にウィスキーの一本ぐらいは楽に空っぽになりそうに思えた。

交替でバスを使ってから、酒を飲んだ。由香はワインしか飲まなかった。ぼくは気分としてやっぱりウィスキーだった。もしぼくが〝怪物教〟に帰依《きえ》していなかったら、ウィスキーをロックでやっていたかもしれない。

由香はホテルの浴衣《ゆかた》を着ていた。その姿がぼくに、渋谷のラヴホテルの撮影現場で目にした彼女を思い出させた。そのときはぼくは、撮影現場にいる由香を初めて見たせいで、はげしく気持ちが揺れ動いていて、滅多に目にすることのない彼女の浴衣姿そのものには、特別の印象を抱かなかった。けれども新宿のホテルの第一夜に目にする由香の、きりりと腰紐を締めた浴衣姿は、妙におとなっぽく見えて好もしかった。

「明日はホテルから会社に行くの？」

ワインの酔いがうっすらと頬《ほほ》に浮き出ている由香が、テレビに目をやったままで訊いた。画面にはどこか外国の港の風景が映し出されていた。どういう番組なのか、ぼくは知らなかった。テレビはただつけていただけで、興味はなかったのだ。

「どうしようかと思ってるんだ。会社は休むかもしれない」

「決めてないの？」

「あしたの朝起きたときの気分で決めるよ」

「会社を休んだら、またこの前のときみたいに、京子さんと逢うの？」

「どうだろうな。それもわからないんだ。今の気分じゃ彼女と逢おうとは思わないけどね。とにかく気持ちが向いたままにするのがいちばんいいんだって、そう思ってるんだよ」

「そうね。そうしてほしいわ、あたしも。周二に無理してほしくない」

「会社を休んだら、由香の陣中見舞いに撮影現場に行くかもしれないよ。いいだろう？」

「いいけど……。来たらまたこの前みたいにあたしを抱き締めてほしいな」

「もちろんそうするさ。そうしたくなると思うよ」

「でも……」

由香はそう言って目を伏せた。それっきりことばが途切れたので、ぼくは促した。

「でも、周二が現場に来てくれるのが、うれしいような、辛いような、複雑な気持ちなのよね」

「辛いだけなら遠慮するけどさ、うれしさもあるんだったら行ってやりたいよ、おれは」

「いいわ。周二の気持ちに任せる。でも、ちょっと今度は問題ありかもよ」

「どうして？　何が問題なの？」

「監督は周二が今度のあたしのヴィデオに出ることを、まだ諦《あきら》めちゃいないみたいだから」

「そう言ったの？　千野さんが……」

「三人プレーの場面か、あたしのオナニーシーンを覗く場面かに、船迫さんが出てくれるといいんだけどって、打ち合わせのときにあたしに言ってたもん」

「しつこい男だね、千野さんも。出演を考えてみてくれとは言われたけど、それっきり何も言ってこないから、あれで終わったんだと思ってたのにな」

「周二が現場に姿を見せたら、きっと監督は何だかんだって言って乗せちゃうかもしれないよ」

「あいつのことだからな」

「そうなったらどうする？」

「由香はどうしてほしい？」

「わからない。周二もヴィデオに出ちゃってくれたほうが、あたしは気持ちが楽になるような気もするけど、あんまりいやらしい姿をさせられてる周二をそばで見てるのもいやだなって……。勝手だなって自分でも思うけど」

「千野さんにＡＶに出てみないかって言われたときは、とんでもないやって思ったけどさ。その気になっちゃったら、そんなこと平気でやれそうな、ちょっと危ない気持ちに今はなってるのかもしれないな、おれは。絶対にいやだって思わないところを見るとね……」

「変わったもんね、周二は……」

「どんなふうに変わった？」

「あたしは周二のことを、あんなふうに京子さんと寝たり、ＳＭショーに飛び入りして、知らない女の人とセックスしたりなんて、絶対にやらない人だと思ってたもの」

「千野さんに洗脳されちゃったからな。おれがそんなことをするようになったことを、由香はいやだと思ってるんじゃないのか？」

「いやだとか何とかなんて、あたしは言えないわ。周二がそんなふうに変わったのも、元はといえばあたしのせいなんだから。あたしね、自分でこんなこと言うのはおかしいんだけど、周二が今みたいな人になったことを、何だかかわいそうだなって思ったりするときがあるの」

「どうしてかわいそうなの？」

「だってそうよ。周二は自分がそうしたくて京子さんと寝たりしたわけじゃないんだから。みんなＡＶに出たあたしを許そうとしてそうしたわけなんだもの。それをあたしがかわいそうだなんて言うのはおかしいわよね。だけど、周二はあたしのためにって思うと涙が出てきそうになる。そこまで周二はあたしのことを愛してくれてるんだと思うから」

由香は目をうるませた。由香のことばがぼくはとてもうれしかった。ぼくは由香を抱き寄せて頬に唇をつけた。それから笑って言った。

「ヴィデオにおれが出るかどうかも、気持ちの流れに任せるさ。だけど、由香が教授に過激なオナニーの調教を受けてるところを覗き見する男の役だけはやりたくないよな。そこまでいくとほとんど変態の世界だって気がするもんな」

「それはあたしだっていやだわ。周二に覗かれてると思うと、それがAVのフィクションの世界のことなのか、現実レベルのことなのか、わかんなくなりそうだもん……」

由香も笑っていた。


あれは歪んだ嫉妬の顕《あら》われだったのだろうか。ある考えが降って湧いたようにして、ぼくの頭に取りついてきたのだ。

ソファから腰を上げた由香が、トイレに行こうとしたときだった。最初にぼくの頭に浮かんできたのは、撮影の中で由香は性の冒険者を名乗る大学教授役の男優に、やっぱりおしっこを飲ませることになるのだろうか、ということだった。それにつづけてすぐにぼくは、それならば撮影前夜の今のうちに、先に自分が由香のおしっこを飲んでしまおう、と考えたのだ。

言うまでもなく、それは実におかしな理屈だった。というよりも、理屈にも何もならない考えと言うべきだろう。まるでぼくは、男優よりも先にそれをしてしまえば気がすむのだ、と言っているようなものだった。事は後だ先だの問題ではないはずなのに、ぼくにはそれが、自分の嫉妬心や苦渋をまぎらす唯一で最善の方策のように思えてならなかったのだ。

その考えに突き動かされて、ぼくは迷いもためらいもなしに、ソファを離れてバスルームに向かいかけた由香の腕をつかんだ。由香は何だろうというような顔でぼくを見て、ぼくの膝に腰をおろした。ぼくは由香の耳もとに口を寄せてささやいた。

「飲みたい。由香のおしっこ……」

「やあねえ……」

由香は笑ってぼくの肩を手で叩いた。

「いやかい？」

「いやじゃないけど、どうしたの？　いきなり……」

「だってさあ、撮影で教授役の役者に飲ませることになるんじゃないのか？　それだったらおれも負けちゃいられないからさ。先に飲みたいんだよ」

「へんなの。あたしの飲尿シーンがあるかどうか、決まってるわけじゃないのよ、まだ」

「やらされると思うよ。千野さんがそういうシーンを撮らないはずはないさ。そのつもりでホームレス役の社長が女のおしっこを飲むところを、処女の女子大生と教授が覗き見するシーンを考えたに決まってるよ」

「ほんとに飲んでくれる？」

そう言って、由香はぼくの首にかじりついてきた。そのときの由香の顔にも仕種《しぐさ》にも、何か自然な感じのよろこびが溢《あふ》れていた。それを見て、ぼくは自分が男優と張り合うということだけではなしに、もともと由香のおしっこを飲みたいという気持ちになっていたのだ、ということに気がついた。

由香の撮影がはじまる日を翌日に控えて、嫉妬も苦悩も愛情もひっくるめたままで、ぼくの気持ちがそこまで高まっていた、ということだったのだと思う。はげしく高まった気持ちがぼくにそのことを求めさせたのだろう。男優よりも先に、というのはいわば付け足しの屁理屈にすぎなかったのかもしれない。

ぼくは由香を促して立ち上がり、ベッドに移って仰向けに軀を伸ばした。由香は浴衣を脱いでからベッドに上がってきた。彼女は下着は着けていなかった。ぼくは由香の手を取って導いた。由香は膝でぼくの顔をまたいできた。ぼくらは上と下で目を見交わしたままでいた。由香がもうひとつのぼくの手を取ってにぎりしめた。それから由香は腰を落としてきた。ぼくは唇と舌を使って陰毛を押し分けてから、開いた口をその部分に当てた。

それまでに味わったことのないような、頭がクラクラするような興奮がぼくを押し包んでいた。SMショーのパートナーや京子の裸の尻の下に見た、マゾヒストの社長のうっとりとした顔の表情が目に浮かんだ。ぼくはそれを急いで払いのけた。その行為自体は同じでも、それを求めるそもそもの気持ちは、自分と社長とでは大きく違うんだ、とぼくは思った。社長にとってはそれは純粋に性的欲求にすぎないのだろうが、ぼくにとっては切ない愛の気持ちがそれをさせたのだ。

由香の乳房がふるえるようにかすかに揺れて、口から溜めていたような息の音がもれた。そして熱いものが勢いよくぼくの口の中にほとばしってきた。ぼくは思わず取り合った手に力をこめ、喉の奥に歓喜の声をあげた。そのときぼくの心を満たしてきたのは、由香との強い一体感だった。その思いは、セックスで由香と軀をひとつにしているとき以上に、強くて鋭くて深かった。そういう行為で愛の一体感を味わうのは変態性欲者のすることだと言われるのだったら、ぼくは誇りとよろこびをもってそれを認めたい、と思った。

注ぎこまれてくるものを、ぼくはつぎつぎに喉の奥に送りこんだ。軀の奥底に由香が入りこんできてくれる気がした。由香の命を飲んでいるような思いだった。終わることなくいつまでもそれがつづけばいいのに、とぼくは思った。

終わるとぼくはその部分を吸い、丹念に舌を動かして始末をつけた。由香が軀を下にずらして、上から胸を重ねてきた。ぼくらはそうやって静かなキスを交わした。

「周二のも飲ませて……」

由香が上からぼくの顔を見つめるようにして言った。

「今は無理だな。あとでしたくなったらね」

「きっとだよ……」

「きっとだ」

ぼくは言った。由香が軀を起こして、ぼくの浴衣と下着を脱がせた。そのまま由香はフェラチオにとりかかった。すっかり勃起しきっていたぼくのペニスが、やわらかい由香の唇に包まれて力強く跳《は》ねた。由香が根元をにぎっていた手に力をこめて、塞《ふさ》がっている口の端からくぐもった笑い声をもらした。

ぼくは横にうずくまっている由香の背中やヒップに手を這《は》わせながら、フェラチオの快感と、飲尿がもたらした愛の陶酔の余燼《よじん》を味わっていた。ぼくの頭の中には、由香と自分が同時に相手のおしっこを飲み合っている光景が浮かんでいた。それが少しも奇怪な光景とは思えなかった。送りこまれていくものと、注ぎこまれてくるものが形づくる輪によって、ぼくと由香の気持ちがひとつに繋《つな》がれるような、魅惑的なすばらしい想像図だったのだ。

やがてぼくは、そうした魅惑の連環を形だけでもまねてみたくなって、由香をシックスナインの愛撫に誘った。ぼくの心は由香に対するいとおしさに満たされ、ペニスは甘美で濃密な疼《うず》きに包まれた。燃え立つような愛と歓喜のシックスナインだった。行為は同じであっても、それは一作目のヴィデオの中で行なわれた由香と男優のシックスナインに嫉妬して、形をなぞるようにして狂おしい思いでしたのとは別のものだった。

ぼくは由香の心のこもった愛撫に酔い、思いの丈《たけ》のありったけをこめた舌と唇を彼女の性器やアナルに這わせながら、〈愛の地獄〉をくぐり抜けることで、ぼくと由香との性愛もまた心の愛と同じように確実に深まったことをしみじみと実感した。

その夜はぼくらは、いつになく燃えた。やはり翌日からの撮影のことが、ぼくらの頭の中にあったからなのだろう。ぼくは相手役の男優の手に由香の軀が委《ゆだ》ねられる前に、彼女の歓喜の泉に湛《たた》えられている水を汲《く》みつくしておきたい、と無意識に思っていたのかもしれないし、由香も空っぽになって乾いた砂のように思える軀を、男優に任せたい、と願っていたのかもしれない。

25

つぎの日の朝はやっぱり心が揺れた。

目が覚《さ》めた途端にぼくは、その日が由香の撮影の初日であることを、否が応でも思い出さないわけにいかなかった。

それでもぼくは勢いよくベッドをとび出した。会社を休もうとは思わなかった。由香と一緒にルームサーヴィスの朝食をすませて、彼女より先にホテルを出た。トップセールスマンとしての誇りや勤労意欲が、ぼくを会社に向かわせたわけではなかった。それが無駄な抵抗というものでしかないということは、朝目が覚めたときから、ぼくにもわかっていたのだ。

仕事が手につかないのは当然だった。恋人がAVの撮影にかかっているときに、それを承知で相手の男が勤勉に車を売って回っているというのは、ほとんどブラックユーモアの小咄《こばなし》だろう。

由香の二作目のヴィデオが撮影されたのは、四月の末だった。そのときの撮影の初日には、ぼくは仕事を放り出して、天王洲公園の脇の道に停めた車の中で悶々と物思いにふけって時間をつぶしたのだった。そして、そのつぎの日には会社を休み、京子と渋谷のラヴホテルで落ち合ってセックスをした揚句に、由香の撮影の現場に顔を出したのだった。

今度はぼくは、天王洲公園には行かなかった。悶々とした思いは、四月のときほどではなかったけれども、ぼくの胸の中で渦を巻いていた。ぼくの気持ちは由香の撮影現場に向かっていた。

その場所に気持ちが向いていく理由はいくつもあった。ホテルを出るときに由香が『気が向いたら現場に来て……』と言ったことも理由の一つだった。由香が調教師役の男優に、淫らな行為を強《し》いられているシーンが、あれこれと頭に浮かんできて落ち着けない、ということもあった。

それらとは別に、四月の撮影のときには思いも及ばなかった気持ちが、ぼくの中に生じていた。それは誘惑と呼んでもいいようなものだった。ぼくは撮影現場で行なわれる、由香が登場しない男女のカラミのシーンを、ナマで見物したい、と思いはじめていたのだ。それだけではなかった。場合によってはＡＶの出演者として、カメラの前に自分の姿をさらしてもかまわない、といった気持ちにもぼくはなっていた。

そういう気持ちを抱きはじめたのは、必ずしもぼくが〝怪物教〟に帰依したためとばかりは言えないのかもしれない。ぼくは理屈抜きに、そして大半の男性がそう考えるのと同じように、カメラの前でくりひろげられる男女のカラミの光景を見たいと思い、そうすることに疚しさや気後れをほとんど感じていなかったのだ。

ＡＶの出演者になってもいいという気持ちになったことのほうは、やっぱり〝怪物教〟の影響の顕われだったのかもしれない。つまり、そういうことにそれほどの抵抗を覚えなくなったのは、セックスについての不必要なこだわりを捨てて自由になるべきだとする千野満の主張が、あらゆるチャンスを物にして未知の女と交わりたいという牡の本能と化合して、ぼくの心にしみこんできていた、ということだろう。

もちろんそれだけではなくて、自分もＡＶに出演して、由香の心の負い目を少しでも軽くしてやりたい、といった考えもあったのだけれど……。

結局ぼくは今度も、午後になってから仕事を放り出して、由香たちが撮影を行なっている、練馬《ねりま》の一軒家に車を向けた。

千野満が知り合いの口ききで、売りに出ているその庭付きの古い家を、スタジオ代わりに三日間だけ借り受けたのだ、という話だった。由香が千野から渡されていた、その家の所在地を示す地図を、ぼくも見ていた。地図にはその家の所番地も添えられていた。

ぼくは撮影隊への陣中見舞いのつもりで、ケーキと飲物を買っていくことも忘れなかった。そこに着いたのは二時過ぎだった。石塀をめぐらせた、古びているけど立派な門構えの家だった。売りに出されてから時間がたっているのか、庭は荒れていた。樹木の枝が伸びひろがり、草が生い茂っていた。和風の家屋も古くなって黒ずんだように見えた。

玄関には何足ものスニーカーや、つぶれたような革靴が、乱雑に脱ぎすてられていた。見覚えのある由香の紫色のナイキシューズだけが、きちんとそろえて隅に置いてあった。

玄関には人の姿はなかったが、奥で何人かの人の声がしていた。黙って入っていくわけにもいかなくて、声をかけようとしたときに、正面のドアが開いて思いがけなく由香が出てきた。赤いミニスカートに、グレイとピンクのスタジャンという姿で、手にたばこの箱とライターを持っていた。

由香は玄関に立っているぼくの姿を目にすると、出てきたドアを閉めてから、ほんとうにうれしそうな顔で駆け寄ってきた。ぼくも笑顔を返した。そのままぼくらは物も言わずに抱き合った。今すぐに黙ってここから由香を連れ出して、千野満プロダクションの連中の前から姿をくらましてしまいたい、という考えがぼくの頭をかすめた。

「やっぱり来てくれたんだ。ありがとう。うれしい……」

由香がぼくの肩に顔を埋《うず》めて言った。

「撮影は順調かい？」

ぼくは片手にケーキと飲物の袋をさげ、片手を由香の腰に回して言った。

「あたしはきょうはまだワンシーンだけしか撮ってないの。服の上から大学教授に軀をタッチされたり、エッチな写真とかを見せられたりするシーン……」

「おれが来たのがわかって出てきたわけじゃないよね」

「空気で周二が来たのを感じたのって言いたいところだけど、残念ながら偶然なのよ。今からホモちゃんたちのカラミのシーンがはじまるから、気持ちがわるくならないように、ひとりでたばこでも吸って気分を変えようと思って出てきたの」

「ホモのシーンを由香は教授に覗き見させられるんだったな」

「覗き見というよりも、モロにそばで眺めるらしいわよ。教授があたしに話して聞かせるいろんなパターンのセックスが、そのまんま画面にかぶさって出てくるという作りにするんだって。だからその場面に見物人みたいにしてあたしと教授が映っててもかまわないんだそうよ」

「本物のホモが出演するわけ？」

「そうなの。監督が知り合いのゲイバーの子を連れてきたの。若いほうのキャシーって呼ばれてる子は、手術しておっぱいを作ってるみたい。見たわけじゃないけどセーターの胸がふくらんでるもの」

「すげえなあ……」

「見てみたい？　ホモのシーン……」

「何となく……」

ぼくは好奇心に駆られていた。ぼくの返事を聞いて由香はちょっと笑った。

「監督に言えばよろこんで見せてくれると思うわよ。朝、顔を見るなり、船迫さんは来ないのかって、あたし訊かれたもん、監督に」

「これ、みんなの陣中見舞い。ケーキと飲物……」

ぼくは手にさげていた袋を由香に渡した。

「ありがとう。みんなよろこぶわ。奥に行こう」

「たばこは吸わなくていいのか？」

「あっちでも吸えるから……」

そう言って由香はぼくの手を取った。靴を脱ぎながら、ぼくは口もとを引き締めて自分に気合いを入れた。なんとも迂闊《うかつ》な話なんだけれども、そのときになってぼくははじめて、由香の相手役で出演する教授の役の男優と顔を合わせることになるのだ、と気がついたのだった。けれども、ぼくは怯《ひる》まなかった。ざわめき立ってくる気持ちを抑えた。抜けかかっている歯を自分の手で引き抜こうとするときのような、どこか自虐的な気持ちも胸の底で頭をもたげていた。

ぼくは由香に手を取られたままで、奥に行った。広くてがらんとしたウッドフロアーの部屋だった。千野満がまっ先にぼくの姿を目に留めて、大きな声をあげた。その声でそこにいたみんなが、一斉に入口に立ったぼくと由香に目を向けてきた。千野満は床のまん中にあぐらをかき、前に立っている二人の男にくわえたばこで何か説明をしているところだった。

「いやあ、よく来てくれましたね」

千野はそう言って立ち上がり、ぼくらの前にやってくると、両手でぼくと由香の肩を叩いた。渋谷のラヴホテルでの撮影のときに顔を合わせた覚えのあるスタッフたちが、ぼくに目顔で会釈《えしゃく》を送ってきた。

「お邪魔します……」

ぼくはその場にいるみんなを見回してそう言ってから、頭をさげた。女が二人いた。男はぼくと千野の他に六人いた。三人がスタッフだということは、覚えのある顔で見当がついた。中年の細面《ほそおもて》の、スーツ姿の男がいた。その男が由香の相手の教授役にちがいない、とぼくは思った。それほど感じのわるい男ではなかった。ぼくはその男と目が合ったのだけれども、顔に特別の表情が浮き出るようなことにはなっていなかったと思う。

「この人はあたしの友だちの船さん。あした出演してもらう飲尿マニアの社長とも船さんは知り合いなんだ。ＡＶの撮影に興味があるって船さんが言ってたんでね、あたしがよかったらいらっしゃいって呼んだんだ。よろしく頼みますよ」

そう言って千野がぼくをみんなに紹介した。千野はぼくの名前を〝船さん〟としか呼ばなかったし、ぼくと由香との関係についても何も触れなかった。ぼくはそれを千野の配慮と受け取った。そして、彼のそういう省略された紹介の仕方が、その場のぼくの気持ちをずいぶん楽にしてくれたのも事実だった。

「船さんから陣中見舞いのケーキと飲物をいただきました。ありがとうございます」

由香から紙袋を渡されたスタッフの一人が、大きな声でそう言った。

「ちょうどおやつの時間だな。じゃあケーキでコーヒーブレイクだ。それからつぎのシーンに行こう」

千野が言った。

部屋の隅に丸めてあった絨緞《じゆうたん》がひろげられ、外から持ち込まれてきたらしいソファセットが置かれて、撮影がはじまった。ソファセットのテーブルの上には、灰皿や週刊誌や缶ビールなどが置かれた。二人の男がソファに並んで腰をおろすと、千野が声をかけ、カチンコが鳴らされ、カメラが回りはじめた。

ソファの周りを照らしている照明の明りのせいで、部屋の四隅はほの暗くなっていた。庭に面しているガラス戸は、カーテンが引かれ、雨戸が閉まったままだった。ぼくは部屋の入口に近いところに腰をおろしていた。由香とスーツ姿の中年男は、床にあぐらをかいた千野のうしろに並んで立っていた。

ソファに坐っている二人には、科白は用意されていないようだった。調教師の話の中のシーンという設定なので、無言劇のようにして事が進むほうがよいのだ、と千野は考えていたのだろう。

カメラが回りはじめると、二十歳をいくらも出ていないような感じの若いほうの男がテーブルの上の缶ビールのプルトップを抜いた。相手役はぼくと同じぐらいの年に見えた。

事はあっという間にはじまった。二人は抱き合って何回か短いキスをくり返した。どうやらビールを口移しに飲ませ合っているようだった。それから年嵩《としかさ》の男が立ち上がり、着ていたトレーナーを脱いだ。若いほうの男がその前に膝を突き、相手のズボンとトランクスをするするとおろして脱がせた。そのときはもう若いほうの男は、むき出しにされた相手のペニスに唇をかぶせていた。ペニスは重そうに垂れさがった状態だった。

裸になった男はソファに腰をおろすと、フェラチオをしている相手の軀をはさむようにしてひろげた脚を床に投げ出し、上体をうしろに倒した。

「はい。ここで処女と教授に入ってもらいましょう……」

千野が言った。スーツの男が由香の肩に腕を回して進んでいき、ソファの横に並んで立った。それが合図だったのか、フェラチオをしていた男が顔を起こしてゆっくりと立ち上がり、はいていたジーパンを脱いだ。彼がジーパンの下にはいていたのは、ピンク色の女物のパンティだった。パンティの前の部分は、勃起したペニスの形をはっきりと示して、大きく盛りあがっていた。ソファに腰をおろしている男のペニスも、完全に勃起して鋭い仰角を保っていた。

ソファの男が上体を前に傾けて、ピンクのパンティの上から相手のペニスに舌を這わせた。彼の手はそのパンティをゆっくりと脱がせにかかり、立っているほうの男は着ていたセーターを脱ぎはじめた。まくりあげられたセーターの下からは、乳房と呼ぶしかない二つのふくらみが現われた。ぼくは由香から聞いていたので、予想はしていたけれども、それを実際に目にしたときは、やっぱり思わず唾を呑みこみたくなった。

彼の胸を飾っている小ぶりの乳房は、つややかに光っていて、どこにもたるみなど見られず、さわれば固そうに思われた。彼のピンクのパンティはすでに、相手の男の手で脱がされていた。セーターも床に落とされた。そうやって、立派な乳房と雄々しいペニスとを兼ね備えたものの姿が、ぼくの正面に現われたのだった。異様で珍奇でどこか妖しいその姿に、ぼくは目を奪われた。当の本人はしかし、その異様さを気にするようすも見せずに、口もとに微笑を漂《ただよ》わせ、女っぽい仕種で顔にかかった髪を手でかき上げると、なよなよとした腰つきでしゃがみこみ、そのまま絨緞の上に仰向けに軀を伸ばした。

相手の男も寄り添う形になって横たわった。それからしばらくの間、二人は男と女の間で行なわれるのと変わらない愛撫を交わした。変わっているのは女の性器が占めるべき部位に、堂々たる姿のペニスがあることだけだった。そのペニスと乳房が、相手の男によって同時に愛撫された。乳首を舌でころがされたり、乳房を揉《も》まれたりするたびに、その持ち主は悩ましげな声をあげて身をよじった。そして彼のほうも手で相手のペニスをまさぐっているのだった。

「不思議だろう、きみ。こういうセックスもあるんだよ。目をそらしちゃいけない。よく見ておくんだ」

教授役の男が、処女の女子大生役の由香に顔を寄せて言うのが聴こえた。由香は絨緞の上でくりひろげられている異様な光景に目を向けたままでうなずいた。由香のその目が遠慮のない好奇心で輝いているように、ぼくには見えた。それは演技ではないのかもしれない、とぼくは思った。教授役の男優は科白をつづけた。

「人間の性行為は千差万別でね。そりゃもう奥の深いものなんだよ。人それぞれが性的アイデンティティーを持ってるのさ。自分の性のアイデンティティーを自覚して、それに忠実になってはじめて、人は自由になれるんだからね。ホモだってレズだってサドマゾだって、何も恥じることはない。セックスに快楽を求めるのは人間の特性なんだから……」

その科白が千野満の性哲学から生み出されたものであることは、言うまでもない。

絨緞の上のカップルは、軀を横向きにしてシックスナインの体位に替わり、相互フェラチオをはじめていた。二人ともなかなか巧《たく》みな技を見せた。狂おしげでもあった。ときおり唾をすするような音や、こらえかねたような喘ぎ声がもれてきた。

そのうちに、年嵩のほうの男が軀を起こして、相手を抱き起こした。床に坐ったままの姿勢で短いキスが交わされると、乳房の持ち主のほうがうつ伏せになり、床に突いた膝を開いて高く腰を上げた。華奢《きやしや》な臀部が突き出された。その尻をうしろに回った男が引き寄せ、手を添えたペニスに唾液を塗りつけた。ぼくは息を詰めてなりゆきを見守った。由香も息を呑んだような面持ちで、ライトを浴びている二人を見つめていた。教授役の男のほうは、演技なのかどうかわからないような、ニヤついた顔を見せていた。

挿入はスムーズに行なわれた。迎え入れた男のほうが声をあげて腰を振った。媚《こ》びているようなところも見えた。そしてピストン運動が開始された。年嵩の男は手を伸ばして相手の乳房を揉み立てたり、ペニスを手でしごいてやったりしていた。

その姿は、由香とアナル性交をするときのぼく自身の姿と、少しも変わらなかった。ペニスの代わりに、そのときのぼくは、由香のクリトリスを指で刺激する。そこだけの違いなのだ。だからぼくは、アナルとペニスとの相関関係をそこだけに限局して考えた場合に、相手が男であるのと女であるのとでは、そこにいったいどんな違いがあるのだろうか、というような、なんだかアナーキーぽいことを考えてしまって、わけがわからなくなり、そのシーンの撮影が終わったときは頭が痛くなっていた。

26

翌日もぼくは仕事をさぼって、午後から練馬の撮影現場に行った。

どうしても気持ちと足がそこに向いていってしまうのだった。そこは言ってみれば破廉恥なひどいことが、ビジネスとして行なわれている場所だった。同時にそこは、マゾヒストの社長のような人々にとっては、抑えられない自分の秘密の性の欲求を満たすための場所にもなっている。

ぼくは、そういう場所にいる由香のそばに、少しでもたくさんいてやりたい、という気持ちになっていた。破廉恥でひどいことが行なわれたり、千野満の言い方をまねれば、マゾヒストの社長がひそかに〝性的自我の解放〟を求めてやってきたりするその場所自体に、ぼく自身ももちろん強く心を惹《ひ》かれていたのだ。

その日の陣中見舞いは飲物とシュークリームを選んだ。ぼくが行ったときは、社長の出番が終わって、もうすぐレズビアンのシーンの撮影がはじまろうとしていた。由香はきのうと同じのミニスカートにスタジャンという恰好で、ぼくのところにやってきた。ぼくらはことばは交わさなかったが、笑顔でうなずき合った。カメラマンと話をしていた千野が、ぼくに向かって手を上げて、声を投げてきた。部屋の奥で教授役の男優が、立ったまで自分の目に目薬をさしていた。うまく入らないらしくて、目をこすってはさし直すということをくり返していた。

ホームレスの扮装から自前のスーツ姿に戻っていたマゾヒストの社長が、笑顔でぼくに声をかけてきた。

「この前はご馳走さまでした。どうでしたか、撮影は。うまくいきましたか？」

「おかげさまでね。たっぷり頂戴しましたよ。二人もです。あちらのお嬢さんたちにね」

そう言って社長が目を送った先に、二人の若い女がいた。二人ともバスローブをまとって、壁の前に置かれたセミダブルのベッドの端に並んで腰をおろしていた。レズビアンのシーンに出演する女優たちだった。

「そりゃよかったですね」

ぼくはごく自然な気持ちでそう言った。二人の女のおしっこが飲めたと言って満足そうにしている社長のようすにも、どこといってぎこちないところはなかった。

「あなたはきのうもここに来たんでしょう。監督に聞きました」

社長が言った。ぼくはうなずいた。

「きのうはとても貴重なものを見ました」

「そうらしいですね。両性具有でしょう。わたしも見てみたかったな。どうでした？　不快感はなかったでしょう？」

「びっくりはしましたけど、ホモのシーンも気持ちがわるいとは思わなかったんです。妖しい感じがするだけで、これもひとつのセックスのあり方なんだろうなって、何だか納得して見てましたね」

「それが自然だと思います。納得すべきですね。セックスには排斥されなきゃならないことは何ひとつないし、排斥する理由だってないはずです。本来はね……」

社長の口調はどことなく決然としていた。二人の女のおしっこを飲んだ後なので、気持ちが高揚していたせいかもしれない。ぼくは社長のその気持ちがよくわかるような気がした。マゾヒストの社長にとっては、セックスのすべてがあからさまにさらけ出されることになるＡＶの撮影現場は、いっとき幻のように出現してすぐ消えていく自由の楽土のようなものに思えるのかもしれない、とぼくは考えた。

そしてぼく自身も、性に対するさまざまなこだわりや重荷から自由になることを求めて、その楽土に足を運んできているのかもしれない、と思った。

レズビアンのシーンは、オナニーからはじまった。その途中にもう一人の女が現われて、同性愛の場面に替わる、という筋立てになっていたのだ。

ベッドの置かれたコーナーが、小道具で寝室ふうにしつらえられていた。壁に絵がかけられ、枕もとのテーブルには電気スタンドや灰皿なども置かれていた。そのテーブルの上には、ハンドバッグほどの大きさのバスケットも置いてあった。その中にオナニーに使ういくつかの品物が入っていることが、やがてぼくにもわかった。

バスローブをまとった髪の長い女が、一人でベッドに上がるとすぐに、撮影がはじまった。女はベッドのヘッドボードに背中をもたせかけ、脚を前に投げ出してたばこに火をつけた。たばこを二、三服するうちに、女の片手がバスローブの胸にさし入れられた。その手で女は乳房を静かにさすっているようすだった。

前の日のホモのシーンの撮影と同様に、事はもったいぶるところなどなしに、テンポよく進められた。乳房をさする手の動きはすぐに大きくなり、その手でバスローブの胸元がはだけられ、女は目を閉じ、首をのけぞらせて、悩ましげな吐息をもらしはじめた。前に伸ばされている脚もゆるく開き、膝が曲げられたり伸ばされたりしていた。

いくらも吸わないうちにたばこは灰皿の上に置かれて、空いた手がバスローブの上から股間に伸びていき、性器をわしづかみにするような恰好を見せた。つづいてすぐにバスローブのベルトが解かれて、あっという間に女は全裸に替わった。

女は眉を寄せた顔で喘ぎながら、左手で乳房を揉み、指で乳首をそそり立てようとするかのようにつまみ上げ、右手の中指でクリトリスのあたりをこすりつづけた。そうしながら、彼女はときおり閉じていた目を開け、ベッドのヘッドボードに預けた頭をもたげて、裸の自分の全身や、両手がしていることを眺めた。

女が両膝を立てて開くと、ぼくの正面に彼女の股間が見えた。腰がゆらめいていた。女の右手の下から少しだけ陰毛がのぞいていた。彼女の指先は浅くクレバスに埋まったままで、たゆたうかのようにひっそりとうごめいていた。

その手の動きが小刻みに速くなり、女の口からはじめて甘い声がもれたときに、由香と教授役の男優が進み出てきて、ベッドのすぐ横に並んで立った。教授はそのときも由香の肩に腕を回していた。二人が科白のやりとりをはじめた。

「かわいいね、オナニーをしているときの女性は……。ほんとにかわいい。淫らな天使ってとこだな。そう思わないかね、きみは」

「恥ずかしいわ」

由香が言って目を伏せると、教授が由香の顎《あご》に手をかけて顔を上げさせた。

「恥ずかしいことなんかないさ。きみもオナニーするんだろう？」

「そんな……先生……」

「正直に言いなさい。セックスのことはみんな正直でなければいけないんです」

「はい。ときどきします……」

「気持ちがいいだろう。軀が甘くとろけていくような気がするだろう」

「はい……」

「ほんとうのセックスはもっとすばらしいんだよ。骨までとろけるようなその味を、ぼくがきみに教えてあげるからね」

教授役の男は言いながら、肩に置いた手で由香のスタジャンの背中を撫でていた。ぼくにはその手が今にもヒップに移され、つぎにはミニスカートの裾から中にさし入れられていくのではないか、と思えた。ぼくは波立ってくる気持ちをぐっと抑えて、ベッドの上の女に目を移した。

女はクレバスに添って下にすべらせた指で、膣口をまさぐった。そのあたりは湧き出た体液で濡《ぬ》れて、うすく光っていた。女の指もすぐに濡れた。その指はふたたびゆっくりとクレバスを溯《さかのぼ》っていった。指が小陰唇を押し分けるのが見えた。クリトリスは頭頂のところだけが露出していた。女はそこに濡れた指を引き戻すと、また細い声を放って腰をゆすり、腹をふるわせた。

やがて女は道具を使いはじめた。はじめにバスケットの中から取り出されたのはヘアブラシだった。女はそれで乳首をそっと撫でたり、乳房や性器を軽く叩いたり、ブラシの柄でクリトリスをこすったり、それを膣内に押し入れたりした。そのころになると、彼女の悶えぶりや放たれる声が、必ずしもカメラを意識した演技だとは思えなくなっていた。

ブラシのつぎにはコーラの瓶《びん》が使われた。瓶ははじめは口のほうから体内に挿入された。それを右手で出し入れしながら、彼女ははげしい喘ぎ声をあげて、ブラシで乳首をこすり立てていた。そのうちに後背位の姿勢に替わって、高く臀部を持ちあげると、彼女はコーラの瓶を底のほうから自分の軀の中に納めていった。押し分け、こねまわすようにして、薄緑色のガラスの瓶がそこに入っていくところを、ぼくは頭を熱くして見入った。ぼくは勃起していたのだけれども、そんなことは少しも気にならなかった。

教授役の男優はいつのまにか、うしろから由香の腰を抱いていた。彼のスーツのズボンの前は、ミニスカートに包まれた由香のヒップに密着していた。奴のペニスが勃起していれば、それが由香にも感じとれるにちがいない、とぼくは思った。そのことはとても気になった。由香の腰を抱いている奴の手が、あと数センチ下に伸びれば、ミニスカートの上からは彼女の性器に触れられそうな位置にあることも、ぼくは気が気じゃなかった。

けれどもぼくは、部屋からとび出そうと思わなかったし、由香を男優の腕の中から引き離して、ホテルに連れて帰ろうとも思わなかった。ぼくは耐えることだけを考えていた。心の中に湧きあがってくる黒い嵐をやりすごすことだけを自分に命じた。由香と教授役との間でどんなことがなされようと、それは由香の肉体の上に起きることであって、彼女の心の外側の出来事なのだ、とぼくは自分に言い聞かせた。由香のほうに目をやらないように心がけることもした。

心の中の嵐を圧《お》し鎮める上で、オナニーに熱中している女の姿が役立ったことも、率直にぼくは認める。ベッドの上の光景が、ぼくの足をその場に釘づけにしていたことも確かなのだから。

女は抜き取ったコーラの瓶を両手に持って、フェラチオのまねをしたり、それを乳房に押しつけたりした。それから瓶を放り出すと、今度はバスケットの中からオトナノオモチャを取り出した。電動のバイブレーターを仕込んだ黒いペニスの形をしたもので、根元に近いところから二本の短い枝のようなものが伸び出していた。

女はふたたびうつ伏せになると、尻を高く上げた。ぼくはペニス型のバイブレーターに二本の枝が伸びているわけを、やがて理解した。後背位の姿勢で女が人造のペニスを膣の中に納めると、枝の一本の先端がぴたりと彼女のアナルのくぼみに当たった。そしてもう一本の枝の先端は、どうやらクリトリスに触れているようすだった。

虫の羽音のようなモーターの音がひびき、アナルのくぼみのところで枝の先がふるえ、女の添えた手の中で、人造ペニスの根元がゆっくりとうねるように動いているのが見えた。そのうちに女は、アナルのところでふるえている枝の先を、そこに手で埋め込んだ。

その途端に女は狂ったような声をあげはじめ、いくらもたたないうちにシーツの海を泳ぐようにしてのたうちながら果てていった。果てていったにちがいないと思えた。

それを待っていたかのようにして、もう一人の女がライトの中に進み出てきた。その女は裸の軀に赤いバスタオルを巻いていた。風呂上がりという設定だったのかもしれない。

その女は果てたばかりの女を見おろして、にっこりと笑った。彼女はベッドに上がり、横坐りになって、そこにうつ伏せになっている女の背中を手で撫でた。屈みこんで襟足《えりあし》や背中にキスをした。うつ伏せの女の内股のところでは、抜け落ちた黒い人造ペニスが、まだモーターの音を立ててさかんに首を振り立てていた。バスタオルの女がそれを手に取って、果てたばかりの女の背中やヒップの上をすべらせるようにして撫でまわした。

人造ペニスで軀を撫でられると、彼女はすぐにゆっくりと寝返りを打ち、仰向けになった。バスタオルの女はまだ濡れて光っている人造ペニスを、思わせぶりな手つきで自分の口もとに持っていって、唇をかぶせた。それを見てもう一人の女が声を立てずに笑った。

それがレズビアンのシーンのはじまりのきっかけになっていたようだった。仰向けになっていた女が起きあがり、相手の口から人造ペニスを引き抜いて奪い取り、スイッチを切ってベッドの上に放り出した。その手が相手の軀に巻きつけられたバスタオルをはずし、大きな乳房とくびれた腰をむき出しにした。

唇を求めていったのは、バスタオルをはずされた女のほうだった。二人は坐った姿勢のままで抱き合った。唇が吸い合われた。寄せ合った唇の間で、二人の舌がじゃれ合うように躍るのが見えた。大きな乳房と、それほど大きくない乳房が、揉み合うようにして一つになり、はずんでいた。

オナニーをした女がすぐに、唇を重ねたままで、軀ごと相手を押すようにしながら、仰向けにさせた。二人の軀が上下に重なった。上になった女の内股の奥で、二人の性器が重なり合い、陰毛がもつれ合っているのがのぞけた。

ぼくの目の端で、由香の軀が揺れていた。ぼくは由香のほうに目をやった。それを待ってでもいたように、教授役の男優が科白を口にしはじめた。

「きみは処女だけど、レズの経験ぐらいはあるんじゃないのかね」

「ありません……」

由香は少し喉に詰まったような声で答えた。男優はうしろから回した手で、由香の乳房をスタジャンの上からさわっていた。もうひとつの彼の手は、ミニスカートの股間に押し当てられていた。由香の軀が揺れているのはそのせいだった。その揺れ方は、男優の手から逃れようとするための動きではなくて、湧きあがってくる疼きのせいのように見えた。

ぼくはそれを、由香が千野から求められている演技なのだと考えた。そう考えるのが当然というべきだった。けれどもぼくの頭の中では、巨大なドリルが唸っているような音が鳴りひびいた。心臓を乱打されている気がした。ぼくの目は嫉妬で塗りつぶされていたかもしれない。ぼくはしかし、その嵐にも耐えた。目をつぶろうとは思わなかった。嵐の只中というべきその場に、自分が立ちつづけていることに意味があるのだ、と思いつづけた。こだわりを捨てて自由になれば、必ず新しい愛が生まれるのだ、という千野満の熱っぽい声が、どこからともなく聴こえてくる気がした。

ベッドの上では、クンニリングスがはじまっていた。奉仕をしているのはオナニーで果てたほうの女だった。彼女は仰向けになった女の膝の間に坐り、両手で相手のクレバスを押し分けて、舌を使っていた。浮かせた彼女のヒップの陰に、陰毛をまとわりつかせている性器が見えた。クンニリングスを受けている女のほうは、いくらか芝居が過ぎる感じの喘ぎ声をあげ、両手で自分の豊かな乳房を揉みしだいたり、指先で二つの乳首をつねり上げたりしながら、腰をさかんにうねらせていた。

クンニリングスが終わると、二人は互い違いに脚を交差させて、性器と性器を密着させるという体位を取った。そして互いに相手の脚を胸に抱えこんで、はげしく腰を振り立てはじめた。そうやって性器をこすり合わせ、クリトリスに摩擦を呼びこんで快感を生み出していたのだろう。二人のようすは、演技を離れてほんとうに興奮しているにちがいないと思えるものに変わっていた。彼女たちは腰をはずませながら、胸に抱えこんだ相手の脚に乳房を押しつけたり、その脚に舌や唇を押しあてたり、足の指を舐めたりしていた。

やがてそれも終わって、今度は二人はシックスナインの形を取った。上になったのはあとから登場した女のほうだった。彼女は肘《ひじ》で相手の内股を押しひろげて、クンニリングスをはじめた。彼女が使ったのは舌だけではなかった。クンニリングスをしながら、彼女はコーラの瓶を底のほうから相手の中に入れた。

オトナノオモチャは、下になってクンニリングスを受けているほうの女の手ににぎられていた。彼女はそれを相手の女の中に納めた。アナルにも枝の先が埋めこまれた。二人の女の乱れた声がひとつになって、ぼくの耳を襲ってきた。声の一つはくぐもっていた。

ぼくは由香のほうに目をやった。そして目まいを覚えた。腰をおろしている板張りの床が、グラリと揺れて傾いた気がした。

由香のうしろに立っている男優は、ズボンの前を開けて勃起したペニスを露出させていた。うしろに回された由香の手が、そのペニスをにぎって、ゆっくりとしごいていた。奴の片手はスタジャンの裾からさし入れられて、由香の胸に伸びていた。その手はセーターもくぐり抜けて、じかに乳房を揉んでいるにちがいなかった。奴のもうひとつの手は、由香のウエストのところからミニスカートの下に入れられていた。

ぼくは息が詰まった。口の中は焼けた石のように渇ききっていた。軀がふるえた。奴の手で揉み立てられてはずんでいる由香の乳房。指先で撫でられて躍る硬くなった乳首。奴の指先で掻き分けられる由香の陰毛。押し分けられるクレバス。探り当てられてふくらんでいるクリトリス――そういうものが現実に目にしているものさながらに、生なましく脳裡に浮かんできた。

「どうですか？」

不意に耳もとでささやく声が聴こえた。目をやると、ぼくの肩のところに千野満の表情を引き緊《し》めた顔があった。千野がいつそこにやってきたのか、ぼくはまったく気がつかなかった。彼はずっと前からそうしていたかのように、ぼくの横にしゃがんでいた。

「どうって、何がですか？」

咄嗟《とっさ》のことで、ぼくは千野が何のことを言っているのかわからなかった。千野は由香のほうに視線を送って見せてから言った。

「彼女、懸命にがんばってますよ。あなたにもがんばってほしいな」

「わかってますよ」

「がんばれそうですか？」

「なんとかね……」

ぼくは声を絞り出すような思いで答えた。千野は無言でうなずき、励ますような感じでぼくの肩を叩くと、そっと元の場所に戻っていった。由香はまだ男優のペニスをしごきつづけていた。男優の手は由香のスタジャンとミニスカートの下で、淫らな動きを見せていた。そのことに耐えて、嫉妬や性的独占欲を乗り越えるためにがんばれ、と千野はわざわざ言いにきたのだ。

そう言われると、がんばらなければと思い、がんばることは正しいのだ、という考えが力を増し、がんばって見せるぞ、といった気持ちが生まれてくるのだった。そしてぼくは、千野のお節介を恨むべきなのか、それともそれに感謝すべきなのか、わからなくなってしまうのだった。

その夜もぼくはホテルで由香にやさしく接してやることができた。丹念で静かで濃《こま》やかな愛撫と交接で、彼女の撮影での垢を落としてやった。

その間にも、撮影現場で目にした由香と教授役の男優との淫らなシーンが、何度となくぼくの脳裡に甦ってきた。レズビアンの場面のあとで、由香は教授役の男優の見ている前でオナニーをした。教授役の男優は、性感帯を教示してやるという設定のもとに、由香の躯のいたるところにわが物顔で手を伸ばしていた。その日は二人のホンバンの場面の撮影は行なわれなかったけれども、〝調教〟は処女の女子大生が教授にフェラチオを仕込まれる、というところまで進んだ。

けれどもそうした場面の記憶が、以前のようにぼくの情欲を暗くて狂おしいものに捻じ曲げていく、ということはもう起きてこなかった。それがぼく自身の中に実を結んだ涙ぐましい変革の賜物《たまもの》なのか、それとも単なる馴れや諦めのせいなのか、よくはわからなかった。ただ、ぼくの腕の中で切なそうに身悶えながら快楽の高みに昇りつめていく由香が、AVのアルバイト女優の沢えりかとは別人なのだという思いを、ぼくは自分の甘美な陶酔の中で実感することはできた。

その実感をよりいっそう確固たるものにしたい、もっと高いハードルをクリアしたい、といった思いに駆られて、ぼくは撮影の最終日に当たるつぎの日は、会社を休んで朝から由香と一緒に練馬の一軒家に出かけていったのだった。

27

愛する女と顔をそろえてAVの撮影現場に平然と姿を現わしたり、その女のセックスシーンの撮影に立ち合ったりする男は、滅多にいないのではないだろうか。人に何と言われようと、ぼくはそのことをひそかに誇りに思いたい。

最終日の撮影は三人プレーの場面からはじまった。部屋もウッドフロアーの洋間から、八畳の畳の部屋に替わった。床の間のある部屋だった。そこにはもっともらしく掛軸が掛けられ、花が飾られた。ピンクの花柄の布団《ふとん》も敷かれた。

男優の一人は、引き緊まった小柄な軀つきの、まだ高校生のような稚《おさ》なさを顔に残している若い男だった。もう一人は頭をつるつるに剃っている強面《こわもて》の顔立ちの、太った中年男だった。その二人の相手をしたのは、前日のレズビアンの場面に登場していた、乳房の大きな女優だった。

最初は若いほうの男優と女優の、二人だけのシーンからはじまった。素裸のままの男優が布団に仰向けになり、赤い肌襦袢《じゅばん》一枚を着た女優がその横にしどけない姿で坐ると、千野満が声をかけて、カメラが回りはじめた。

女優が上からかがみこむようにして、相手に唇を重ね、彼のペニスに手を伸ばした。ペニスはまだ勃起していなかった。唇を離すと、女優は片方の乳房を襦袢の胸から出して、自分から男に乳首を吸わせにいった。男は大きな乳房を手で揉みながら、音を立てて乳首を吸った。女優の手の中で、彼のペニスが勃起をはじめていた。

つぎに女は少しの間だけフェラチオをした。とても迫力に満ちたフェラチオだった。若い男優のペニスは決して短小なものではなかったけれども、彼女はそれを唇でたくし込むようにして、何度もほとんど根元近くまでくわえて見せた。彼女の舌は貪《むさぼ》るような感じで、見るからに淫らに動いていた。

それが終わると、彼女は自分で肌襦袢の裾をめくり、仰向けに横たわると高々と腰を持ち上げた。男優が彼女の膝の間に頭を差し入れて、彼女の性器を覗き込んだ。女優は自分の両手を使って陰毛を掻き分け、クレバスを大きく開いて見せた。男優のほうは何もしないで、目の前に差し出されたものを黙って眺めているだけだった。クレバスを分けている女の指の一つが、すっかり露頭しているクリトリスを、静かに撫で回していた。どうやら女が経験の浅い若い男をリードし、性器を見せて彼の好奇心を刺激している、といったシチュエイションかと思われた。

そうしているところに、スキンヘッドの男優が登場してきた。彼は浴衣の裾をからげ、袖をまくった姿で現われたのだが、布団の横に立つとすぐにその浴衣を脱ぎ捨てた。全裸になった彼のペニスは、すでに隆々とした姿になっていた。獰猛《どうもう》に見えるくらいに大きなペニスだったので、ぼくは思わず目を見張った。

男はあぐらをかき、仰向けになっている女優の頭を引き寄せて、巨大な亀頭を彼女の口もとに押しつけると、乳房をわしづかみにした。男の指の間から頭を出している乳首が、まるで苦しまぎれに首を振っているかのように見えた。女優は首を窮屈そうに曲げたままで、突きつけられていた巨根に舌を這わせ、つづいてそれを頬張り、喘ぎ声をあげた。同時に若い男優のほうが観察を止めてクンニリングスに移った。由香がぼくのところにやってきたのはそのときだった。

部屋の壁を伝《つた》うようにして、近づいてきた由香は、ぼくの横にしゃがむと、耳に口をつけてささやいた。

「監督がね、このシーンに周二が出る気はないか訊いてこいって言ったの」

ぼくはすぐには返事ができなかった。黙ったままで由香の顔に目を向けた。由香は短い間だけぼくと目を合わせて、すぐに顔を伏せた。由香は子供が困ったときに浮かべるような、頼りなげな、どこか哀しげな、けれども無理に笑って見せようとしているような、そんな顔になっていた。

千野満がそういうことを言い出すのを、ぼくはまったく予想していなかったわけではない。それは由香だって同じだったと思う。けれども、撮影に入ってから毎日ぼくは千野とは顔を合わせていたのに、ぼくのAV出演の話は一度も彼の口から出ていなかった。だからぼくとしてはその話はそれっきりで終わったものだというふうに、何となく考えていたのだ。

千野はしかし、それを忘れていたわけではなかったのだろう。前の日に千野が撮影を見物しているぼくの横に来て『あなたにもがんばってほしいな』と言ったのを、ぼくは思い出した。そのときは由香はカメラの前で教授役の男優のペニスをにぎり、奴に乳房と性器をさわられていた。あのときの千野満のことばの中には、ぼくにもがんばってAVに出てほしい、といった意味もこめられていたのかもしれない、といったこともぼくの頭に浮かんできた。

それからまた、千野が由香を使ってぼくの出演を打診してきたのは、実験の意味もあってのことではないのか、ということもぼくは考えた。そういうことを当事者であるぼくと由香がじかに話し合うというのは、いかにも千野が考え出しそうな実験のやり方だ、と思えた。

そうやって短い間にいろんなことが頭の中を駆けめぐるうちに、目の前でくりひろげられている三人プレーの中に自分が飛び入りすることへの抵抗感はうすれていった。たいしたことじゃないじゃないか、と思えてきた。由香が教授役の男優とホンバンをやる場面を見ることにくらべたら、どうってことはない、という気もした。三人プレーを見ているうちに高じてきた淫らな欲望が、ぼくをそそのかしたのも事実だった。

「おれが出るのは由香はいやじゃないか？」

ぼくが由香の耳にそうささやいたのは、いわば社交辞令のようなものだった。ぼくの心はすでにほとんど決まりかけていたのだから。

「いやじゃない。だって、こんなものを見てれば、周二はしたくなるでしょう」

「そりゃね……」

「出してしておいでよ。そのほうがあたしも気が軽くなるから」

それでぼくらのささやき声のやりとりは終わった。ぼくがうなずくと、由香は何だか肩の荷を下ろしたような笑顔を見せて、千野のところに戻っていった。千野は由香からぼくの返事を聞いて、こっちに手を上げて見せた。

ぼくの最後の迷いを追い払ってくれたのは、結局は由香のことばだった。三人プレーで刺激された欲望を、飛び入りで満たしてくればいいじゃないか、と由香は言った。ぼくが出演すれば、男優とのホンバンを控えている自分の気持ちが軽くなる、とも由香は言った。由香はぼくに寛容を与え、彼女自身も同じものをぼくに求めているのだ、とぼくは思った。ぼくらはすでに立派に、常識と呼ばれているものの枠を大きく踏み越えていたことになる。

　ぼくは立ち上がって、千野のところに行った。由香はすでに、教授役の男優に肩を抱かれて、カメラの前に立っていた。ぼくは千野にどんなふうにすればいいのか、とたずねた。

「お願いするのはドーランのメイクアップだけです。あとはもう好きなようにやってください。出てる連中にはあなたが飛び入りするかもしれないということは言ってありますからね。なるべく顔は映さないようにします」

　千野が言った。スタッフの一人が廊下にぼくを連れ出して、顔にドーランを塗ってくれた。ぼくはそのとき、由香の第一作目のヴィデオを宅急便で送りつけてきた、いまだに正体不明のままの〈中国守〉という人間のことを思い出した。〈中国守〉が今度の由香のAVを見れば、そこにぼくも出演していることに気づいて、腰を抜かすかもしれない、と思った。ぼくにはそれがとても痛快なことに思えた。

　メイクアップがすむと、ぼくはトランクス一枚の姿になって千野のところに行った。

「顔が映っても平気だから、遠慮なしに撮ってもいいですよ」

　そう言って、ぼくはライトの中に入っていった。教授役の男優が、由香の肩を抱いたままで科白を吐いていたけれども、それはぼくの耳には入らなかった。ぼくは三人プレーに刺激されて興奮もしていたけれども、同時にどこか破壊的な感じも潜んでいるような精神の高揚を覚えていたのだ。とにかくものすごく気合いが入っていた。

布団の上では、すさまじい光景が進行していた。女は仰向けになったスキンヘッドの男優の顔面にうしろ向きになった尻を据えていた。若い男はスキンヘッドの男の腰をまたいで女の前に立っていた。その男はペニスを女の胸の谷間に埋めて、自分の手で寄せ合った大きな乳房を揉み立てながら、ゆっくりと腰を動かしていた。女は乳房の谷間から顔を出している亀頭に舌を這わせながら、スキンヘッドの男優のペニスを手でしごいていた。

ぼくが寄っていくと、女はいきなり手を伸ばしてきて、トランクスの上からぼくのペニスをつかんだ。女はぼくのトランクスを引きおろすと、前に立っている男優の手を取って、横に移動させた。ぼくと若い男優は、スキンヘッドの顔にまたがってクンニリングスを受けている女をはさんで両側から向き合った。女は両手でぼくと若い男のペニスをつかんでいた。そして彼女は両手のペニスに交互にフェラチオをしはじめた。若い男優がぼくに向かって笑顔を向けてきた。ずっと前から知り合いだったかのような、自然な笑顔だった。ぼくは重そうに揺れている女の乳房に手を押し当てたままで、彼に笑顔を返した。けれどもぼくは彼のようには自然に笑うことはできなかった。

それまでに味わったことのないような、圧倒的な興奮のために、ぼくの頭は割れそうになっていた。脳味噌が全部焼けただれた熔岩のようになってたぎり立っているようだった。ぼくはカメラが回っていることも忘れていた。前の日と同じように、由香がズボンの前からとび出している教授役の男優のペニスをしごいているのが目に入った。

男優のほうは由香のセーターを首までまくりあげて、あらわにされた乳房を揉みしだいていた。ミニスカートもすっかりたくし上げられ、パンティとパンストは膝のところまで下げられていた。そうやってむきだしにされた由香の性器を、男優の指が大きく押し分けていた。そうした光景も、ぼくにはフィルターがかかってぼんやりとかすんだ映像のように、生なましさを失って見えた。由香の顔には軀の疼きが現われていた。それは演技だったのかもしれないけれど、ぼくの顔に現われていたのは、言うまでもなく本物の興奮の表情だった。

ぼくは仰向けに替わった女に目で誘われて、クンニリングスもした。近くで目にした女のクリトリスがとても大きなことと、小陰唇が舌にまとわりつくほどの発達を見せていることにおどろいたのを覚えている。それもぼくの興奮を煽《あお》り立ててきた。ぼくが女の内股に顔を埋めると、彼女は若い男優の膝に顔を乗せて、彼にフェラチオをしはじめた。そしてすぐにスキンヘッドの男優が、彼女の胸にまたがった。スキンヘッドの男は、大きな乳房の間にあの巨根を埋めて楽しんでいるにちがいない、とぼくは思った。

最初に女の中に入ったのはぼくだった。それも彼女がぼくの手を取って誘ってくれたのだ。後背位の姿勢でぼくを受け入れた女は、前に回ったスキンヘッドの巨根を口に受けていた。若い男は彼女の軀の横にあぐらをかいて、乳房とクリトリスに刺激を送っていた。

ぼくは悲鳴のような声をあげたかもしれない。そんな気がするのだ。果てていくときのことはあまりよく覚えていない。ぼくの頭は提灯《ちょうちん》のように空っぽになっていた。

ぼくが女から離れるとすぐに、スキンヘッドの男が仰向けになり、女が彼の腰にまたがった。すると若い男が横から手を伸ばして、スキンヘッドの巨根をにぎり、もうひとつの手で女の膣口を探りながら、二人の軀をつながせた。女は高い声を放って、浮かした腰を少しずつ沈めていって、スキンヘッドに胸を重ねた。

若い男のほうは、女の腰を抱えるような恰好で中腰になると、彼女のアナルに巧みにペニスを挿入した。ぼくがぼんやりとしたままで、それを眺めていると、二人の男を同時に受け入れた女が、乱れきった声を上げながら、手を伸ばしてまたぼくのペニスをつかんだ。さらに彼女は首を伸ばしてきて、ぼくのペニスを唇で捉えようとする構えを示した。ぼくは何も考えずに、スキンヘッドの男の肩に横からおおいかぶさるようにして、腰を突き出した。

力を失いかけていたぼくのペニスは、女の唇と舌につつまれて、すぐにまた勃起しはじめた。少しだけ離れた場所では、由香が大きく腰を開いて立ったままの姿で、教授役の男優のクンニリングスを受けていた。ぼくと目が合って、由香が眉を寄せたままの顔で、何回か首をゆっくりと横に振った。それがどういう意味なのかはよくわからないままに、ぼくも同じようにして首を振って見せた。ぼくは、こんなことは何でもない、気にすることなんかないんだ、と言ったつもりだったし、由香もそういうつもりで首を振ったにちがいない、と思った。

28

撮影は夕方に終わった。

カメラが止まり、照明が消され、由香がぼくの手から受け取ったバスタオルを軀に巻いてベッドから降りると、部屋にいる全員の間に拍手が起きた。つられてぼくも手を叩いた。ぼくの拍手はすぐに熱のこもったものに変わった。何か言いようのない熱いものが、拍手によって胸に誘い出されてきたようだった。

これでもう由香がＡＶに出ることはないんだ、という思いもあった。すべてが終わった、という気持ちもあった。由香と二人で苛酷な試練をくぐり抜けてきた、という感慨も湧いてきた。けれどもそれだけではない何かがあった。それが何であるのか、ことばで言い表わすことがぼくにはできない。立派に〝怪物教〟の信徒になりおおせたと思える自分自身と由香の姿をそこに見る思いがして、そのことにぼくは感動を覚えたのかもしれない。

千野満がよってきて、ぼくと由香の背中に手を当てて抱き合わせた。ぼくらは互いの軀を抱き締めた。バスタオルに包まれた由香の軀は、たった今まで教授役の男の愛撫とペニスによって翻弄《ほんろう》されていたのだけれども、ぼくはそのことにほとんどこだわりを抱かなかった。ライトを浴びながら、ぼくの目の先で声をあげながら悶えていた由香を、淫らでかわいらしい沢えりかという名の女優の姿として眺めていたような気もする。

「立派だったよ、二人とも。ほんとうによくがんばった。あなたたちはもう何があっても大丈夫ですよ。よかった。ほんとによかった」

千野はぼくと由香の肩を叩いてそう言った。

打ち上げの飲み会に誘われたけれども、それを断わって、ぼくと由香はまっすぐにホテルに帰った。

まっ先にバスタブに湯を入れて、ぼくらは互いの軀を隅々まで洗い合った。歯もみがいた。ぼくらはアウトドアのスポーツで一緒にかいた汗を流し合っている、仲むつまじいカップルのように見えたことだろう。そうやって相手の軀を洗ってやったり、一緒に歯をみがいたりすることが、ことばを交わし合ったり、自分の心の中を覗き込んだりするよりもずっと、撮影の場面のこだわりを捨てる上で役立つのだということを、ぼくはすでによく知っていたのだ。

夕食はホテルの最上階のレストランで食べた。フランス料理のフルコースで、高価なワインも張りこんだ。窓の外には新宿の街の夜景がひろがっていた。ぼくはうっすらとした水のような疲労感に似たものと、気持ちの高揚とを一緒に感じていた。由香もいくらか疲れていたのかもしれない。笑い方がいつもにくらべると控え目な感じになっていた。

デザートが終わり、頼んでおいた梨のブランデーが運ばれてきた。それをひとくちすってから、ぼくは口調も姿勢もあらためて、考えていたことを口にした。

「由香が大学を卒業するまで待っているから、おれと結婚してくれないか。本気なんだよ。ワインで酔ってるわけじゃない」

由香はぼくに目を向けたままで、何も言わなかった。ぼくはつづけた。

「前から考えていたんだ。由香の今度の撮影が終わるまで自分の気持ちが変わらなかったら、最後の撮影が終わった日にプロポーズしようって。きっとおれたちはちゃんとやっていけると思うんだよ。これだけいろんなことがあって、それをくぐり抜けてこられたんだからね。おれは自信がある」

ぼくは言った。由香が目を伏せた。由香は涙を浮かべていた。

「断わったらあたし、罰が当たるわね。うれしい。ありがとう、周二。ほんとにうれしい」

由香は指で涙を押えて言った。

「オーケイなんだな？」

「もちろんよ」

「よし。決まりだ。あした婚約指環を買いに行こうな」

由香がうなずいて笑った顔を上げた。目は濡れたままだった。

「ほんとうにいろいろあったわね。種をまいたあたしがそんなことを言うのはへんだけど」

「だけど荒療治が成功したわけだよ」

「周二がほんとによくがんばってくれたからよ。あたし、最初のヴィデオのことが周二にわかったときは、もうだめだと思ったの」

「おれもだめだと思ったさ。結婚式を挙げるまでの間に、あの〈中国守〉という奴の正体が分かったら、特別に招待状を出してやりたいね」

「きっとびっくりするわね。それに監督には感謝しなきゃいけないのかもね」

「おかげでおれは淫乱に目覚めたような気もするけどさ」

「そのほうがあたしは好きよ。あたし、自分が淫乱な女だと思うから。でも、もうこれからはそれも周二とだけにする。二人でずっと淫乱していきたいの」

「ことばがよくないな、淫乱は。ここ何カ月間はたしかにおれたちは淫乱だったかもしれないけど、これからは二人だけで欲望に素直に従っていくんだよ」

「でも、淫乱てことばはあたし嫌いじゃないのよ。なんかさあ、カワユい感じがする。そういうのって、もしかしたら堕落なのかなあ？」

「堕落ねえ……」

由香の口から出てきたその思いがけないことばに、ぼくは一瞬、戸惑った。道に穴ぼこを見つけて思わず足を停めたときのような気分だった。乱倫というどこかで聞いたことのある古いことばが思い浮かんできた。

ぼくは、京子とセックスをしたことや、マゾヒストの社長のマンションで、由香の見ている前で見知らぬ女と交わったことや、AVに自分が出演して、四人プレーに夢中になったことなんかを、つぎつぎに思い返した。それらの行為は動機はどうあれ、行なわれたこと自体は堕落の名に価《あたい》するものだったかもしれない。

けれどもぼくは、自分のしていることを堕落だというように思ったことは、それまで一度もなかったのだ。というよりも、堕落という見方そのものが、ぼくの意識には一度も昇ってこなかった。由香の口から出てきたそのことばが生んだ戸惑いの原因は、そこにあった。

仮にそれが堕落だとしたら、実験という名の下に仕組まれた千野満の罠にはまって、ぼくはただ乱れたセックスに酔い痴《し》れただけということになる。けれども、それでもぼくと由香との間の愛情はゆらぐこともなく、ぼくらは結婚の約束まで交わしている。それを考えれば、ぼくらがしたことは堕落のように見えはするけれども、やはり真面目な愛のための苦悩に満ちた試行錯誤の一つだったのだ、とぼくは思った。その方法がただ過激であっただけなのだ。

「堕落なんかじゃないさ。だっておれたちは立派にピンチを乗り越えたじゃないか。本物の愛情は堕落なんかから生まれてくるわけないんだから」

ぼくは胸を張った気持ちでそう言った。

「そうよね。あたしたちは乗り越えたもんね。だめになんかなっちゃいないもの……」

由香がテーブルの上のぼくの手をにぎった。ぼくもその手をにぎり返した。自分たちのしたことがただの堕落であったかどうかを決めるのは、まだ早いのだ、とぼくは思った。その結論は、これから先のぼくと由香との愛情のなりゆきによってしか決められないはずだった。始まりはこれからだ、とぼくは思った。

部屋に帰ると、由香が閉めたばかりのドアの前で、抱いてベッドまで運んでほしい、と言った。ぼくは彼女を抱きあげた。

「外国の映画でよく新郎が花嫁さんをこうやってベッドに運ぶシーンが出てくるじゃない。あれにあたし憧れてるの」

運ばれていきながら、由香が笑顔で言った。ぼくは由香をそっとベッドにおろして、そのまま上から軀を重ね、キスをした。カメラの前で淫らな声をあげていたAV女優沢えりかの姿は、ぼくの頭から遠ざかっていた。ぼくは長い旅から由香がぼくの前に戻ってきたような気がしていた。

「ねえ、服を脱がせて……」

由香は下からキラキラと輝く目をぼくに向けてきて言った。

「花嫁はあんまりそういうことは言わないもんじゃないか？」

「いいの。あたしは淫乱な花嫁だから……。周二と淫乱したいの。今すぐ、このまま……」

また由香の目がうるんでいた。ぼくは笑った由香の目からこぼれてくる涙を唇で吸い取ってから、彼女の着ている物をすべて脱がせた。それからぼくも裸になった。

ベッドに上がり、横から由香を抱きしめて、唇を重ねた。長い長いキスが交わされた。ぼくらの舌も唇も、次第に熱をおびた動きに変わっていった。

「自分でもへんだと思うんだけど、撮影が全部終わったときからずっと、周二ととってもしたくなってたの。ものすごくしたかった……」

由香はぼくの唇を甘くついばむようにしながら、小さく息をはずませてそう言った。ぼくは胸が詰まって、力いっぱいに由香を抱きしめた。由香のそのことばは、それまでにぼくが聞いた中では最高級の彼女の愛の表現だ、と思った。

ぼくは由香の乳房に頰ずりをした。乳首を甘く吸った。カメラの照明の下で目にした由香の軀は、どことなく陶器のように乾いているように見えていたけれど、ぼくの腕の中に戻ってきた彼女の軀は、全身がしっとりとうるおっていた。

愛らしい彼女の唇にも、細い首すじにも、しなやかに動く腕や手にも、美しい乳房にも〝ちょっと風変わりな肉体労働のアルバイト〟の汗や垢の名残りなどは残っていなかった。由香はほとんど無傷に見えた。ぼくは無傷というわけにはいかなかったけれども、致命傷は免《まぬが》れたはずだった。

「おれも撮影が全部終わったときから、ずっとこうしたいと思ってたんだ」

ぼくはそう言って軀を下に移して、由香の性器に熱い口づけをした。

（この作品は、平成九年七月、小社から『楽土‐パラダイス』のタイトルで四六判で刊行されたものを改題したものです）

モザイク

一〇〇字書評

切り取り線

購買動機（新聞、雑誌名を記入するか、あるいは○をつけてください）

- □（　　　　　　　　　）の広告を見て
- □（　　　　　　　　　）の書評を見て
- □ 知人のすすめで
- □ タイトルに惹かれて
- □ カバーがよかったから
- □ 内容が面白そうだから
- □ 好きな作家だから
- □ 好きな分野の本だから

●最近、最も感銘を受けた作品名をお書きください

●あなたのお好きな作家名をお書きください

●その他、ご要望がありましたらお書きください

住所	〒				
氏名		職業		年齢	
Eメール	※携帯には配信できません	新刊情報等のメール配信を 希望する・しない			

あなたにお願い

この本の感想を、編集部までお寄せいただけたらありがたく存じます。今後の企画の参考にさせていただきます。Eメールでも結構です。

いただいた「一〇〇字書評」は、新聞・雑誌等に紹介させていただくことがあります。その場合はお礼として特製図書カードを差し上げます。

前ページの原稿用紙に書評をお書きの上、切り取り、左記までお送り下さい。宛先の住所は不要です。

なお、ご記入いただいたお名前、ご住所等は、書評紹介の事前了解、謝礼のお届けのためだけに利用し、そのほかの目的のために利用することはありません。またそのデータを六カ月を超えて保管することもありませんので、ご安心ください。

〒一〇一－八七〇一
祥伝社文庫編集長　加藤　淳
〇三（三二六五）二〇八〇
bunko@shodensha.co.jp

祥伝社文庫

上質のエンターテインメントを！　珠玉のエスプリを！

祥伝社文庫は創刊15周年を迎える2000年を機に、ここに新たな宣言をいたします。いつの世にも変わらない価値観、つまり「豊かな心」「深い知恵」「大きな楽しみ」に満ちた作品を厳選し、次代を拓く書下ろし作品を大胆に起用し、読者の皆様の心に響く文庫を目指します。どうぞご意見、ご希望を編集部までお寄せくださるよう、お願いいたします。

2000年1月1日　　祥伝社文庫編集部

モザイク　長編性愛小説

平成19年6月20日　初版第1刷発行

著者　勝《かつ》目《め》梓《あずさ》

発行者　深澤健一

発行所　祥《しょう》伝《でん》社《しゃ》

東京都千代田区神田神保町3-6-5
九段尚学ビル　〒101-8701
☎ 03(3265)2081(販売部)
☎ 03(3265)2080(編集部)
☎ 03(3265)3622(業務部)

印刷所　図書印刷

製本所　図書印刷

ISBN978-4-396-33360-7 C0193
祥伝社のホームページ・http://www.shodensha.co.jp/

祥伝社文庫

神崎京介　女運　昇りながらも

自らを運のない女と称する広告代理店の美人社長を誘った慎吾は…。人気シリーズ第三弾！

神崎京介　女運　満ちるしびれ

愛しさがとめどなく募っていく。男と女、運命の出逢い――。純愛官能、ここに完結！

神崎京介　他愛《たあい》

閑職の広告マンの唯一の愉しみは、インターネット上で知り合った女との、エロスに満ちた〝交際〟だった。

神崎京介　女のぐあい

男女の軀に相性はあるか？　自分の肉体に疑心を抱く彼女に愛しさを覚えた光太郎は、共に快楽を得る術を磨く。

阿木慎太郎　暴龍（ドラゴン・マフィア）

捜査の失敗からすべてを失った元米国司法省麻薬取締官の大賀が、国際的凶悪組織〈暴龍〉に立ち向かう！

阿木慎太郎　闇の狼

大内空手ニューヨーク道場に続発する不審死の調査依頼を受けた荒木。迫りくる敵の奸計を粉砕する鉄拳！